SHERLOCK HOLMES

EDIÇÃO COMENTADA E ILUSTRADA

SHERLOCK HOLMES

EDIÇÃO COMENTADA E ILUSTRADA

VOLUME 1

As aventuras de Sherlock Holmes

VOLUME 2

As memórias de Sherlock Holmes

VOLUME 3

A volta de Sherlock Holmes

VOLUME 4

O último adeus de Sherlock Holmes

VOLUME 5

Histórias de Sherlock Holmes

VOLUMES 6 A 9

Os romances de Sherlock Holmes

Um estudo em vermelho ▪ O signo dos quatro ▪ O cão dos Baskerville ▪ O Vale do Medo

Arthur Conan Doyle

SHERLOCK HOLMES

EDIÇÃO COMENTADA E ILUSTRADA

VOLUME 6

Um Estudo em Vermelho

Edição e notas:
Leslie S. Klinger
com pesquisa adicional de Janet Byrne e Patricia J. Chui

Tradução:
Maria Luiza X. de A. Borges

7ª reimpressão

ZAHAR

Tradução autorizada da primeir edição norte-americana, publicada em 2006
por W.W. Norton, de Nova York, Estados Unidos, em acordo com Wessex Press, L.L.C.

Grafia atualizada segundo o Acordo Ortográfico da Língua Portuguesa de 1990, que entrou em vigor no Brasil em 2009.

Título original
The New Annotated Sherlock Holmes:
Vol.3: The Novels – A Study in Scarlet, The Sign of Four,
The Hound of the Baskervilles, The Valley of Fear

Capa
Miriam Lerner

Projeto gráfico
Mari Taboada

Preparação de originais
André Telles

CIP-Brasil. Catalogação na fonte
Sindicato Nacional dos Editores de Livros, RJ.

Doyle, Arthur Conan, Sir, 1859-1930
D784s Sherlock Holmes, v.6 : um estudo em vermelho / Arthur Conan
v.6 Doyle; edição e notas Leslie S. Klinger; com pesquisa adicional de Patricia J. Chui; tradução Maria Luiza X. de A. Borges. — Ed. comentada e il. — 1ª ed. — Rio de Janeiro: Zahar, 2009.
il.

Tradução de: Sherlock Holmes: A Study in Scarlet.
Apêndice
Inclui bibliografia
ISBN 978-85-378-0171-0

1. Holmes, Sherlock (Personagem fictício) – Ficção. 2. Watson, John H. (Personagem fictício) – Ficção. 3. Ficção policial inglesa. I. Klinger, Leslie. II. Borges, Maria Luiza X. de A. (Maria Luiza Xavier de Almeida), 1950-. III. Título. IV. Título: Histórias de Sherlock Holmes.

CDD: 823
09-4583 CDU: 821.111-3

[2022]

EDITORA SCHWARCZ S.A.
Praça Floriano, 19, sala 3001 — Cinelândia
20031-050 — Rio de Janeiro — RJ
Telefone: (21) 3993-7510
www.companhiadasletras.com.br
www.blogdacompanhia.com.br
facebook.com/editorazahar
instagram.com/editorazahar
twitter.com/editorazahar

Sumário

Nota da edição brasileira

Os primeiros cinco volumes desta série (trazendo os contos de Sherlock Holmes) foram originalmente publicados em grande formato. A fim de tornar a série mais acessível ao público leitor brasileiro, essa e algumas outras características estão sendo alteradas a partir da publicação dos romances, que se inicia com este volume 6.

O amplo material de apoio que integra esta série (como o quadro cronológico e a lista das sociedades sherlockianas em funcionamento, entre outros) encontra-se distribuído pelos diversos volumes, além de estar integralmente disponível no site da editora: www.zahar.com.br

Para evitar constantes referências cruzadas, partes relevantes de notas que aparecem nos volumes de contos são repetidas nos romances.

Um Estudo em Vermelho[1]

Nota

1. *A Study in Scarlet* foi publicado no *Beeton's Christmas Annual* de 1887, juntamente com duas peças: *Food for Powder*, de R. André, e *The Four-Leaved Shamrock*, de C.J. Hamilton. A primeira edição em livro de *A Study in Scarlet* foi publicada por Ward, Lock & Co. em julho de 1888; a primeira edição americana foi publicada em 1890 por J.B. Lippincott Company. A edição de 1893 publicada por Ward, Lock & Bowden Limited (os sucessores do editor original) acrescentou a seguinte "Nota do editor a esta edição": "Como foi em *Um estudo em vermelho* que Mr. Sherlock Holmes foi apresentado pela primeira vez ao público, e seus métodos de trabalho descritos, ocorreu aos editores do volume que um artigo sobre 'Sherlock Holmes' — que o antigo mestre do Dr. Doyle, Dr. Joseph Bell, o original do grande detetive, escreveu recentemente para *The Bookman* — seria de grande interesse para os leitores que não o viram nessa publicação."

"As 'capacidades intuitivas' do Dr. Bell ao lidar com seus pacientes eram, como seu discípulo, o Dr. Doyle, nos conta nas páginas da *Strand Magazine*, 'simplesmente maravilhosas'." O Caso nº 1 se destacaria.

> "Entendo", disse Mr. Bell, "o senhor está sofrendo por causa da bebida. Chega a carregar um frasco no bolso interno de seu paletó."
>
> Outro caso chamaria a atenção.
>
> "Sapateiro, pelo que vejo." Em seguida se viraria para os alunos e lhes mostraria que a parte de dentro do joelho das calças do homem estava gasta. Era ali que o homem pousava a pedra em que batia o couro — peculiaridade só encontrada entre sapateiros.
>
> Tudo isso me impressionou muito. Ele estava continuamente diante de mim — seus olhos vivos, penetrantes, nariz de águia, e traços marcantes. Sentava-se em sua cadeira com os dedos unidos — era muito hábil com as mãos — e apenas olhava para o homem ou mulher diante de si. Era extremamente afável e cuidadoso com os alunos — um verdadeiro bom amigo —, e, quando me formei e fui para a África, a notável singularidade e o tato perspicaz de meu velho mestre deixaram em mim profunda e duradoura impressão, embora eu não tivesse a menor ideia de que isso me conduziria um dia a abandonar a medicina em favor do registro de histórias.

"Que isso realmente levou o Dr. Doyle a 'abandonar a medicina em favor do registro de histórias', e com que resultado, todos sabem. E como Mr. Sherlock Holmes tornou-se agora um nome célebre e quase uma instituição pública, os editores de *Um estudo em vermelho* esperam que o artigo que se segue, que traz alguns pormenores da educação inicial e formação do Dr. Doyle, e das circunstâncias que o levaram a adquirir o hábito de fazer observações meticulosas, se prove de interesse para muitos leitores. Seus cordiais agradecimentos ao Dr. Doyle, ao Dr. Bell e ao editor e proprietários de *The Bookman* por terem gentilmente consentido a reprodução do artigo." (O artigo do Dr. Bell é reproduzido como Anexo a este caso.)

Um Estudo em Vermelho

Sherlockianos, tanto especializados quanto diletantes, chegaram a considerar Um estudo em vermelho *(1887) um fascinante livro do Gênesis, pois marca a primeira aparição pública de Sherlock Holmes. Aqui, após um breve relance da vida de Watson antes de Baker Street, somos testemunhas de uma ocasião memorável: o primeiro encontro entre Sherlock Holmes e seu "Boswell", Dr. John H. Watson, no laboratório de um hospital. (*"Achei! Achei"*, são as primeiras palavras de Holmes, muito apropriadamente.) Os dois homens decidem morar juntos, e Watson descobre que seu novo companheiro de apartamento tem uma ocupação pouco ortodoxa: é o único detetive consultor do mundo. Em pouco tempo, o confiante médico se vê envolvido numa história sinistra de vingança e assassinato; central para a exposição que Watson faz da brilhante detecção de Holmes é uma narrativa em* "flashback"*, da lavra de um autor desconhecido, sobre os mórmons de Utah sob a liderança de Brigham Young. Embora vívido e impressionante, o relato reflete as visões distorcidas da Inglaterra vitoriana sobre os mórmons e sua história no Oeste americano.*

Quando comparamos esta descrição do jovem Holmes (ele tinha apenas 27 anos quando conheceu Watson) com a íntegra do Cânone, fica patente que o caráter do Mestre pouco mudou ao longo dos anos de sua notável carreira. Seus modos reservados, seus hábitos boêmios e a baixa conta em que tinha a polícia oficial são todos exibidos aqui; e, embora o uso de drogas por Holmes seja apenas insinuado, seus outros vícios e virtudes são rapidamente revelados ao leitor (ainda que as primeiras avaliações dos "limites" de Holmes por Watson sejam logo refutadas). O autor de Um estudo em vermelho *pode ter auferido pouca recompensa material com a primeira publicação do livro, mas o palco estava armado para o que se tornaria posteriormente a mais bem-sucedida série de histórias já publicada.*

PARTE I

(Nova tiragem das reminiscências do Dr. John H.[2] Watson, ex-membro do Departamento Médico do Exército[3])[4]

I. Mr. Sherlock Holmes

No ano de 1878, após receber meu diploma de doutor em medicina[5] da Universidade de Londres,[6] fui para Netley[7] fazer o curso prescrito para os oficiais médicos do Exército.[8] Tendo concluído meus estudos ali, fui devidamente incorporado ao 5º Regimento de Fuzileiros de Northumberland[9] como médico assistente. Na época o regimento achava-se estacionado na Índia e, antes que eu pudesse me juntar a ele, a Segunda Guerra Afegã foi deflagrada.[10] Ao desembarcar em Bombaim, fui informado de que minha unidade avançara pelos desfiladeiros e já penetrara profundamente no país do inimigo. Segui em frente, contudo, com muitos oficiais que estavam na mesma situação que eu, e consegui chegar são e salvo a Kandahar,[11] onde encontrei meu regimento e assumi imediatamente minhas novas funções.

A campanha rendeu honrarias e promoção a muitos, mas para mim resultou apenas em infortúnio e desgraça. Fui removido de minha brigada e incorporado aos Berkshires,[12] com os quais servi na batalha fatal de Maiwand.[13] Ali fui atingido no ombro[14] por uma bala de jezail,[15] que estilhaçou o osso e roçou a artéria subclávia. Teria caído nas mãos dos *ghazis*[16] assassinos, não tivessem sido a devoção e a coragem demonstradas por Murray,[17] meu ordenança, que me jogou de través sobre um cavalo de carga e conseguiu me levar em segurança até as linhas britânicas.

"Ali fui atingido no ombro por uma bala." [Geo. Hutchinson, *A Study in Scarlet*, Londres, Ward, Lock Bowden, and Co., 1891]

Esgotado pela dor e combalido pelas prolongadas privações por que passara, fui removido, com um grande comboio de feridos, para o hospital base em Peshawar. Ali me reanimei, e já me restabelecera a ponto de ser capaz de caminhar pelas enfermarias, e até de tomar um pouco de sol na varanda, quando fui atingido pela febre entérica,[18] aquela maldição de nossas possessões indianas. Passei meses desenganado, e, quando finalmente voltei a mim e comecei a convalescer, estava tão fraco e emaciado que uma junta médica decidiu que não deveria esperar nem mais um dia para me mandar de volta para a Inglaterra. Fui despachado, assim, no navio de transporte de tropas *Orontes*, e desembarquei um mês depois no píer de Portsmouth, com a saúde irrecuperavelmente arruinada, mas com a permissão de um governo paternal para passar os nove meses seguintes tentando melhorá-la.

Não tendo amigos nem parentes na Inglaterra,[19] eu estava portanto livre como a brisa — ou tão livre quanto pode ser um homem com uma renda de onze xelins e seis *pence*[20] por dia. Nessas circunstâncias, senti-me naturalmente atraído por Londres, essa grande cloaca para a qual todos os vagabundos e ociosos do Império são irresistivelmente drenados. Ali me hospedei por algum tempo num hotel privado[21] no Strand,[22] levando uma vida sem conforto e sem sentido, e gastando todo o dinheiro que tinha muito mais liberalmente do que devia. O estado de minhas finanças tornou-se tão alarmante que logo compreendi que devia ou deixar a metrópole e ir morar em algum lugar na zona rural, ou fazer uma completa alteração em meu estilo de vida.[23] Escolhendo esta última alternativa, comecei por deixar o hotel e me alojar num domicílio menos pretensioso e menos caro.

No mesmo dia em que chegara a essa conclusão,[24] encontrava-me no Criterion Bar[25] quando alguém me deu um tapinha no ombro, e, virando-me, reconheci o jovem Stamford,[26] que havia sido meu assistente no Bart's.[27] A visão de um rosto amigo na vastidão desnorteante de Londres é algo realmente agradável para um homem solitário. Nos velhos tempos, Stamford nunca me fora muito chegado, mas mesmo assim saudei-o com entusiasmo, e ele, por sua vez, pareceu encantado ao me ver. Na exuberância de minha alegria, convidei-o para almoçar comigo no Holborn,[28] e partimos juntos num *hansom*.

"Eu teria caído nas mãos dos *ghazis* assassinos, não tivessem sido a devoção e a coragem demonstradas por Murray, meu ordenança." [Richard Gutschmidt, *Späte Rache*, Stuttgart, Robert Lutz Verlag, 1902]

"Que andou fazendo consigo mesmo, Watson?" perguntou ele com indisfarçável espanto, quando sacolejávamos pelas ruas apinhadas de Londres. "Está magro como um caniço e tostado como uma castanha."[29]

Fiz-lhe um breve apanhado de minhas aventuras e mal o havia concluído quando chegamos ao nosso destino.

"Pobre coitado!" disse ele, cheio de comiseração, depois de ouvir meus infortúnios. "Que anda fazendo agora?"

"Estou à procura de moradia", respondi. "Tentando resolver um problema: é possível conseguir aposentos confortáveis por um preço módico?"

"É estranho", observou meu companheiro; "você é a segunda pessoa de quem ouço a mesma coisa hoje."

"E quem foi a primeira?"

"Um sujeito que trabalha no laboratório químico no hospital. Ele se lamentava esta manhã por não conseguir encontrar alguém com quem dividir o aluguel de uns ótimos aposentos que encontrou e que são caros demais para seu bolso."

"Por Deus!" exclamei. "Se ele de fato quer alguém para dividir os cômodos e as despesas, eu sou justamente o homem que procura. Eu prefiro ter um parceiro a morar sozinho."

O jovem Stamford lançou-me um olhar bastante estranho por sobre seu copo de vinho.[30] "Ainda não conhece Sherlock Holmes", disse; "talvez não goste de tê-lo como um companheiro constante."

"Ora, que há contra ele?"

"Bem, eu não disse que havia alguma coisa contra ele. É um pouco extravagante em suas ideias – um entusiasta de alguns ramos da ciência. Até onde sei, é um sujeito bastante decente."

"Estudante de medicina, suponho?" perguntei.

"Não... não tenho ideia de quais são seus interesses. Creio que é versado em anatomia[31] e é um químico de primeira; mas, que eu saiba, nunca fez nenhum curso regular de medicina. Seus estudos são muito desconexos e excêntricos, mas acumulou um volume de conhecimentos insólitos que espantaria seus professores."

"Nunca lhe perguntou qual era seu interesse?" perguntei.

"Não; não é fácil fazê-lo falar livremente, embora possa ser bastante comunicativo quando lhe dá na veneta."

"Gostaria de conhecê-lo", disse eu. "Se tiver de morar com alguém, preferiria um homem estudioso, de hábitos sossegados. Ainda não estou forte o suficiente para suportar muito barulho ou alvoroço. Tive bastante dos dois no Afeganistão, o suficiente para o resto de minha vida. Como eu poderia conhecer esse seu amigo?"

"Com certeza está no laboratório", respondeu meu companheiro. "Ou ele evita o lugar por semanas a fio, ou trabalha lá de manhã à noite. Se quiser, podemos tomar um fiacre e passar lá depois do almoço."

"Com muito prazer", respondi, e a conversa derivou para outros canais.

Quando nos dirigíamos para o hospital, após deixar o Holborn, Stamford deu-me mais alguns pormenores sobre o cavalheiro com quem eu pretendia morar.

"Não me censure se não simpatizar com ele", disse; "nada sei a seu respeito além do que depreendi encontrando-o ocasionalmente no laboratório. Foi você que propôs esse arranjo, portanto não me considere responsável."

"Se não nos dermos bem, será fácil nos separarmos", respondi. "Tenho a impressão, Stamford", acrescentei, encarando meu companheiro com firmeza, "de que você tem alguma razão para lavar suas mãos neste assunto. O temperamento desse sujeito é assim tão terrível, ou o quê? Vamos, desembuche."

"Não é fácil exprimir o inexprimível", respondeu ele, rindo. "Holmes é um pouco científico demais para o meu gosto... chega quase a ser desalmado. Eu poderia imaginá-lo dando a um amigo uma pitadinha do mais recente alcaloide vegetal,[32] não por maldade, veja bem, mas simplesmente movido por espírito investigativo, para ter uma ideia precisa dos efeitos. Para lhe fazer justiça, acho que ele mesmo o tomaria com igual prontidão. Parece ter paixão por conhecimento certo e exato."

"Faz ele muito bem."

"Sim, mas isso pode passar do ponto. Quando se chega a dar bengaladas nos cadáveres na sala de dissecação,[33] a coisa está sem dúvida assumindo uma forma bastante esquisita."

"Bengaladas em cadáveres!"

"Isso mesmo, para verificar até que ponto é possível produzir contusões após a morte. Vi com meus próprios olhos."

"Mesmo assim diz que ele não estuda medicina?"

"Não. Deus sabe quais são os objetivos de seus estudos. Mas cá estamos, e você terá de formar sua própria impressão a respeito dele." Enquanto ele falava, dobramos uma ruela estreita e passamos por uma portinha lateral que dava para uma ala do grande hospital. O terreno me era familiar e não precisei de guia quando subimos a fria escada de pedra e enveredamos pelo comprido corredor com sua perspectiva de paredes caiadas e portas pardacentas. Perto da outra ponta, abria-se uma passagem baixa e arqueada que levava ao laboratório químico.

Este era uma câmara de pé-direito muito alto, forrada e apinhada de incontáveis frascos. Mesas largas e baixas espalhavam-se por toda parte, eriçadas de retortas, tubos de ensaio e pequenos bicos de Bunsen,[34] com suas trêmulas chamas azuis. Só havia na sala um estudante,[35] debruçado sobre uma mesa distante e absorto em seu trabalho. Ao som de nossos passos ele deu uma olhada à sua volta e se levantou de um salto com uma exclamação de prazer. "Achei! Achei!", gritou para meu companheiro, correndo até nós com um tubo de ensaio na mão. "Encontrei um reagente que é precipitado por hemoglobina, e por mais nada." Se tivesse descoberto uma mina de ouro, um deleite maior não poderia ter resplandecido em seu semblante.

"'Achei! Achei!', gritou."
[Geo. Hutchinson, *A Study in Scarlet*, Londres, Ward, Lock Bowden, and Co., 1891]

"Dr. Watson, Mr. Sherlock Holmes", disse Stamford, apresentando-nos.

"Como vai?" disse ele cordialmente, apertando minha mão com uma força que eu dificilmente lhe teria atribuído. "Pelo visto, esteve no Afeganistão."

"Como diabos soube disso?" perguntei, estarrecido.

"Não importa", respondeu, com uma risadinha de si para consigo. "A questão agora é a hemoglobina. Percebe a importância desta minha descoberta, não é?"

"É interessante, quimicamente, sem dúvida", respondi, "mas na prática..."

"Ora, homem! É a mais prática descoberta médico-legal feita em anos. Não vê que ela nos proporciona um teste infalível para manchas de sangue? Venha aqui agora!" Em seu entusiasmo, agarrou-me pela manga do paletó e me arrastou até a mesa em que estivera trabalhando. "Arranjemos um pouco de sangue fresco", disse, enfiando um comprido estilete no dedo e colhendo a gota de sangue resultante com uma pipeta química. "Agora eu acrescento esta pequena quantidade de sangue a um litro d'água. Como vê, a mistura resultante tem a aparência de água pura. A proporção de sangue não pode ser mais que um para um milhão. Não tenho dúvida, entretanto, de que serei capaz de obter a reação característica." Enquanto falava, jogou num recipiente alguns cristais brancos e em seguida acrescentou algumas gotas de um fluido transparente. Num instante os conteúdos assumiram uma cor fosca de mogno e um pó amarronzado precipitou-se no fundo do frasco de vidro.[36]

"Ahá!" exclamou ele, batendo palmas e parecendo tão encantado como uma criança com um brinquedo novo. "Que pensa disso?"

"Parece um teste muito sensível", observei.

"Lindo! Lindo! O velho teste com guaiaco[37] era muito grosseiro e duvidoso. O exame microscópico para corpúsculos de sangue também. Este último não tem nenhum valor se as manchas já tiverem algumas horas. Agora, isto aqui parece agir igualmente bem seja o sangue velho ou novo. Se este teste já tivesse sido inventado, centenas de homens que agora perambulam por aí já teriam pagado por seus crimes há muito tempo."

"'Achei! Achei!' gritou para meu companheiro." [Richard Gutschmidt, *Späte Rache*, Stuttgart: Robert Lutz Verlag, 1902]

"Realmente!" murmurei.

"A todo momento, casos criminais dependem desse único ponto. Um homem torna-se suspeito de um crime meses depois, talvez, que ele foi cometido. Suas roupas de baixo ou outras peças são examinadas, e descobrem-se manchas amarronzadas nelas. São manchas de sangue, de lama, de ferrugem, de frutas ou o quê? Essa é uma pergunta que intrigou muitos especialistas, e por quê? Porque não havia um teste confiável. Agora temos o teste de Sherlock Holmes e não haverá mais nenhuma dificuldade."[38]

Seus olhos brilhavam enquanto falava e, levando a mão ao peito, fez uma reverência, como se sua imaginação tivesse feito surgir por encanto uma multidão que o aplaudia.

"O senhor está de parabéns", observei, consideravelmente surpreso com seu entusiasmo.

"Houve o caso de Von Bischoff em Frankfurt ano passado. Certamente teria sido enforcado se o teste já existisse. Depois houve Mason de Brandford, o famigerado Muller,[39] Lefevre de Montpellier e Samson de Nova Orleans. Eu poderia citar uma vintena de casos em que ele teria sido decisivo."[40]

"Você parece um calendário ambulante do crime", disse Stamford com uma risada. "Poderia lançar um jornal nessa linha. Intitule-o 'Noticiário Policial do Passado'."

"Seria de fato uma leitura muito interessante", comentou Sherlock Holmes, aplicando um pedacinho de emplastro sobre a picada em seu dedo. "Preciso ter cuidado", continuou, virando-se para mim com um sorriso, "porque lido muito com venenos." Mostrou a mão enquanto falava e notei que estava toda salpicada com pedaços similares de emplastro e descorada por ácidos fortes.

"Viemos aqui a negócios", disse Stamford, sentando-se num tamborete alto de três pernas e empurrando outro com o pé na minha direção. "Este meu amigo está à procura de moradia e, como você se queixava de não conseguir encontrar alguém para dividir o aluguel, achei que o melhor era reuni-los."

Sherlock Holmes pareceu encantado com a ideia de dividir suas acomodações comigo. "Estou de olho num apartamento em Baker Street",[41] disse, "que seria perfeito para nós. Espero que não se incomode com cheiro de tabaco forte."[42]

"Eu mesmo costumo fumar *ship's*",[43] respondi.

"Isso é ótimo. Em geral tenho produtos químicos pela casa e vez por outra faço experimentos. Isso o incomodaria?"

"Em absoluto."

"Vejamos... quais são meus outros defeitos? Às vezes fico deprimido, e passo dias a fio sem abrir a boca. Não deve pensar que estou amuado nessas ocasiões. Basta deixar-me em paz e logo volto ao normal. E o senhor, que tem para confessar? É melhor que dois sujeitos saibam o pior um do outro antes de começarem a morar juntos."

Achei graça desse interrogatório. "Tenho um filhote de buldogue",[44] disse, "não suporto balbúrdia porque meus nervos estão abalados, acordo nas horas mais escandalosas e sou extremamente preguiçoso. Tenho outros vícios quando estou bem,[45] mas estes são os principais no momento."

"Inclui o som de violino na categoria de balbúrdia?" perguntou ele, aflito.

"Depende do executante", respondi. "Um violino bem tocado é um deleite dos deuses... mas um mal tocado..."

"Ah, muito bem", exclamou ele com uma risada satisfeita.[46] "Acho que podemos considerar o assunto resolvido — isto é, se os quartos forem do seu agrado."

"Quando iremos vê-los?"

"Encontre-me aqui amanhã ao meio-dia; iremos juntos e acertaremos tudo."

"Certo... ao meio-dia em ponto", disse eu, apertando-lhe a mão.

Nós o deixamos trabalhando em meio aos seus produtos químicos, e caminhamos juntos para o meu hotel.

"A propósito", perguntei de repente, parando e me virando para Stamford, "como diabos ele soube que venho do Afeganistão?"

Meu companheiro abriu um sorriso enigmático. "Essa é justamente sua pequena peculiaridade", disse. "Muita gente gostaria de saber como ele descobre as coisas."

"Ah! Então é um mistério?" exclamei, esfregando as mãos. "Isto é muito estimulante. Sou-lhe muito grato por nos aproximar. 'O estudo próprio para a humanidade é o homem',[47] você sabe."

"Nesse caso, trate de estudá-lo", disse Stamford, despedindo-se. "Mas vai achá-lo um problema espinhoso. Aposto que ele descobrirá mais coisas sobre você do que você sobre ele. Até logo."

"Até logo", respondi, e fui andando devagar para o meu hotel, consideravelmente interessado em meu novo conhecido.

Notas

2. A inicial do nome do meio de Watson só aparece três vezes no Cânone de Sherlock Holmes: ao pé do desenho que ilustra "A Escola do Priorado" (na *Strand Magazine* de fevereiro de 1904); na tampa da caixa de folha-de-flandres depositada no Banco de Cox ("A ponte Thor"); e aqui. Dorothy L. Sayers, em seu artigo clássico "Dr. Watson's Christian Name", afirma que o "H" representa "Hamish", um equivalente escocês de "James" (ver "O homem da boca torta" para um caso em que a mulher de Watson se refere a ele como "James"). Vários outros estudiosos propõem "Henry", sobretudo em razão da alta estima dedicada na época a John Henry Newman (1801-90), o cardeal que ajudou a fundar o movimento de Oxford tentando incorporar práticas católico-romanas à Igreja da Inglaterra. Outros ainda, por razões variadas, mas em última análise não-convincentes, propõem "Hampton", "Harrington", "Hector", "Horatio", "Hubert", "Huffham" e até "Holmes". Apenas fragmentos do manuscrito de *Um estudo em vermelho* subsistem, consistindo numa página de anotações para a história e num extrato de quatro linhas de um caderno de notas, reproduzido abaixo. A página de anotações revela que o Dr. Watson pensou originalmente em usar os pseudônimos Sherrinford Holmes e Ormond Sacker (este para si mesmo). Se os nomes que acabou usando são os *verdadeiros* nomes das pessoas é uma questão que ultrapassa o escopo desta obra. Veja, deste editor, "What do we really know about Sherlock Holmes and John H. Watson?".

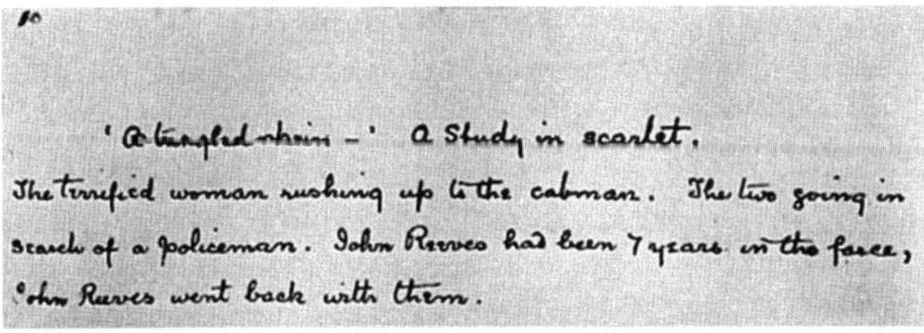
10

'A tangled skein—' A Study in Scarlet.
The terrified woman rushing up to the cabman. The two going in search of a policeman. John Reeves had been 7 years in the force, John Reeves went back with them.

3. Majores-cirurgiões e oficiais médicos do Exército eram vinculados a regimentos e unidades, ou serviam como funcionários executivos nos hospitais. Cada batalhão na Índia possuía um major-cirurgião e dois médicos. Uma nomeação como médico proporcionava um posto inicial de tenente; seis anos de serviço em tempo integral qualificavam o médico como capitão. Não há menção no Cânone ao posto de Watson, mas seu título devia ser médico interino (o título de médico assistente havia sido abolido em 1872) e sua remuneração, a de um tenente.

4. Edgar W. Smith propõe, em "A bibliographical note", que as "reminiscências" de Watson foram primeiro publicadas privadamente por volta de 1885; e que, além do material reproduzido em *Um estudo em vermelho*, abrangiam "diversos dos primeiros escritos do médico". Estes talvez incluíssem as experiências de Watson com as mulheres, que se estendiam "por muitas nações e três diferentes continentes" (*O signo dos quatro*), e mais detalhes de suas experiências na Índia. "Ele tinha muito a dizer", conclui Smith, "... sendo o homem que era."

Bliss Austin concorda com a ideia de que as reminiscências de Watson foram impressas antes de sua inclusão em *Um estudo em vermelho*. Vai adiante, afirmando que elas serviram de base para o encontro de Watson com Arthur Conan Doyle, que teria um papel capital na carreira literária do médico. Em sua autobiografia *Memories and Adventures*, salienta Austin, Conan Doyle poderia certamente estar pensando em Watson quando escreveu: "Minha agradável lembrança daqueles tempos de 1880 a 1893 se prende à minha primeira apresentação, como um autor mais ou menos ascendente, à vida literária de Londres." Entre os autores que menciona ter conhecido estavam "Rudyard Kipling, James Stephen Phillips, Watson... e uma lista de outros".

Nem todos concordam, porém, que "nova tiragem" significa necessariamente uma reimpressão. John Ball, por exemplo, conclui em "The second colaboration" que as reminiscências nunca haviam sido publicadas, mas que essa declaração foi a maneira que Conan Doyle encontrou para reconhecer a coautoria de Watson na obra (Conan Doyle, deduz Bell, escreveu "A terra dos Santos" — ver nota 221).

5. Para receber o título de doutor em medicina, ou M.D., Watson deveria ser membro do Royal College of Surgeons e obter uma licença do Royal College of Physicians, segundo *The London of Sherlock Holmes,* de Michael Harrison. Estas duas últimas qualificações eram essenciais para que Watson abrisse seu próprio consultório médico; o grau M.D., no entanto, indica que Watson continuou sua formação além do grau normal em medicina, o M.B (equivalente ao M.D. americano), na busca de seus interesses. Em *Sherlock Holmes and Dr. Watson: A Medical Digression*, Maurice Campbell conjectura que Watson recebeu seu título de bacharel em medicina ou bacharel em ciência (M.B., B.S. — um pré-requisito para o grau de M.D.) em 1876 do St. Bartholomew's Hospital Medical College (ver nota 27). Robert S. Katz, M.D., em "Doctor Watson: A physician of mediocre qualifications?", mostra que o grau britânico de M.D. é condicionado à apresentação de uma tese de mérito superior e conclui que Watson escreveu a sua sobre neuropatologia, façanha notável à luz da incipiente condição da disciplina em 1878.

6. Quando a primeira faculdade de Londres foi fundada, em Bloomsbury em 1828, sua missão era — pelo menos em parte — pôr a educação superior ao alcance de não anglicanos, que eram nessa época impedidos de frequentar Oxford e Cambridge. "É uma verdadeira instituição londrina", escreve Peter Ackroyd em *London: The Biography*, "seus fundadores compreendendo radicais, dissidentes, judeus e utilitaristas". (O historiador Roy Porter conta que os críticos zombavam dela como "aquela instituição ateia em Gower Street.") A filosofia educacional da faculdade diferia também da de Oxford e Cambridge: a meta do que se tornou conhecido como University College era produzir médicos e engenheiros atuantes, não eruditos e teólogos. Uma segunda faculdade, King's College, foi fundada em 1829 por membros da Igreja anglicana; e em 1836 a Universidade de Londres foi constituída como uma entidade administrativa destinada a examinar e conferir diplomas aos estudantes de ambas as instituições. Essa jurisdição foi ampliada pela Supplemental Charter de 1849, que permitiu que estudantes procedentes de qualquer lugar no Império Britânico se formassem pela Universidade de Londres. Em 1878 — o ano em que Watson completou seus estudos — a universidade se tornou a primeira no Reino Unido a conceder diplomas a mulheres, e de fato vinha formando mulheres em sua London School of Medicine for Women desde 1874. A universidade só começou a oferecer cursos próprios a partir de 1900. Não há nenhuma indicação de onde Watson realmente estudou.

O curso feito por ele seguiu provavelmente linhas semelhantes ao do Dr. Arthur Conan Doyle quando estudou na Universidade de Edimburgo, de 1876 a 1881. Em suas *Memories and Adventures*, Conan Doyle descreve seu curso como "um longo e tedioso estudo de botânica, química, anatomia, fisiologia e toda uma lista de disciplinas obrigatórias, muitas das quais têm uma relação muito indireta com a arte de curar. Todo o sistema de ensino, quando o rememoro, parece demasiadamente oblíquo e muito pouco prático para o propósito em vista". Os alunos aprendiam cirurgia observando operações sentados em fila ao redor de uma mesa cirúrgica. Técnicas básicas de laboratório eram também estudadas, e os afortunados podiam usufruir de instrutores como o Dr. Joseph Bell, que ensinava a arte do diagnóstico (ver nota 1). Durante os anos que passou na escola, Conan Doyle trabalhou como médico assistente (o que não exigia nenhuma qualificação), tanto pelo dinheiro quanto pela experiência prática.

A experiência de vida de Conan Doyle pode ter sido, contudo, acentuadamente diferente da de Watson. Conan Doyle considerava a Universidade de Edimburgo "mais prática que a maioria das outras faculdades", escreveu, "uma vez que não há nada da atmosfera de um internato particular ampliado, como é o caso nas universidades inglesas, vivendo o estudante como um homem livre em seus próprios aposentos, sem qualquer tipo de restrição". Não se sabe onde Watson morou durante esses anos.

7. O Royal Victoria Military Hospital em Netley (onde hoje se situa o Royal Victoria Country Park) foi inaugurado em 1863, graças em grande parte aos esforços de Florence Nightingale, cujas experiências na Guerra da Crimeia inspiraram-na a lutar por melhor tratamento médico para soldados feridos. Lytton Strachey, em seu seminal *Eminent Victorians*, conta que, nessa missão, Nightingale frequentemente entrava em conflito com Fox Maule Ramsay, Lord Pamure (conhecido como "o Bisão"), de 1855 a 1858 secretário de Estado para a Guerra e um homem, segundo Strachey, conservador e ambivalente com relação a qualquer mudança de vulto na ordem médica estabelecida. Lord Pamure supervisionou a construção do novo hospital enquanto Nightingale estava fora do país, e quando ela retornou os projetos lhe pareceram inaceitáveis — ultrapassados e inspirados nas ideias de atendimento médico que ela tivera a esperança de reformar. Apesar dos apelos pessoais de Nightingale, Lord Pamure mostrou-se irredutível e a construção continuou em ritmo rápido; "e assim", escreve Strachey, "o principal hospital militar da Inglaterra foi triunfantemente concluído com base em princípios anti-higiênicos, com quartos sem ventilação e todas as janelas dos pacientes voltadas para o nordeste".

8. O curso prescrito em Netley consistia em seis meses de estudo de cirurgia militar, medicina militar, higiene e patologia. Dois períodos de cursos eram dados a cada ano, um iniciando-se em abril, o outro em outubro, para candidatos aprovados num exame de admissão. Elliot Kimball, em *Dr. John H. Watson at Netley*, afirma que Watson fez o curso que se iniciou em outubro de 1879 e se encerrou em março de 1880, tendo passado o tempo entre junho de 1878 e outubro de 1879 viajando no Continente por razões pessoais.

9. Criado em 1674, o 5th Regiment of Foot — também conhecido como Fifth Foot, Fighting Fifth e Old and Bold Fifth — tornou-se o 5th (Northumberland) Regiment of Fusiliers em 1836, seus membros servindo no Motim Indiano e na Segunda Guerra Afegã. Em 1881 o regimento teve seu nome mudado para os Northumberland Fusiliers.

10. A Segunda Guerra Afegã (1878-80) foi um dos três conflitos mediante os quais os britânicos tentaram exercer controle sobre o Afeganistão, região considerada extremamente valiosa por sua proximidade com a Índia, ao norte. Complicando ainda mais as coisas, havia o temor de que a Rússia estivesse ganhando maior influência na Ásia Central, representando portanto uma ameaça para o imperialismo britânico ali. Essa foi uma preocupação alimentada mais profundamente pelo vice-rei da Índia, Edward Robert Bulwer-Lytton, futuro 1º conde de Lytton (diplomata e antigo poeta cujo pai, Edward George Earle Bulwer-Lytton, 1º barão de Lytton, escreveu o famoso "Era uma noite escura e tempestuosa", as palavras que abrem seu romance de 1820, *Paul Clifford*). Quando o emir do Afeganistão, Sher Ali, recebeu uma missão diplomática russa em Cabul e se recusou a fazer o mesmo para os britânicos, Lytton interpretou as ações do emir como hostis e requereu manobras militares. "A invasão britânica usual", escreve Simon Schama em *A History of Britain*, "foi seguida pela igualmente tradicional insurreição local e pelo massacre generalizado da missão britânica, que como de costume pediu uma segunda campanha, punitiva — nesse caso punitiva para os britânicos, dadas as perdas tanto de homens quanto de dinheiro." A vitória foi alcançada em certas áreas do Afeganistão cedidas à Grã-Bretanha, mas o pesado custo da guerra (incluindo o assassinato de um enviado britânico em Cabul) ajudou a voltar a opinião pública contra as tendências cada vez mais chauvinistas do governo.

11. A cidade, cujo nome é também grafado Candahar ou Qandahar, foi fundada como a capital do Afeganistão em 1747. Foi ocupada pelos britânicos durante a Primeira Guerra Afegã (1839-42) e de 1879 a 1881.

12. Os Berkshires, oficialmente Princess Charlotte of Wales's (Berkshire) Regiment, foi formado em 1881 a partir dos antigos 49º e 66º Regimentos de Infantaria. O 66th Foot, como era conhecido, lutou em Maiwand, mas na época em que Watson escreveu seu relato (e talvez na época em que se reformou) o regimento havia sido incorporado aos Berkshires, e Watson usa aqui o nome então corrente.

13. A aldeia de Maiwand, a 80km de Kandahar, foi cenário de uma horrível batalha ocorrida em 27 de julho de 1880. O conflito começou depois que Ayub Khan, governador de Herat e filho de Sher Ali, avançou sobre Kandahar com um contingente de 25.000 homens. Sua intenção era derrubar o sobrinho de Sher Ali, Abdur-Rahman Khan, agora instalado como emir referendado pelos britânicos. O general George Burrows e o 66º Regimento de Infantaria partiram para interceptar Ayub, certos de que receberiam um reforço de cerca de 6.000 membros de tribos afegãs que haviam sido armados pelos britânicos. Porém, quando esses afegãos desertaram para se juntar a Ayub, o general viu-se com 2.500 soldados britânicos para enfrentar uma força de 25.000 afegãos. "Quando a cavalaria inimiga deixou o front", escreveu o capitão Mosley Mayne, do 3º Regimento de Cavalaria, "pudemos ver indistintamente multidões de homens. Por causa da neblina, só quando eles se moviam de um lado para outro podíamos distingui-los como homens, não uma densa floresta." As forças de Burrows foram desbaratadas, e Ayub ocupou Maiwand até que Sir Frederick Roberts chegou de Cabul com uma força de 10.000 homens para retomar a área. Walter Richards, historiador do Exército Britânico na Índia, escreve: "Não há história mais horrível em todos os anais de guerra do país; nenhum nome reluz em seu quadro de honra com lustre mais brilhante que os daqueles oficiais e homens do 66º que morreram naquele dia turbulento de terror e ruína na serrania fatal de Maiwand."

14. O relato que Watson faz aqui de um ombro ferido contradiz seu testemunho — em *O signo dos quatro* e outras histórias — de uma perna ferida. Em "O nobre solteirão", por exemplo, Watson menciona que "a bala de jezail que eu trouxera de volta num de meus membros" o obriga a sentar-se com as pernas apoiadas sobre uma cadeira, e em

O signo dos quatro ele se descreve como sentado "afagando minha perna ferida. Ela fora atravessada por uma bala de jezail algum tempo antes". W.B. Hepburn, em "The jezail bullet", chega à conclusão de que Watson foi ferido duas vezes, mas muitos outros estudiosos tentam explicar engenhosamente como dois ferimentos poderiam ter sido causados por uma única bala. Alvin Rodin e Jack Key, em *Medical Casebook of Doctor Arthur Conan Doyle*, sugerem que Watson poderia ter estado debruçado sobre um paciente quando levou o tiro, com a bala passando através de seu ombro *e* de sua perna. De maneira semelhante, Peter Brain propõe que Watson levou um tiro vindo de baixo quando acocorado sobre um penhasco para responder a uma exigência da natureza. Outros levantam a hipótese de que uma única bala tenha ricocheteado a partir do osso, roçado a artéria, deixado o corpo num ângulo agudo e depois penetrado na perna, enquanto vários estudiosos médicos mostram que a bala pode ter passado junto à artéria subclávia e se alojado num local distante do ferimento de entrada. Julian Wolff, contudo, conclui que Watson falseou o lugar do ferimento de propósito, para evitar mencionar o embaraçoso local verdadeiro: a virilha.

15. Segundo George Clifford Whitworth (*An Anglo-Indian Dictionary: A Glossary of Indian Terms Used in English and of Such English or Other Non-Indian Terms as Have Obtained Special Meaning in India*), "*juzail* (pachto, forma corrompida)" é um "fuzil grande e pesado, com um apoio de ferro bifurcado, usado pelos afegãos; carrega geralmente uma bala de uma onça, que é enfiada nua no cano". A bala "precisa ser bem socada para entrar". Philip Weller, em "On jezails and things afghan", descreve a palavra como "um termo bastante frouxo, genérico, similar em natureza à palavra 'mosquete', por se aplicar a muitos diferentes tipos de armas, a única característica comum sendo o aspecto do carregamento da arma pela boca". Talvez seja derivada da palavra árabe para "grande": *jazil* e, no plural, *jaza'il*. Em *Eighteen Years in the Khyber* (1900), o soldado e administrador anglo-indiano coronel Sir Robert Walburton (1842-99) fala de soldados chamados *Jezailchies*. E, no poema de Rudyard Kipling de 1900 "The Last Suttee": "A noite toda os archotes tremeluziram palidamente/ sobre o sabre *ulwar* e o jezail *tonk*."

16. "*Ghazi*" era uma designação honrosa aplicada a guerreiros muçulmanos veteranos, em particular àqueles que haviam lutado com sucesso contra infiéis. Tinham fama de usar tortura e métodos penosos — por isso Watson os qualifica de "assassinos".

17. Stephen M. Black sustenta que Watson foi morto, não ferido, em Maiwand, e que "Murray" (que ele identifica como o praça Henry Murrell, Nº de Série 1555, Fuzileiro, 66th Berkshires) assumiu sua identidade. Essa pantomima perpetrada por Murrell, afirma Black, induziu todos os erros de datas, lugares e nomes que infestam todo o Cânone, inclusive sua desatenção acerca de seu próprio ferimento.

18. Provavelmente o que é hoje chamado febre tifoide, que Watson poderia ter contraído ingerindo comida ou água contaminada com a bactéria *Salmonella typhi*. O alimento pode ser contaminado por moscas (que colhem a bactéria de dejetos humanos), ao ser manipulado por pessoas infectadas ou ao ser lavado com água poluída. A febre tifoide continua sendo, lamentavelmente, uma doença comum no mundo todo, com um índice de mortalidade estimado em 10%, e fez muitas vítimas famosas no século

XIX e início do século XX, entre as quais Rudyard Kipling, Wilbur Wright, Franz Schubert e Albert of Saxe-Coburg-Gotha, consorte da rainha Vitória (embora diagnósticos posteriores sugiram que Albert pode ter morrido de fato de um câncer de estômago).

Foi somente em 1907, com a identificação da famigerada "Typhoid Mary" Mallon, cozinheira de uma casa de família, como a fonte de um surto de febre tifoide, que as autoridades de saúde americanas compreenderam que uma pessoa saudável, sem nenhum sintoma da doença, pode ser uma transmissora mortífera. Inicialmente confinada numa ilha controlada pelo governo no rio East, no Bronx, Mallon ganhou sua liberdade após uma batalha legal, concordando em renunciar à sua ocupação e a se apresentar regularmente às autoridades de saúde. Em seguida desapareceu por cinco anos. Quando uma epidemia de tifo irrompeu numa maternidade de Manhattan, Mallon foi descoberta trabalhando lá como cozinheira sob um nome falso. Novamente confinada na ilha, permaneceu ali até sua morte 23 anos depois. A infecção de 47 pessoas, três das quais morreram, é atribuída a Mallon. Na época de sua primeira prisão, havia pelo menos um outro portador conhecido em Nova York, Tony Labella, que havia causado mais casos de febre tifoide (120) e mortes (sete) que Mallon. Labella fugiu para Nova Jersey e não foi mais cooperativo que Mallon.

Os sintomas de Watson podem ter incluído febre, tosse, perda do apetite, diarreia ou prisão de ventre, possível hemorragia intestinal e a erupção de manchas rosadas na pele. Uma vacina só se tornou disponível após 1898, tarde demais para ajudar Watson. Um soldado britânico corria um risco muito maior de morrer de doenças como a febre tifoide que em batalha.

19. Onde *estavam* os amigos e parentes de Watson? Seu pai, J. Watson, falecera havia "muitos anos", em 1888, e seu irmão mais velho morrera em decorrência do alcoolismo pouco antes dos eventos registrados em *O signo dos quatro* (ver o texto a que se refere a nota 32 a esse romance). Há numerosas sugestões para a terra da família de Watson, incluindo Hampshire, Berkshire, Northumberland, Irlanda, Escócia, Austrália e até Estados Unidos. Em "Watson: Treason in the blood", Hartley R. Nathan e Clifford S. Goldfarb apresentam indícios de que Watson poderia ser descendente de dois dos líderes da Regency Rebellion de 1816, James Watson e seu filho James (Jemmy) Watson, que posteriormente fugiram para os Estados Unidos. Nosso Dr. Watson de fato também se chamava James, assinalam os autores (ver "O homem da boca torta"), mas evidentemente mudou seu nome para John para evitar o estigma da identificação com o avô e o bisavô. Esta tese explica por que Watson não tinha uma família britânica e sugere uma origem americana. Em contraposição, em "Art in whose blood?", este editor propõe um parentesco com o retratista escocês John Watson Gordon (nome real: John Watson).

20. Isso equivaleria a cerca de 2,87 dólares americanos em 1878, ou cerca de 29 libras (45 dólares americanos) em poder de compra atual. Onze xelins e seis *pence* mal teriam sido suficientes para sustentar Watson em Londres, onde quartos numa pensão poderiam custar sete xelins por dia, embora alojamentos menos caros pudessem custar apenas 30 a 40 xelins por semana. Vários estudiosos sugerem que Watson talvez recebesse auxílio da família nessa época, embora mais tarde seu pai e irmão pouco tivessem de seu (ver *O signo dos quatro*, a que se refere a nota 32).

21. O guia *Baedeker*, em 1896, lista diversos hotéis "tranquilos e confortáveis" nas ruas que vão do Strand ao Tâmisa. Por exemplo, o Arundel Hotel, no nº19 da Arundel St., no Embankment, cobrava seis xelins por dia por "quarto, serviço e desjejum", com jantar por três xelins adicionais.

22. Assim chamado porque originalmente margeava o Tâmisa, o Strand era a grande artéria de tráfego entre a City e o West End. Continha muitos escritórios de jornais e teatros e tem uma associação canônica como o endereço do restaurante "Simpson's", um dos favoritos de Holmes ("O detetive moribundo" e "O cliente ilustre"), e o homônimo da *Strand Magazine*, que tinha seu quartel-general na esquina do Strand com Southampton Street, tal como fantasiosamente representado em sua capa.

23. John Ball expressa a ideia de que Arthur Conan Doyle e Watson se conheceram nessa época, pois ambos estavam, em circunstâncias semelhantes, em busca de trabalho remunerado como médicos. Quer tenham se conhecido nos escritórios de um fornecedor de equipamentos médicos, numa palestra ou numa biblioteca, "formou-se uma amizade e uma colaboração que enriqueceria o mundo. Pois, por notável que fosse a associação entre o Dr. Watson e Sherlock Holmes, de importância quase igual para a posteridade foi a segunda colaboração entre o Dr. Watson e o outro médico também destinado à fama imortal, o Dr. Arthur Conan Doyle".

24. O romancista e estudioso sherlockiano Christopher Morley, fundador do Baker Street Irregulars, numa carta inédita a Edgar Smith, então editor do *Baker Street Journal*, propõe o dia 1º de janeiro de 1881 como o da decisão crucial de Watson — "um dia em que Watson estaria naturalmente tomando resoluções para uma vida mais frugal". O feriado explica também, sugere Morley, por que o laboratório a que Stamford levou Watson estava quase deserto.

25. O Criterion, mais formalmente o American Bar no Criterion, perto de Piccadilly Circus, era, segundo Michael Harrison (in *The London of Sherlock Holmes*), "um dos bares mais caros de Londres". Era também, segundo James E. Holroyd, um lugar de encontro para aficcionados das corridas de cavalo — portanto um lugar provável para Watson, a quem Holmes se referiu carinhosamente em "O velho solar de Shoscombe" como seu "Guia prático do turfe". Hoje o bar desapareceu, mas a *Brasserie* Criterion retornou à sua antiga glória arquitetônica e ostenta uma placa que comemora o encontro de Stamford e Watson.

26. J.N. Williamson, em "The sad case of young Stamford", afirma que "o jovem Stamford" tinha tendências criminosas conhecidas por Holmes, o que explica por que declinou a oportunidade de morar com ele. O jovem Stamford é a mesma pessoa, segundo Williamson, que Archie Stamford, o falsário mencionado de passagem em "O ciclista solitário". Esse mesmo rapaz, na teoria de Williamson, surge de novo como "Archie", um associado do vil John Clay em "A Liga dos Cabeças Vermelhas". Williamson postula que ele foi capturado e aparentemente se voltou para ocupações legais; no texto de *O cão dos Baskerville* da *Strand*, Holmes manda alguém ir a "Stamford" para obter um mapa Ordnance (embora isto seja demonstravelmente um erro tipográfico para "Stanford's", a conhecida loja de mapas). Adotando uma abordagem inteiramente diferente, H.E.B. Curjel postula em "Young Doctor Stamford of Barts" que o rapaz é membro do corpo docente do departamento de anatomia do Barts — ao passo que Cal Wood, em "Stamford: A closer look", adota a opinião um tanto rebuscada de que Stamford era companheiro de apartamento de Holmes.

27. O St. Bartholomew's Hospital Medical College, conhecido popularmente como "Barts" ou "Bart's", foi fundado em 1123 por — reza a lenda — Rahere, um bufão na corte de Henrique I. Tendo adoecido em Roma, Rahere rezou nas margens do Tibre, na ilha de São Bartolomeu, pedindo para se recuperar a tempo de morrer em seu torrão natal. São Bartolomeu lhe apareceu numa visão, ordenando-lhe que voltasse a Londres e construísse uma igreja e um hospital com seu nome. Em 1896 o hospital crescera para 678 leitos, tratando cerca de 6.500 pacientes internos e 16.000 externos anualmente. Entre os instrutores em sua famosa escola de medicina (inaugurada em 1843) esteve William Harvey, que tanto determinou o papel do coração na circulação do sangue como demonstrou que o sangue circulava num ciclo contínuo.

28. Em 1880 um anúncio do Holborn Restaurant o descrevia como "uma das curiosidades e um dos confortos de Londres", combinando as "atrações dos principais estabelecimentos parisienses com a tranquilidade e a ordem essenciais ao costume inglês". William H. Gill, em "Some notable sherlockian buildings", tem um ponto de vista menos benevolente, descrevendo o restaurante, arquitetonicamente, como "classicismo vitoriano em sua pior expressão".

O Holborn era conhecido como um estabelecimento apreciado pelo príncipe de Gales, o que talvez tenha impressionado os jovens Watson e Stamford. O tenente-coronel Newham-Davis captou algo da importância do Holborn em seu *Dinners and Diners: Where and How to Dine in London* (1899), em que ele e seu companheiro de jantar "queriam algo um pouco mais elaborado do que um *grill-room* nos daria, e companhia mais divertida do que provavelmente encontraríamos nos restaurantes menores que conhecíamos". Durante o jantar no "salão de mármore multicolorido, com sua escadaria de mármore elevando-se de cada lado", Newham-Davis e seu companheiro ouvem "uma boa banda, mas ruidosa demais" e comem carne de vaca com couve-de-bruxelas, galinha e pernil; quando recusam a sobremesa, o garçom expressa sua preocupação "de que estejamos com algum problema, pois a maioria das pessoas no Holborn come seu jantar do princípio ao fim". O capítulo 16 do mesmo livro narra a experiência de Newham-Davis de jantar no American Bar no Criterion, um "ótimo lugar para um jantar informal".

29. Ian McQueen indaga como o bronzeado de Watson, se de fato adquirido, teria sobrevivido à sua viagem do Afeganistão para Londres. Ver nota 78.

30. S.C. Roberts, em *Dr. Watson*, pergunta a si mesmo se o olhar estranho e a hesitação de Stamford significavam que ele previa seu iminente destino como "um dos notáveis oficiais de ligação da história da literatura" — comparável, na opinião de Roberts, a Tom Davies, que apresentou Boswell ao Dr. Samuel Johnson. A analogia é adequada à luz da caracterização que o próprio Holmes fez de Watson como "meu Boswell" ("Escândalo na Boêmia").

31. Watson vem a desenvolver uma visão ligeiramente mais cética das faculdades de Holmes, pois pouco depois, ao listar os limites do amigo, vai considerar seu conhecimento de anatomia "preciso, mas assistemático".

32. Os alcaloides, que ocorrem naturalmente em plantas, são conhecidos por seus poderosos efeitos fisiológicos sobre seres humanos e animais. (Morfina, estricnina, quinino, nicotina, cocaína e curare são apenas alguns exemplos.) O primeiro alcaloide a ser isolado e cristalizado foi a morfina, extraída da papoula, em 1805-06. Em 1878, Holmes poderia ter feito experimentos com vários alcaloides isolados, que tendem a ser inodoros e de gosto amargo; ao mesmo tempo, porém, não se sabia muito em definitivo sobre suas propriedades.

Alcaloides aparecem ao longo de todo o Cânone: morfina em "O homem da boca torta"', cocaína em "Escândalo na Boêmia" e quinino em *O signo dos quatro*; o alcaloide tubocurarina, um relaxante muscular, é o ingrediente ativo do curare, o veneno sul-americano que desempenha um papel significativo tanto em *O signo dos quatro* quanto em "O vampiro de Sussex". É claro que a nicotina, originária da planta tabaco, é onipresente nos quartos enfumaçados de Baker Street e outros lugares. A sagaz observação que Stamford faz aqui prenuncia a experimentação de Holmes com Watson e consigo mesmo em "O pé do diabo", embora não esteja estabelecido se *Radix pedis diaboli* é um alcaloide.

33. O gosto de Holmes por experimentação em cadáveres não se limitava a corpos humanos; em "Black Peter", Watson registra que Holmes testou a capacidade de penetração de arpões nas carcaças de porcos no açougue de Allardyce.

34. Assim chamado em homenagem a Robert Wilhelm Bunsen, o químico alemão que o introduziu (mas não o inventou) em 1885, o bico de Bunsen combina um tubo oco de metal com uma válvula na base que permite a regulação do suprimento de ar. Gás inflamável e ar são empurrados para cima através do tubo e depois acesos para produzir uma chama quente. O princípio por trás do bico de Bunsen abriu caminho para a invenção do queimador do fogão a gás e do forno a gás.

35. Em "Some observations on Sherlock Holmes and Dr. Watson at Bart's", Adrian Griffith observa que, em suas memórias, Sir Norman Moore conta que ele e um outro estudante não nomeado foram alunos particulares de Augustus Matthiessen, que lecionou química no Bart's a partir de 1870. Em 1869, Mathiessen, um empregado de Friedrich Bayer & Co. — então um fabricante de corantes têxteis —, removeu dois átomos de hidrogênio e um de oxigênio da morfina para obter o alcaloide subsidiário apomorfina. Sua função primária era induzir o vômito, e a Bayer o comercializou como um purgativo semelhante ao óleo de rícino. Mais tarde a apomorfina foi apregoada como tratamento para a doença de Parkinson e uma "cura" para a homossexualidade, e hoje é vendida como uma droga intensificadora do prazer sexual tanto de homens quanto de mulheres. Griffith sugere que Holmes era o aluno não nomeado de Mathiessen. Considerando o trabalho de Mathiessen sobre alcaloides, o interesse de Holmes pelo assunto poderia certamente ter começado no Bart's, e as lembranças que Moore tem da carreira de Mathiessen sugerem a Griffith que Holmes e Mathiessen podem ter até colaborado em algum projeto ocasional.

36. Se a descoberta de Holmes fosse válida, afirma Remsen Ten Eyck Schenck em "Baker Street fables", seria universalmente usada hoje. O fato de não ser leva Schenck a rotular de "infundada" a ideia de que apenas a hemoglobina induzia o agente a reagir. "Presumivelmente", continua Schenck, "[Holmes] descobriu em estudos adicionais que um resultado similar era obtido com outras substâncias comuns, ou que não se devia em absoluto à hemoglobina, mas antes a algum outro ingrediente presente no sangue, mas não exclusivo dele." Holmes estava errado até acerca da concentração de sua solução de sangue: Schenck estima que a razão de uma "gota" de sangue para um litro d'água teria sido na verdade cerca de uma parte de sangue para 30.000 partes de água, não a proporção de "um em um milhão" que Holmes menciona concisamente (embora uma "gota" no sentido comum seja uma unidade imprecisa, a menor unidade usada em medicina, também chamada "gota", corresponde a 0,06 de um mililitro, o que produziria uma razão de 1 para 60.000). O detetive "sem dúvida logo se arrependeu amargamente de ter mencionado esse teste, mesmo para Watson", conclui Schenck, "e isso poderia certamente explicar por que ele nunca mais foi mencionado".

Mas Leon S. Hostein, em "7. Knowledge of Chemistry — Profound", discorda, sugerindo que o teste foi uma versão inicial do teste de hemocromogênio, usado atualmente para identificar manchas de sangue. Quando há presença de sangue, os cristais de hemocromogênio tornam-se rosados, o que talvez não seja, como Hostein conjectura, um tom assim tão distante da "cor fosca de mogno" que Holmes observa.

Christine L. Huber, em "The Sherlock Holmes blood test: The solution to a Century-Old mystery", identifica o teste como aquele "redescoberto" na década de 1930, quando se "descobriu" que a hemoglobina A é desnaturada por hidróxido de sódio ("cristais brancos") e em seguida precipitada com sulfato de amônio saturado (um "fluido transparente"). "O Teste de Holmes ... esteve em uso quase diário em hospitais e laboratórios de pesquisa, como parte do processo eletroforético, desde sua redescoberta", afirma ela. "Como foi perdido, antes de mais nada, e por que Holmes nunca recebeu reconhecimento por ele permanecem um mistério."

37. Nesse outro teste para hemoglobina (e, consequentemente, para a presença de sangue), a resina marrom-esverdeada da árvore guaiaco, ou pau-santo, era misturada com álcool; essa substância era acrescentada ao líquido sob teste e depois agitada com algumas gotas de peróxido de hidrogênio em éter. A presença de hemoglobina daria à mistura uma viva cor azul. O teste foi relatado pela primeira vez em 1861 numa forma modificada por J. Van Deen.

R. Austin Freeman descreve esse teste em *The Shadow of the Wolf* (1925), um relato sobre o notável detetive médico-legal Dr. John Evelyn Thorndyke — cujos casos, como os de Holmes, foram descritos em vários outros livros, de *The Red Thumb Mark* (1907) a *The Jacob Street Mystery* (1942). Após verter um pouco de tintura de guaiaco sobre uma mancha duvidosa, Thorndike observa enquanto o líquido se espalha para fora, depois acrescenta o éter e permite que os dois líquidos se misturem. "Pouco a pouco o éter se espalhou em direção à mancha", escreve Freeman, "e, primeiro num ponto e depois em outro, se aproximou e finalmente cruzou a linha cinza ondulada; e em cada ponto ocorreu a mesma mudança: primeiro a débil linha cinza tornou-se uma forte linha azul, e depois a cor se estendeu para o espaço delimitado até que toda a área da mancha se destacou num conspícuo borrão azul. 'Você compreende o sentido disto', disse Thorndyke. 'Isto é uma mancha de sangue.'"

P.M. Stone, em "The other friendship: A speculation", afirma que Holmes e Thorndyke de fato se conheceram e trocaram ideias em certa altura. "Não é improvável", comenta Edgar Smith em sua introdução ao ensaio, "que Sherlock Holmes ... fosse inclinado a buscar variação — e poderíamos dizer alívio? — em relações intelectuais no plano mais elevado com alguém cujas capacidades e inclinações estavam um pouco mais próximas das suas."

Na verdade, 11 testes originais para hemoglobina foram desenvolvidos entre 1800 e 1881, e muitas variações foram propostas. Os testes, vários dos quais permanecem em uso, são resumidos por Raymond J. McGowan em "Sherlock Holmes and forensic chemistry".

38. Michael Harrison conjectura que Holmes ofereceu seu teste à polícia britânica, que o esnobou. Não admira, portanto, sugere Harrison, que Holmes, "alimentando um invencível preconceito contra o sistema da polícia britânica", preferisse seguir seu próprio caminho, extremamente individual.

39. D. Martin Dakin observa que "Muller" não pode ter sido "o Franz Muller que foi o primeiro assassino de estradas de ferro (1864), porque este *foi* condenado e não por manchas de sangue, mas pela distração de ir embora com o chapéu da sua vítima!"

40. Owen Dudley Edwards comenta: "Holmes está evidentemente lançando esses nomes em grande velocidade, com a obsessão de um devoto decidido a bombardear sua audiência com provas de sua própria ignorância num campo em que ele pretende evangelizar."

41. A proveniência do "Baker" em "Baker Street" não é muito clara. Segundo Hector Bolitho e Derek Peel em *Without the City Wall: An Adventure in London Street-names North of the River*, a maioria das ruas na parte oeste do distrito de Marylebone recebeu os nomes dos membros da família de William Henry Portman (de Orchard Portman, em Somerset), que herdou a terra em meados do século XVIII. Baker Street foi, por alguma razão, uma exceção a essa regra. Alguns estudiosos acreditam que a rua foi nomeada em homenagem a Sir Edward Baker, um vizinho e amigo de Mr. Portman em Dorset. Bolitho e Peel, no entanto, afirmam que um certo William Baker arrendou de Portman alguns acres perto de Portman Square com o objetivo de construir moradias e que foi em sua homenagem que a rua foi assim nomeada.

42. Ian McQueen observa: "A dupla certamente se classifica como os dois mais famosos fumantes de seu tempo. [Essa] troca de detalhes sobre seus hábitos de fumantes constitui justamente a primeira confidência trocada entre eles."

43. Estava Watson se referindo a fumo de marinheiro ou tinha predileção por alguma marca particular? Sherry Keen, em "Ship's or 'ship's': That is the question", observa que tanto *A Dictionary of Slang and Unconventional English*, de Eric Partridge, quanto *Soldier and Sailor; Words and Phrases*, de Fraser e Gibbons, referem-se a "*ship's*" como um "tabaco naval achocolatado". A *Encyclopedia Sherlockiana* de Jack Tracy, porém, identifica "*Ship's*" sem hesitação como "*Schippers Tabak Special*, uma forte mistura de fumo fabricada nos Países Baixos e muito apreciada pelos marinheiros". William Baring-Gould sugere que Watson passou a fumar "*Ship's*" a bordo do *Orontes*. Lembremos, contudo, que ao voltar para a Inglaterra Watson estava num estado muito debilitado, quase um inválido; com base nisso, W.E. Edwards conjectura que ele adquiriu o hábito em sua viagem *para* a Índia. Fosse como fosse, conclui Baring-Gould, o tabaco foi "uma preferência passageira", pois em "O corcunda" Watson havia voltado a fumar "a mistura Arcadia de seus tempos de solteiro".

44. O filhote de buldogue nunca mais é mencionado no Cânone, e as mais variadas explicações foram propostas para seu misterioso desaparecimento. Robert S. Morgan, em "The puzzle of the Bull Pup" sugere que o cão sofreu um acidente fatal pouco depois da mudança de Watson, resultando num choque para o sistema nervoso do médico e um dano permanente à sua memória. A teoria de Thomas Tully, em "Bull Pup", é que Watson estava apenas cuidando temporariamente do cão. De maneira mais engenhosa, Carol P. Woods, em "A curtailed report on a dogged investigation", especula que Watson confundiu seu animal de estimação com um cão quando se tratava, de fato, de uma doninha. Depois que Holmes chamou sua atenção para esse erro, um embaraçado Watson nunca mais mencionou o animal. Mas o novo companheiro de apartamento de Watson pode ter sido responsável pela expulsão do animal. William Baring-Gould salienta sensatamente: "Devemos lembrar que Holmes em seus tempos de faculdade fora mordido no tornozelo por um *bull terrier* (de Victor Trevor) e o buldogue de Watson pode ter considerado o mesmo alvo irresistível. 'Watson, esse cachorro tem de desaparecer!'"

Vários estudiosos duvidam da própria existência do cão. L.S. Holstein, por exemplo, não acredita que "um hotel privado no Strand" houvesse permitido a Watson manter um cão. W.E. Edwards, entre outros, pensa que com o termo "buldogue" Watson se referia ao modelo de pistola de cano curto assim chamado, não a "um animal doméstico impossível no Afeganistão, ilegal no *Orontes*, inadequado num hotel privado e invisível em Baker Street". Identificações semelhantes são feitas por George Fletcher (que acredita que a referência é a um fuzil militar) e J.R. Stoclker e R.N. Brodie (a um revólver militar). Outros remetem a Jacques Barzun, que escreve em *Simple & Direct: A Rhetoric for Writers*, sem citar a fonte, que o termo designava uma pessoa de mau gênio. A partir disto, estudiosos postulam que Watson inventou a existência do cão para advertir Holmes de que devia ser cauteloso (Bruce Kennedy, "What Bull Pup?"). Talvez mais interessante seja a sugestão de Arthur M. Axelrad em "Dr. Watson's Bull Pup: A psycholinguistic solution", de que "*I keep a bull pup*" ["tenho um filhote de buldogue"] foi uma distorção "psicolinguística" sob estresse de "*I keep a full cup*" (isto é, "estou sempre com um copo cheio" ou "sou um beberrão").

45. Baring-Gould sugere que isto pode se referir à experiência de Watson com as mulheres — que se estendia "por muitas nações e três continentes diferentes" (ver *O signo dos quatro*, nota 38 e o texto a que se refere) — ou sua propensão para jogos de azar (ver, por exemplo, "O velho solar de Shoscombe").

46. Em "A pedra Mazarin", um narrador não nomeado afirma que "Holmes raramente ria, mas nunca chegou tão perto disso, pelo que seu velho amigo Watson podia se lembrar". Claramente, essa afirmação é refutada aqui. A.G. Cooper, em "Holmesian humour", afirma ter contado 292 exemplos da risada do Mestre, enquanto Charles E. Lauterbach e Edward S. Lauterbach, em "The man who seldom laughed", compilaram a seguinte tabela:

Quadro de frequência mostrando o número e o tipo das reações de Sherlock Holmes a situações e comentários cômicos em suas 60 aventuras registradas

Sorriso	103
Riso	65
Piada	58
Risadinha	31
Humor	10
Diversão	9
Alegria	7
Prazer	7
Brilhos nos olhos	7
Variadas	19
TOTAL	316

47. Watson está citando aqui *An Essay on Man*, de Alexander Pope (1688-1744): "Conhece então a ti mesmo, não te atrevas a perscrutar Deus:/ O estudo próprio para a Humanidade é o Homem."

II. A ciência da dedução

Encontramo-nos no dia seguinte, tal como combinado, e inspecionamos os aposentos da Baker Street, nº 221B,[48] de que ele falara. Consistiam em dois confortáveis quartos de dormir e uma única e espaçosa sala de estar, jovialmente mobiliada e iluminada por duas amplas janelas.[49] O apartamento era tão desejável em todos os aspectos, e as condições pareciam tão razoáveis[50] se divididas entre nós, que o negócio foi fechado no ato e tomamos posse do lugar imediatamente. Naquela mesma tarde levei minhas coisas do hotel para lá e na manhã seguinte Sherlock Holmes me seguiu com várias caixas e malas. Passamos um ou dois dias extremamente ocupados, desembalando nossos pertences e arrumando-os da melhor maneira possível. Feito isto, começamos a nos adaptar pouco a pouco ao nosso novo ambiente.

Holmes não era um homem de convívio difícil. Tinha modos tranquilos e hábitos regulares. Raramente estava de pé depois das dez horas da noite, e invariavelmente já tinha tomado o desjejum e saído quando eu me levantava de manhã.[51] Às vezes passava o dia no laboratório de química, às vezes nas salas de dissecação, e eventualmente em longas caminhadas, que pareciam levá-lo ao submundo da cidade.[52] Nada podia superar sua energia quando dominado pelo impulso de trabalhar; vez por outra, porém, uma reação tomava conta dele, e passava dias a fio deitado no sofá da sala de estar, mal pronunciando uma palavra ou movendo um músculo, da manhã à noite. Nessas ocasiões, eu notava uma expressão tão sonhadora e aérea em seus olhos que poderia ter desconfiado que era viciado em algum narcótico, se a temperança e a correção de toda a sua vida não proibissem semelhante ideia.[53]

Com o passar das semanas, meu interesse por ele e minha curiosidade quanto a seus objetivos na vida foram se aprofundando e crescendo pouco a pouco. Sua pessoa e aparência, por sua vez, eram tais que chamavam a atenção do mais superficial observador. Tinha certamente mais de um metro e oitenta e dois de altura, mas era tão excessivamente magro que parecia ainda mais alto. Seus olhos eram vivos e penetrantes, salvo durante aqueles intervalos de torpor a que aludi; e seu nariz fino e aquilino dava ao conjunto de sua expressão um ar de alerta e determinação. Também o queixo, proeminente e quadrado, indicava o homem decidido.[54] Embora suas mãos estivessem invariavelmente manchadas de tinta e produtos químicos, possuía extraordinária delicadeza de tato, como frequentemente tive oportunidade de observar ao vê-lo manipular seus frágeis instrumentos científicos.

O leitor pode me tomar por um incorrigível abelhudo quando confesso o quanto esse homem estimulava minha curiosidade, e quantas vezes tentei penetrar a reticência que ele mostrava com relação a tudo. Antes de emitir um julgamento, porém, que se lembre o quanto minha vida era sem objetivo e quão pouco havia para me prender a atenção. Meu estado de saúde impedia que eu me aventurasse fora de casa, a menos que o tempo estivesse excepcionalmente propício, e eu não tinha nenhum amigo que me visitasse e rompesse a monotonia de meu dia a dia. Saudei com avidez o pequeno mistério que envolvia meu companheiro e passava boa parte do meu tempo tentando desvendá-lo.

Holmes não estava estudando medicina. Ele próprio, em resposta a uma pergunta, confirmou a opinião de Stamford a esse respeito. Tampouco parecia ter seguido qualquer curso que pudesse habilitá-lo para um diploma em ciência ou qualquer outro portal reconhecido que lhe permitisse ingressar no mundo do saber.[55] Apesar disso, seu entusiasmo por certos estudos era notável e, dentro de limites excêntricos, seu conhecimento era tão extraordinariamente vasto e minucioso que suas observações me deixavam justamente estarrecido. Certamente nenhum homem trabalharia com tanto afinco ou conseguiria informações tão precisas a menos que tivesse algum objetivo definido em vista. Leitores que pulam de um assunto a outro raramente se fazem notar pela exatidão de seu saber. Nenhum homem sobrecarrega sua mente com minúcias a menos que tenha uma razão muito boa para isso.

Sua ignorância era tão extraordinária quanto seu conhecimento. De literatura contemporânea, filosofia e política, parecia não saber praticamente nada. Quando lhe citei Thomas Carlyle, perguntou da maneira mais ingênua quem ele poderia ser e o que tinha feito.[56] Minha surpresa chegou ao clímax, entretanto, quando descobri por acaso que ele ignorava a teoria copernicana[57] e a composição do Sistema Solar. Que um ser humano civilizado neste século XIX não estivesse ciente de que a Terra gira em redor do Sol pareceu-me um fato que, de tão extraordinário, era quase inacreditável.[58]

"Você parece espantado", disse ele, sorrindo diante de minha expressão de surpresa. "Agora que sei disso, farei o possível para esquecer."

"Esquecer!"

"Entenda", explicou ele, "considero que o cérebro de um homem é originalmente como um pequeno sótão vazio, que temos de encher com os móveis que escolhemos. Um tolo recolhe todo tipo de trastes com que depara, de modo que o conhecimento que lhe poderia ser útil fica atravancado, ou na melhor das hipóteses misturado com muitas outras coisas, de modo que ele tem dificuldade em localizá-lo. O trabalhador competente, porém, é muito cuidadoso com relação ao que leva para seu cérebro-sótão. Não guardará nada lá a não ser as ferramentas que possam ajudá-lo em seu trabalho, mas dessas tem grande sortimento, e todas na mais perfeita ordem. É um erro pensar que o quartinho tem paredes elásticas e pode se expandir até qualquer medida. Acredite que chega uma hora em que, para cada novo conhecimento, você esquece alguma coisa que sabia antes. É da maior importância, portanto, não ter fatos inúteis expulsando os úteis."[59]

"Mas o Sistema Solar!" protestei.

"Que significa ele para mim?" interrompeu ele, impaciente. "Você diz que giramos em torno do Sol. Se girássemos em torno da Lua isso não faria a mínima diferença para mim ou para o meu trabalho."

Estive a ponto de lhe perguntar que trabalho podia ser esse, mas alguma coisa em seu jeito me mostrou que a pergunta não seria bem-vinda. Refleti sobre nossa curta conversa, entretanto, e esforcei-me por extrair dela minhas deduções. Ele disse que não adquiriria nenhum conhecimento que não tivesse relação com sua finalidade. Portanto, todos os conhecimentos que possuía eram de molde a lhe ser úteis. Enumerei em minha própria mente os pontos sobre os quais me mostrara ser excepcionalmente bem informado. Cheguei a pegar um lápis e anotá-los. Não pude deixar de sorrir quando concluí o documento. Ficou assim:

SHERLOCK HOLMES – SEUS LIMITES[60]

1. Conhecimento de literatura. – Zero.
2. " " filosofia. – Zero.[61]
3. " " astronomia – Zero.
4. " " política. – Fraco.[62]
5. " " botânica. – Variável. Versado em beladona, ópio e venenos em geral. Não sabe nada de jardinagem prática.
6. " " geologia. – Prático, mas limitado. Distingue diferentes tipos de solo num relance. Após caminhadas, mostrou-me salpicos em suas calças e me disse, com base em sua cor e consistência, em que parte de Londres os recebera.
7. " " Química. – Profundo.
8. " " Anatomia. – Preciso, mas assistemático.
9. " " Literatura sensacionalista. – Imenso. Parece saber cada detalhe de cada horror perpetrado no século.[63]
10. Toca violino bem.
11. É perito em *singlestick*,[64] boxeador e espadachim.
12. Tem bom conhecimento prático do direito inglês.[65]

Ao chegar a esse ponto em minha lista, atirei-a ao fogo, desalentado. "Se a única maneira de descobrir aonde esse sujeito quer chegar é combinando todos esses talentos e atinando com uma profissão que exija todos eles", disse a mim mesmo, "é melhor desistir agora mesmo."

Vejo que aludi acima a seus dons de violinista. Eram extraordinários, mas excêntricos como todos os seus outros talentos. Que era capaz de executar peças, e peças difíceis, eu sabia bem, porque a meu pedido tocara para mim alguns *Lieder*[66] de Mendelssohn e outras de minhas favoritas. Por sua própria conta, no entanto, raramente produzia alguma música ou tentava uma ária reconhecível. Ao entardecer, recostado em sua poltrona, fechava os olhos e arranhava descuidadamente a rabeca atravessada sobre seu joelho. Por vezes os acordes eram sonoros e melancólicos. Ocasionalmente, eram extravagantes e alegres.[67] Estava claro que refletiam os pensamentos que o dominavam, mas se a música ajudava esses pensamentos ou se ele tocava por simples capricho ou veneta, é mais do que eu poderia decidir. Eu poderia ter me rebelado contra esses solos exasperantes, caso ele não costumasse encerrá-los tocando em rápida sucessão uma série completa de minhas árias favoritas como uma pequena recompensa pela provação a que submetera minha paciência.[68]

"Ao entardecer, recostado em sua poltrona, fechava os olhos e arranhava descuidadamente a rabeca atravessada sobre seu joelho."
[Richard Gutschmidt, *Späte Rache*, Stuttgart: Robert Lutz Verlag, 1902]

Durante a primeira semana, aproximadamente, não recebemos visitas, e eu tinha começado a pensar que meu companheiro era um homem tão sem amigos como eu. Pouco depois, porém, descobri que ele tinha muitos conhecidos, e nas mais diferentes classes da sociedade. Havia um sujeitinho amarelado, com cara de rato e olhos escuros, que me foi apresentado como Mr.

"Ele fechava os olhos e arranhava descuidadamente a rabeca."
[Geo. Hutchinson, *A Study in Scarlet*, Londres, Ward, Lock Bowden, and Co., 1891]

"Descobri que ele tinha muitos conhecidos." [C. Coulston, *Sherlock Holmes Series,* Nova York–Londres, Harper & Bros., 1904]

"Havia um sujeitinho amarelado, com cara de rato e olhos escuros." [Geo. Hutchinson, *A Study in Scarlet,* Londres, Ward, Lock Bowden, and Co., 1891]

Lestrade,[69] e que apareceu três ou quatro vezes numa única semana. Uma manhã, apareceu uma moça elegantemente vestida, que ficou por meia hora ou mais. A mesma tarde trouxe um visitante grisalho e andrajoso, parecendo um mascate judeu, que me deu a impressão de estar muito aflito e foi seguido de perto por uma mulher idosa e desmazelada. Em outra ocasião um cavalheiro de cabeça branca teve uma entrevista com meu companheiro; e em outra ainda um carregador de estrada de ferro em seu uniforme de belbutina.[70] Quando qualquer desses indivíduos indefiníveis aparecia, Sherlock Holmes costumava pedir para usar a sala de estar, e eu me retirava para o meu quarto. Ele sempre pedia desculpas por me submeter a esse inconveniente. "Preciso usar esta sala para meus negócios", dizia, "e essas pessoas são meus clientes." Mais uma vez tive a oportunidade de lhe fazer uma pergunta sem rodeios, e mais uma vez minha delicadeza me impediu de forçar outro homem a confiar em mim. Imaginei na ocasião que ele tinha alguma razão forte para não aludir a isso, mas logo ele dissipou essa ideia abordando o assunto direta e espontaneamente.

Foi no dia 4 de março, como tenho boas razões para lembrar, que me levantei um pouco mais cedo que o usual e verifiquei que Sherlock Holmes ainda não terminara seu desjejum. A senhoria[71] acostumara-se tanto a meus hábitos tardios que meu lugar não fora posto nem meu café preparado. Com a petulância irracional da humanidade, toquei a campainha e indiquei laconicamente que estava pronto. Em seguida peguei uma revista[72] da mesa e tentei matar o tempo com ela enquanto meu companheiro mastigava silenciosamente sua torrada. Um dos artigos tinha uma marca a lápis no cabeçalho e, naturalmente, comecei a correr os olhos por ele.

"Um visitante grisalho e andrajoso." [Geo. Hutchinson, *A Study in Scarlet*, Londres, Ward, Lock Bowden, and Co., 1891]

Intitulado um tanto pretensiosamente "O livro da vida", tentava mostrar quanto um homem observador podia aprender mediante um exame preciso e sistemático de tudo com que deparasse. Deu-me a impressão de ser uma extraordinária mistura de sagacidade e absurdo. A argumentação era densa e intensa, mas as deduções me pareceram rebuscadas e exageradas. O autor afirmava que, por uma expressão momentânea, a contração de um músculo ou uma olhadela, podia penetrar os mais íntimos pensamentos de um homem. O engano, segundo ele, era uma impossibilidade no caso de alguém treinado na observação e na análise. Suas conclusões seriam tão infalíveis quanto proposições de Euclides.[73] Os resultados por ele obtidos pareceriam tão surpreendentes aos não iniciados que, até que aprendessem os processos pelos quais ele os alcançara, poderiam de fato considerá-lo um necromante.

"Um cavalheiro de cabeça branca teve uma entrevista com meu companheiro." [Geo. Hutchinson, A Study in Scarlet, Londres, Ward, Lock Bowden, and Co., 1891]

"De uma gota d'água", dizia o autor, "um lógico poderia inferir a possibilidade de um Atlântico ou um Niágara, sem ter visto ou ouvido falar de qualquer dos dois. Toda a vida é portanto uma grande corrente, cuja natureza é conhecida sempre que vislumbrarmos um único de seus elos. Como todas as outras artes, a Ciência da Dedução e Análise é tal que só pode ser adquirida mediante longo e paciente estudo, e a vida não é longa o bastante para permitir a um mortal atingir nela a máxima perfeição possível. Antes que se volte para aqueles aspectos morais e mentais da matéria que apresentam maior dificuldade, permita-se ao investigador começar dominando problemas mais elementares. Que aprenda, ao conhecer um semelhante, a distinguir num relance a história do homem, e o ofício ou profissão que exerce. Por pueril que possa parecer, esse exercício aguça as faculdades de observação e ensina para onde olhar e o que procurar. Pelas unhas de um homem, pela manga de seu paletó, por suas botinas, pelos joelhos de suas calças, pelas calosidades de seu dedo indicador e polegar, por sua expressão, pelos punhos da camisa – por cada uma dessas coisas a profissão de um homem é claramente revelada. Que tudo isso somado não chegue a iluminar o investigador competente é, em qualquer circunstância, quase inconcebível."

"Que indescritível tolice!" exclamei, batendo a revista na mesa. "Nunca li tanto disparate em minha vida".

"Do que se trata?" perguntou Sherlock Holmes.

"Ora, este artigo", disse eu, apontando-o com a colher do ovo ao me sentar para meu desjejum. "Vejo que o leu, pois o assinalou. Não nego que foi escrito com inteligência. Mas me irrita. É evidentemente a teoria de algum ocioso que desenvolve todos esses elegantes pequenos paradoxos no isolamento de seu próprio gabinete. Isso não é prático. Eu gostaria de vê-lo enfiado num vagão de terceira classe[74] do metrô,[75] e solicitado a descobrir os ofícios de todos os seus companheiros de viagem. Apostaria mil por um contra ele."[76]

"Perderia o seu dinheiro", observou Sherlock Holmes calmamente. "Quanto ao artigo, eu mesmo o escrevi."

"Você!"

"Sim, tenho um pendor tanto para a observação como para a dedução. As teorias que expressei ali, e que lhe parecem tão quiméricas, são na verdade extremamente práticas — tão práticas que dependo delas para minha subsistência."

"Mas como?"

"Bem, tenho uma profissão. Suponho que sou o único no mundo a exercê-la. Sou um detetive consultor, se é capaz de entender o que é isso. Aqui em Londres temos um punhado de detetives do governo e detetives privados. Quando esses sujeitos se veem numa enrascada, eles me procuram, e consigo pô-los na pista certa. Eles me expõem todas as evidências, e em geral sou capaz, com a ajuda de meu conhecimento da história do crime, de corrigir seus erros. Há uma forte semelhança de família entre os delitos, e se você tem todos os detalhes de um milhar deles na ponta dos dedos, seria estranho que não conseguisse desvendar o milésimo primeiro. Lestrade é um detetive muito conhecido. Ele se confundiu recentemente com um caso de falsificação, e foi isso que o trouxe aqui."

"E essas outras pessoas?"

"Em sua maioria elas me são enviadas por agências privadas de investigação. Todas estão em apuros por alguma razão, e querem algum esclarecimento. Ouço suas histórias, elas ouvem meus comentários, e depois eu embolso meu pagamento."[77]

"Está querendo dizer", disse eu, "que sem deixar sua sala você consegue desatar um nó que outros homens são incapazes de deslindar, embora tenham visto todos os detalhes por si mesmos?"

"Exatamente. Tenho uma espécie de intuição para isso. Volta e meia me aparece um problema um pouco mais complexo. Nesse caso tenho de me pôr em movimento e ver as coisas com meus próprios olhos. Sabe, tenho muitos conhecimentos especiais que aplico ao problema e que facilitam enormemente as coisas. Essas regras de dedução expostas nesse artigo que suscitou seu desdém são inestimáveis no meu trabalho prático. A observação é minha segunda natureza. Você pareceu surpreso quando eu lhe disse, em nosso primeiro encontro, que você tinha vindo do Afeganistão."

"Alguém lhe contou, sem dúvida."

"Nada disso. Eu *sabia* que você vinha do Afeganistão. Por força de um hábito antigo, o encadeamento de ideias correu tão depressa pela minha mente que cheguei à conclusão sem ter consciência dos passos intermediários. Esses passos existiram, contudo. O encadeamento de ideias foi: 'Aqui está um homem com jeito de médico, mas com ar de militar. Claramente um médico do Exército, portanto. Acaba de chegar dos trópicos, pois seu rosto está escuro,[78] e essa não é a tonalidade natural de sua face, pois seus punhos são claros. Ele passou por penúrias e doenças, como seu rosto abatido revela claramente. Foi ferido no braço esquerdo, pois o mantém numa posição rígida e pouco natural. Onde nos trópicos um médico do Exército poderia ter encontrado tantas privações e sido ferido no braço? Claramente no Afeganistão.'[79] Todo o encadeamento de ideias não demandou um segundo. Comentei então que você vinha do Afeganistão e o deixei pasmo."

"É muito simples quando você explica", disse eu, sorrindo. "Você me lembra Dupin de Edgar Allan Poe.[80] Nunca pensei que existissem pessoas assim na vida real."

Sherlock Holmes levantou-se e acendeu seu cachimbo. "Sem dúvida acha que está me elogiando ao me comparar com Dupin", observou. "Em minha opinião, porém, Dupin era um sujeito muito inferior.[81] Aquele truque de se intrometer nos pensamentos com um comentário oportuno depois de um quarto de hora de silêncio é por demais aparatoso e superficial. Ele tinha algum talento analítico, sem dúvida; mas não era de maneira alguma o fenômeno que Poe parecia imaginar."

"Leu as obras de Gaboriau?" perguntei. "Lecoq corresponde à sua ideia de um detetive?"[82]

Sherlock Holmes torceu o nariz, sardônico. "Lecoq era um pobre trapalhão", disse num tom irritado; "só tinha uma qualidade, sua energia. Aquele livro me deixou realmente infeliz. A questão era como identificar um prisioneiro desconhecido. Eu poderia ter feito isso em vinte e quatro horas. Lecoq levou uns seis meses. Aquilo poderia ser usado como um manual para ensinar a detetives o que evitar."[83]

Senti-me indignado por ver dois personagens que admirara tratados com tamanho desdém. Fui até a janela e pus-me a contemplar a rua movimentada. "Esse sujeito pode ser inteligente", disse a mim mesmo, "mas é sem dúvida muito convencido."

"Não há crimes nem criminosos hoje em dia",[84] disse ele, em tom de queixa. "De que adianta ter cérebro em nossa profissão? Sei muito bem que tenho condições de tornar meu nome famoso. Não há nem nunca houve um homem que trouxesse para a detecção do crime a mesma quantidade de estudo e talento natural que eu trouxe. E qual foi o resultado? Não há crime a detectar, ou, no máximo, alguma vilania tosca, com um motivo tão transparente que até um funcionário da Scotland Yard[85] consegue resolvê-la."

Eu continuava aborrecido com seu estilo arrogante de conversa. Pensei que o melhor era mudar de assunto.

"Que estaria aquele sujeito procurando?" perguntei, apontando para um indivíduo robusto e vestido com simplicidade, que caminhava devagar do outro lado da rua, olhando para os números com ansiedade. Tinha na mão um grande envelope azul e era evidentemente o portador de uma mensagem.

"Você se refere ao sargento reformado dos Fuzileiros Navais", disse Sherlock Holmes.

"Quanta gabolice!" pensei com meus botões. "Ele sabe que não posso verificar sua suposição."

Esse pensamento mal passara pela minha cabeça quando o homem que observávamos avistou o número sobre nossa porta e atravessou a rua correndo. Ouvimos uma batida forte, uma voz grave lá embaixo e passos pesados subindo a escada.

"Para Mr. Sherlock Holmes", disse ele, entrando na sala e entregando a carta ao meu amigo.

Ali estava uma oportunidade de pôr fim à sua presunção. Ele nem sonhara com isso ao fazer sua adivinhação aleatória. "Posso lhe perguntar, meu rapaz", disse eu, com a mais branda das vozes, "qual seria o seu ofício?"

"Mensageiro, senhor", disse ele, bruscamente. "Meu uniforme está no conserto."

"E antes era?" perguntei, olhando com uma ponta de malícia para meu companheiro.

"Sargento, senhor, Infantaria Ligeira dos Reais Fuzileiros Navais,[86] senhor. Nenhuma resposta? Certo, senhor."

Bateu os calcanhares, continência e saiu.

"'Para Mr. Sherlock Holmes', disse ele."
[Richard Gutschmidt, *Späte Rache*, Stuttgart, Robert Lutz Verlag, 1902]

Notas

48. Muitas edições americanas omitem o "B".

49. Veja, deste editor, "Layout of a 'most desirable residence'" para uma discussão do arranjo e da mobília da sala.

50. Após pesquisar aluguéis razoáveis da época, Michael Harrison estima, em *In the Footsteps of Sherlock Holmes*, que Holmes e Watson pagavam provavelmente um aluguel total de três a quatro libras por semana. Isso teria incluído roupa lavada e alimentação, mas provavelmente não cobria o gás, o que "pode explicar as referências, frequentes ao longo de todos os escritos de Watson, às lâmpadas a óleo no 221B".

51. No Capítulo 1, Watson avisou a Holmes que acordava "nas horas mais escandalosas". Em "A banda malhada", porém, Watson descreve Holmes como costumando "acordar tarde", e a si mesmo como "regular em meus hábitos". Uma descrição similar se manifesta em *O cão dos Baskerville* (nota 2 e texto a que se refere), com Watson narrando que Holmes "estava geralmente muito atrasado de manhã". Os hábitos de Holmes parecem no mínimo variáveis: "O polegar do engenheiro" encontra Watson esperando encontrar Holmes no desjejum pouco depois das 7h da manhã. O único padrão coerente sugerido é que Watson devia acordar regularmente *muito* tarde, como o confirma seu desjejum tardio em "O mistério do vale Boscombe".

52. William Baring-Gould deduz que essas "longas caminhadas" deviam estar relacionadas a um caso, pois Holmes era "uma pessoa que raramente praticava exercício por amor ao exercício" ("A face amarela").

O termo "*low*" [baixo], explica W.E. Edwards, "era um característico epíteto vitoriano para expressar desprezo. Havia muito ódio de classe na expressão '*lower-class*' ['classe baixa'], sua versão polida sendo '*working-class*' ['classe trabalhadora']". Na era vitoriana, a industrialização viu uma rápida expansão da "*middle class*" ["classe média"]: lojistas, negociantes, empregados de escritório, professores, médicos e advogados: ou, em outras palavras, os que empregavam criados, embora não pertencessem ainda à aristocracia. Os membros dessa nova classe média (que teriam incluído Holmes e Watson), que aspiravam à ascensão social e ao mesmo tempo procuravam desesperadamente não despencar em status, procuravam se distanciar da classe trabalhadora dos mascates de rua, mineiros, criados e a maior parte dos operários de fábrica. Em 1909, o político inglês C.E.G. Masterman observou astutamente que "Os Ricos desprezam os Trabalhadores, a Classe Média os teme."

53. De fato, mais tarde se torna evidente para o Dr. Watson que Holmes é um usuário regular de cocaína (uma solução de 7%), e ele se propõe a curá-lo do vício. Seu uso da cocaína é explicitamente mencionado em "As cinco sementes de laranja", "Escândalo na Boêmia", *O signo dos quatro*, "O homem da boca torta" e "A face amarela", e em *O signo dos quatro* Watson sugere que Holmes também estava usando morfina. Em

"Escândalo na Boêmia", Watson descreve Holmes como alternando entre o "torpor da droga" e "a energia impetuosa de sua personalidade intensa". Em "As cinco sementes de laranja", Watson acusou Holmes de se "autoenvenenar", e em *O signo dos quatro*, Holmes admitiu que a "influência física" da droga é "má". Mas defendeu seu uso, alegando: "Considero-a, contudo, tão transcendentemente estimulante e aclaradora para a mente que não dou muita importância a seus efeitos secundários."

William S. Baring-Gould acredita que o detetive procurou conforto na droga pela primeira vez após seu colapso nervoso em "Os fidalgos de Reigate", que ocorreu provavelmente em abril de 1887. Nessa história, Watson nota "o esgotamento [de Holmes] causado por sua exaustiva atividade na primavera de 1887" (num caso não narrado envolvendo a misteriosa Companhia Países Baixos–Sumatra) e descreve que, chegando ao quarto de doente do detetive, o encontrou exausto, entediado, e "nas garras da mais negra depressão". Mas o Dr. Charles Goodman conclui que Holmes usou cocaína pela primeira vez não por fraqueza nem por tédio, mas por causa de uma dor de dente, como uma vítima crônica de piorreia.

Em "O atleta desaparecido", geralmente aceito como se passando em 1896 ou 1897, Watson descreve seus esforços para reabilitar Holmes. "Fazia anos que eu tentava curá-lo pouco a pouco do vício da droga que outrora ameaçara interromper sua extraordinária carreira. Agora eu sabia que em condições normais ele não mais ansiava por esse estímulo artificial; mas tinha também plena consciência de que o demônio não estava morto, apenas dormia; e sabia que era um sono leve e que o despertar estava próximo quando, em períodos de ociosidade, via o aspecto abatido de Holmes e a melancolia de seus olhos fundos e inescrutáveis."

Nem todos os estudiosos aceitam a ideia de que Holmes usava drogas recreativas. O Dr. George McCleary chega à conclusão de que, apesar da declaração de Watson em *O signo dos quatro* de que testemunhara Holmes injetando-se cocaína três vezes por dia "durante muitos meses", de fato Holmes nunca foi um viciado, mas estava enganando Watson deliberadamente. Baseia essa conclusão nas "evidências" da habilidade de Holmes com maquiagem e disfarce e em seus traços de personalidade (isto é, que ele não se encaixa no perfil do usuário comum de drogas), concluindo que o detetive estava pregando uma peça em Watson, e que, fosse lá o que se injetava, não era cocaína. Por mais interessante que seja esta teoria, McCleary não oferece nenhuma razão para essa peça cruel. Michael Harrison, por outro lado, afirma que a descrição que Watson faz de Holmes — sua inquietação, capacidade de trabalhar dias a fio sem sono adequado, e até sem absolutamente nenhum repouso, mudanças abruptas de humor e colapsos abruptos na sonolência — "são as evidências inconfundíveis de uso intenso e prolongado de algum forte narcótico".

Uma visão mais moderada, partilhada pelo Dr. Eugene F. Carey ("Holmes, Watson and cocaine") e Edgar W. Smith ("Up from the needle"), defende que Holmes era, nas palavras de Carey, um "usuário judicioso". Smith conclui que "ele nunca foi um escravo do vício no sentido clínico do termo, pois ... sempre foi capaz de se libertar do encantamento e de encontrar inspiração no entusiasmo da perseguição".

54. Embora Watson o descreva como "excessivamente magro" e dotado de um "nariz aquilino", Richard Asher acredita que Holmes era, com exceção dos dentes manchados de tabaco, "extremamente atraente para as mulheres". Era, afirma Asher, "um homem dotado de todos aqueles talentos mentais, físicos e sociais que deviam torná-lo um sucesso junto às mulheres". Reforça essa conclusão observando o efeito de Holmes sobre Mary Morstan (*O signo dos quatro*), Irene Adler ("Escândalo na Boêmia"), Mrs. Neville St. Clair ("O homem da boca torta"), Violet Hunter ("As faias acobreadas") e, é claro, a criada Agatha ("Charles Augustus Milverton"), todas as quais, assegura ele, sentiram-se claramente atraídas por Holmes.

A mais antiga ilustração de Holmes que se conhece (reproduzida na página 69) desmente essa descrição de um homem fisicamente atraente, embora não haja provas de que se baseou no original. Os desenhos de Charles Doyle, pai de Arthur Conan Doyle, que deve ter conhecido Holmes, representam-no ainda menos sedutor (como pode ser visto nas páginas 64, 97 e 107, embora o ponto mais baixo em matéria de retratos holmesianos deva ser a ilustração de Charles Kerr para *O signo dos quatro*. Só depois que Sidney Paget pegou da pena para ilustrar as *Aventuras* Holmes passou a ser representado de uma maneira que podia ser vista como atraente. Lamentavelmente, é bem sabido que Page usou seu irmão Walter como modelo; o próprio Holmes estava no Tibete e outros locais mais a leste.

55. Embora não haja menção no Cânone de que Holmes obteve um grau universitário, fica claro que ele participava do "mundo do saber" e contribuiu para vários campos com muitas monografias eruditas. A maioria dos estudiosos concorda que ele frequentou uma das grandes universidades, Oxford ou Cambridge, embora alguns sugiram que frequentou ambas, e vários proponham um curso suplementar na Universidade de Londres. A complexidade das argumentações, que se apoiam fortemente na cultura de cada uma das escolas, estão muito além do escopo desta obra. A despeito de sua parcialidade, Nicholas Utechin, por muito tempo editor do *Sherlock Holmes Journal*, publicado pela Sherlock Holmes Society of London, produziu uma excelente obra intitulada *Sherlock Holmes at Oxford*, que proporciona um ótimo sumário das argumentações.

56. Thomas Carlyle (1795-1881) foi um historiador e ensaísta britânico, nascido na Escócia e fortemente influenciado por escritores alemães como Goethe. Carlyle, que lecionou matemática e estudou direito, criticava mordazmente a hipocrisia e o materialismo, e Holmes talvez admirasse sua firme crença de que líderes heroicos eram essenciais na conformação e alteração dos eventos do mundo. Escrevendo num estilo estranho, quase violento, compreendendo palavras e expressões inusitadas, ritmos frenéticos e expressões influenciadas pelo alemão, Carlyle publicou várias grandes obras, entre elas *The French Revolution* (1837), em três volumes, a conferência pública *On Heroes, Hero-Worship, and the Heroic in History* (1841) e a biografia *History of Friedrich II of Prussia, Called Frederick the Great* (1858-65). Escreveu também biografias de Friedrich von Schiller, Oliver Cromwell e John Sterling.

Apesar da declaração que Watson faz aqui, poucos estudiosos acreditam que o culto Holmes ignorasse de fato a obra de Carlyle. Em *My Dear Holmes*, Gavin Brend sugere que ele pode ter protestado ignorar Carlyle numa tentativa de induzir Watson a deixá-lo em paz. Brend escreve que "provavelmente isso ocorreu num momento em que Holmes queria dedicar toda a sua atenção a um caso ainda não resolvido, e simplesmente não podia se deixar arrastar por uma discussão sobre Carlyle ou qualquer outro assunto". Christopher Morley propõe que a indagação de Holmes foi feita na data da morte de Carlyle: 5 de fevereiro de 1881. A afetação de Holmes de ignorar Carlyle não é mantida por muito tempo (ver nota 110). Em *O signo dos quatro*, Holmes comenta a leitura de Carlyle por Watson, sem nenhuma sugestão de que ele próprio não lera a obra desse escritor.

57. A teoria copernicana, estabelecida pelo astrônomo polonês Nicolau Copérnico, sustentava que o Sol permanecia numa posição fixa e que os planetas giravam em torno dele; Copérnico também propôs que a Terra girava em torno de seu próprio eixo uma vez por dia. Sua descrição do céu representou um ligeiro mas significativo desvio em relação ao sistema ptolemaico, que punha a Terra, não o Sol, no centro do Universo. Embora Copérnico tenha escrito sua teoria entre 1508 e 1514, ela foi publicada, como *De revolutionibus orbium coelestium libri VI* (*Seis livros sobre as revoluções dos orbes celestes*), somente em 1543, o ano de sua morte. Foi uma teoria que não apenas deu origem à obra de Descartes, Galileu, Kepler e Newton, como teve também implicações de longo alcance para o surgimento da ciência moderna — dali em diante a Terra não seria mais considerada o centro do cosmo, mas meramente um planeta entre muitos.

58. Esta, opina William Baring-Gould, parece ser uma outra situação em que Holmes está "brincando". O conhecimento de astronomia do detetive é claro a partir de referências em "O ritual Musgrave" (Holmes fala de "concessão para a equação pessoal, como dizem os astrônomos"), "Os planos do *Bruce-Partington*" (a visita de Mycroft ao 221B é comparada com "um planeta [que] saísse de sua órbita") e "O intérprete grego" (Holmes tagarela sobre as causas da "mudança na obliquidade da eclíptica").

59. Em "A juba de leão" Holmes parece contradizer essa afirmação proclamando orgulhosamente: "Sou um leitor onívoro com uma memória estranhamente propensa a guardar bagatelas."

60. "Uma lista das notas do próprio Watson poderia, nessa oportunidade, ter sido encabeçada pela especificação: '1. Conhecimento sobre Sherlock Holmes. — Zero", diz Edgar W. Smith.

61. No prefácio a *O último adeus de Sherlock Holmes*, Watson relata que Holmes, aposentado, divide seu tempo "entre a filosofia e a agricultura". Que esse não foi um interesse desenvolvido tardiamente na vida fica evidente pelo fato de Holmes ter lido livros como *The Martyrdom of Man*, de Winwood Reade, que (em *O signo dos quatro*) qualificou de "um dos mais notáveis [livros] já escritos". Devemos concluir, portanto, que esta é mais uma percepção equivocada de Watson.

62. H.W. Bell acredita que Watson subestima o conhecimento que Holmes possui de política internacional, bem demonstrado em casos como "O tratado naval" e "A segunda mancha". De maneira semelhante, S.C. Roberts enfatiza a sólida crença de Holmes na democracia e no progresso, observando a descrição que faz em "O tratado naval" das escolas do conselho (as primeiras escolas custeadas pelos contribuintes na Inglaterra, dedicadas à educação dos pobres) como "Faróis, meu rapaz! Sinaleiras do futuro! Cápsulas com centenas de sementinhas luminosas, das quais brotará a Inglaterra mais sábia e melhor do futuro." "Seria difícil", observa Roberts, "encontrar uma expressão mais concisa das confiantes aspirações do liberalismo vitoriano tardio."

Quem toma o partido da avaliação "fraca" de Watson é T.S. Blakeney, que nos lembra que em "Os planos do *Bruce-Partington*", o interesse de Holmes não foi particularmente despertado pelas "notícias de uma revolução, de uma possível guerra e de uma mudança de governo iminente". Blakeney sustenta que Holmes, que tinha uma compreensão tão íntima das realidades, dificilmente se interessaria pelas altercações insignificantes dos políticos, nem, a seu ver, "poderia tamanho individualista sentir senão desprezo pelos ideais igualitários de grande parte da teoria sociológica moderna".

63. Ao longo de toda a sua carreira, Holmes se refere frequentemente a histórias clássicas de crime. Em *O Vale do Medo*, ele compara o professor Moriarty a Jonathan Wild, um famigerado receptador de objetos roubados que vendia objetos de ouro de volta para seus donos e foi enforcado em Tyburn em 1725. Em "O cliente ilustre", ele alude a "Wainwright", que pode ter sido tanto Thomas Griffiths Wainewright, o crítico de arte que teria envenenado o tio, a sogra e a cunhada; ou Henry Wainwright, um fabricante de pincéis que matou a amante e foi pego tentando se desvencilhar das partes do corpo. Como observa a livreira Madeleine B. Stern, embora Holmes possuísse várias edições de *The Newgate Calendar* — uma série de livros enormemente populares contendo casos dos prisioneiros que haviam sido encarcerados em Newgate —, seu "imenso" conhecimento de crimes parece basear-se fundamentalmente em "seus próprios diários, em que vez por outra inseria seus recortes sobre crimes, colava extratos e fazia seus próprios e utilíssimos índices".

64. O *singlestick* era um pedaço fino de madeira, parecendo uma bengala e usado para esgrimir. Uma extremidade, mais grossa que a outra, era envolvida numa guarda de vime, que protegia a mão do usuário. Os *singlesticks* foram inventados no século XVI como um meio de praticar a esgrima, mas no século XVIII o *singlesticking* tornou-se um esporte autônomo. O instrumento usado era muito semelhante a um sabre, pelo fato de que um jogador atingia o adversário com sua borda, em vez de espetá-lo com a ponta. Thomas Hughes dá uma descrição maravilhosa e vívida do esporte em *Tom Brown's Schooldays* (1857): "O velho jogador que entra em ação apenas tira o chapéu e o paletó e se arma com um bastão; em seguida ata os dedos de sua mão esquerda num lenço ou correia, que prende em torno da perna esquerda ... Depois avança, a mão direita para cima e em frente da cabeça, segurando seu bastão atravessado, de modo que sua ponta se projeta uns cinco centímetros além de seu ombro esquerdo; e assim toda a sua cabeça fica completamente protegida, e ele encara seu homem armado de maneira semelhante; e eles se postam a cerca de noventa centímetros um do outro, muitas vezes mais perto, e fintam, e golpeiam, e miram as cabeças um do outro, até que um grite 'pare', ou que corra sangue."

Em "O cliente ilustre", Holmes lembra a Watson que ele é "um especialista em se tratando de um único atacante" [*a single-stick expert*] e menciona ter recebido golpes de um homem armado com bordões [*sticks*].

65. Albert P. Blaustein, em "Sherlock Holmes as a lawyer", sustenta que Holmes *era* um advogado. Não só fala como um advogado (ver, por exemplo, "O nobre solteirão", quando relata que a criada Alice "declara" que foi a seu quarto), mas age como um em "O mistério do vale Boscombe", quando prepara objeções para o julgamento e as submete ao conselho de defesa de McCarthy. Salienta também o comportamento legalmente meticuloso de Holmes em "Os seis Napoleões" ao obter o título de propriedade do sexto busto. Fletcher Pratt concorda, em "Very Little Murder", acrescentando que, "quando o registro dos casos de Mr. Holmes é examinado, constatamos que em todos aqueles em que um crime real foi cometido ... ele obteve provas legais suficientemente completas para satisfazer qualquer júri; provas testemunhais mais provas circunstanciais e, em muitos casos... ainda uma confissão".

Essa opinião não é universalmente partilhada. O procurador Andrew G. Fusco, em "The case against Mr. Holmes", argumenta detalhadamente que Holmes não tinha conhecimento ou formação especial em direito. Mostra que o uso que ele faz de terminologia legal é com frequência tecnicamente inadequado. Em "O mistério do vale Boscombe", ele pode não ter feito nada mais que apresentar o caso ao conselho de defesa, que rapidamente produziu objeções a serem levantadas no julgamento. Sua diligente procura por provas legais de culpa pode não ser nada mais que o produto de sua personalidade compulsiva. Além disso, não há prova de que Holmes tenha tido qualquer formação jurídica. Em suma, conclui Fusco, Holmes não possuía nada além de um "bom conhecimento prático do direito britânico", como seria de esperar de um detetive que lidava frequentemente com a lei e a polícia.

66. Felix Mendelssohn (1809-47) completou o primeiro volume de *Lieder ohne Wortes* (*Canções sem palavras*), um livro de música para piano, em 1830. São oito volumes ao todo, o último dos quais foi concluído em 1845. Vários estudiosos especulam que, como Holmes tocava violino, não piano, ele devia estar executando linhas melódicas simples para o pouco musical Watson, e não encarando transcrições completas das peças.

67. No ensaio "Sherlock Holmes and music", Harvey Officer, compositor da *Baker Street Suite* para violino e piano, contesta a recordação de Watson, atestando que Holmes não poderia ter tocado acordes nem "sonoros e melancólicos", nem "extravagantes e alegres" com um violino "atravessado sobre seu joelho". "Acordes num violino", explica Officer, "não são inerentes ao instrumento. Só podem ser tocados quando o violino é empunhado com força em sua posição usual, e mesmo então não são os sons mais expressivos do violino. Ele é preeminentemente o instrumento da melodia, não da harmonia."

Mas William Braid White, especialista em musicologia, considera que um Holmes sentado poderia ter "posto a parte inferior do violino contra a cintura, mantendo o braço esquerdo sob ele e os dedos da mão esquerda sobre o seu braço da maneira usual. Isso deixaria o violino numa posição quase em ângulo reto com seu corpo, sentado na cadeira, deixando o braço e a mão direita livres para usar o arco, e o braço e a mão esquerda, como observado antes, igualmente livres para o braço do instrumento." Quando produzia esses acordes, conclui White, Holmes estava recordando e talvez praticando a famosa "Chaconne" (pelo menos suas partes introdutórias) da Sonata em Ré menor para violino de Bach, que, segundo ele parece acreditar, qualquer ouvinte caracterizaria como "extravagantes e alegres".

Rolfe Boswell, entre outros, salienta que Watson nunca diz que Holmes punha um violino "atravessado sobre o joelho", mas sim uma *rabeca* (*fiddle*). Esta poderia perfeitamente ser a rabeca medieval, que era chata e oval e tinha cinco cordas; ou qualquer instrumento de arco e cordas da família do violino, todos os quais são designados pelo termo vernáculo "rabecas". Boswell prefere esta última interpretação, afirmando que o instrumento de escolha de Holmes era a viola.

68. Para Emanuel Berg o palavreado de Watson aqui (uma *série* como recompensa pela provação imposta à sua *paciência*) indica que a "série de árias favoritas" era a obra de William Schwenk Gilbert (1836-1911) e Sir Arthur Seymour Sullivan (1842-1900), respectivamente o libretista e o compositor de nossas mais duradouras óperas cômicas. A preferência de Watson, segundo Berg, devia ser por aquelas obras compostas entre *Trial by Jury* (25 de março de 1875) e *Patience* (23 de abril de 1881), um período de produtividade que incluiu *H.M.S. Pinafore* (1878) e *The Pirates of Penzance* (1879). Guy Warrack sugere que *Auf Flügeln des Gesanges*, de Mendelssohn, poderia muito bem ter sido outra das favoritas de Watson.

69. G. Lestrade, como ele assina uma carta em "A caixa de papelão", um policial da Scotland Yard, aparece em 14 dos casos publicados de Watson. Embora mantivesse uma atitude amistosa em relação a Lestrade e seus colegas, Holmes desprezava seus métodos. Qualificou Lestrade de o melhor dos profissionais (*O cão dos Baskerville*) , e "a nata de um bando de incompetentes" (*Um estudo em vermelho*), carecendo de imaginação ("O construtor de Norwood"), e normalmente desnorteado (*O signo dos quatro*).

Embora muitas vezes tratasse os métodos de Holmes com condescendência, Lestrade evidentemente devotava-lhe um respeito secreto. Na conclusão de "Os seis Napoleões", Lestrade, ao congratular Holmes por sua bem-sucedida investigação, observa: "Não o invejamos na Scotland Yard. Não, temos grande orgulho do senhor, e se aparecer por lá amanhã, nenhum homem, do mais velho inspetor ao mais jovem policial, deixará de ficar satisfeito em lhe apertar a mão." L.S. Hostein, que conduziu uma análise cabal da carreira de Lestrade, atribui-lhe cerca de 40 anos na época do caso relatado em *Um estudo em vermelho*; e Lestrade continua a interagir com Holmes até "Os três Garrideb" (1902). A partir disto, Holstein conclui que Lestrade nasceu em algum momento entre 1844 e 1846, o que o tornava dez ou 12 anos mais velho que Holmes. Além da menção de sua primeira inicial, não há nenhuma indicação de qual poderia ser seu primeiro nome; tampouco há qualquer consenso claro entre os estudiosos acerca da pronúncia de "Lestrade".

70. R.K. Leavitt observa, em "Nummi in arca or The fiscal Holmes" que esses clientes eram o ganha-pão cotidiano de Holmes, não o mais lucrativo Reginald Musgraves. "Holmes superou muito depressa sua dependência de [clientes desse tipo], embora continuasse (diga-se em seu favor) a se interessar por tais casos durante todos os seus anos de ascensão profissional."

71. Apesar da falta de provas concretas, seja aqui ou em outras passagens da história, William S. Baring-Gould declara que esta é "a famosa Mrs. Hudson", a fiel senhoria de Holmes, mencionada pelo nome ao longo de todo o resto do Cânone. Baring-Gould e outros estudiosos afirmam ainda que seu primeiro nome é Martha. Fazem essa afirmação com base no texto de "A juba de leão", em que o aposentado Holmes se refere à "minha velha governanta" que o serve em Sussex Downs, e em "Seu último adeus", em que ele fala de "uma velhinha de rosto corado" que é "Martha, a única criada que me restou". William Hyder, em "The Martha myth", discute essas suposições, concluindo com base nas descrições de Watson que Mrs. Hudson, a governanta de Holmes em Sussex, e Martha são de fato três mulheres diferentes.

Quanto a Mrs. Hudson, pouco se sabe sobre sua vida pessoal. Vincent Starrett especula, em "The singular adventures of Martha Hudson", que ela era uma jovem viúva que se tornou governanta depois que seu casamento foi desfeito por razões desconhecidas. "Mas", lamenta Starrett, "nenhuma palavra sobre sua vida antes daquele dia de 1881, quando Holmes a visitou pela primeira vez, foi jamais revelada. Persiste a ideia de que havia sido infeliz; mantinha-se silenciosa sobre tudo isso." D. Martin Dakin considera curioso que em todas as ilustrações do Cânone publicadas na *Strand Magazine* (muitas das quais desenhadas a partir do natural, acreditam alguns), não haja nenhuma representação de Mrs. Hudson.

72. Edgar W. Smith especula, em *Baker Street Inventory*, que se tratava do número de março de 1881 da apreciada revista literária *Cornhill Magazine* (1860-1975). Especializada na serialização de romances, a revista, cujo primeiro editor foi William Makepeace Thackeray, publicou as obras de George Eliot, Thomas Hardy, Anthony Trollope, Elizabeth Gaskell e Wilkie Collins. Arthur Conan Doyle foi também um colaborador frequente. Tage La Cour sugere que uma revista científica seria uma fonte mais provável para um artigo sobre raciocínio dedutivo.

73. Euclides, em grego Eucleides (fl. *c.* 300 a.C., Alexandria), é mais conhecido por seu décimo terceiro livro, *Elementos*, que estabeleceu os princípios da geometria e de outras partes da matemática. Os seis primeiros volumes cobrem a geometria elementar do plano, o permanente pesadelo de muitos alunos do curso secundário hoje em dia. Ver *O signo dos quatro*, nota 16.

74. Originalmente, os vagões de terceira classe no sistema ferroviário britânico não tinham tetos nem assentos, e os passageiros — em grande parte os pobres e a classe trabalhadora — ficavam expostos a intempéries, fagulhas ou poluição. Mais tarde, o Railway Act de 1844 ordenou que todos os vagões de terceira classe fossem cobertos. Thomas Hardy, em seu conto "The fiddler of the reels" (1893), descreve esses primeiros dias do meio de transporte observando que "os infelizes ocupantes desses veículos, quando o trem parava na estação terminal de Londres, eram encontrados em lamentável condição em consequência de sua longa viagem: de rostos azulados, com torcicolo, espirrando, molhados de chuva, enregelados até a medula, muitos dos homens sem seus chapéus; pareciam pessoas que tivessem passado a noite inteira num barco aberto em mar revolto, e não gente que excursionava por prazer pelo interior do país".

Embora as acomodações da terceira classe tivessem melhorado consideravelmente na época das peripécias de *Um estudo em vermelho*, ainda estavam longe de ser luxuosas, e um profissional como Watson talvez associasse algum estigma a viajar dessa maneira. Em "Mr. Josias Amberley", a insistência de Josias Amberley em viajar de terceira classe leva Watson a rotulá-lo de "avarento".

75. Ou metrô, ou "Underground railways", mais propriamente as Metropolitan and Metropolitan District, and City and South London Railways, mudaram irreversivelmente o tecido da vida cotidiana em Londres, transportando mais de 110 milhões de passageiros por ano em 1896, segundo o *Baedeker*. Inaugurados em 1860, os trens corriam sobretudo através de túneis ou cortes entre muros altos. Londres foi a primeira cidade a adotar vias férreas subterrâneas. O metrô tem papel de destaque em "Os planos do *Bruce-Partington*", mas o único caso registrado em que Holmes ou Watson realmente viajaram nele ocorre em "A Liga dos Cabeças Vermelhas", quando a dupla viaja para Aldersgate.

Christopher Morley ressalta a oportunidade da menção de Watson ao metrô aqui; a vizinha estação de Baker Street, inaugurada em 1863, estava sofrendo uma expansão.

76. William S. Baring-Gould vê nisto um sinal precoce da predileção de Watson por jogos de azar, a que ele se refere muitos anos depois em "Os dançarinos" e "O velho solar de Shoscombe". Nesta última história, quando Holmes pergunta a Watson se sabe alguma coisa sobre corridas de cavalo, o médico responde: "Tenho obrigação de saber. Gasto com elas a metade da minha aposentadoria por invalidez."

77. Os honorários de Holmes variaram amplamente durante sua carreira. Para uma discussão detalhada da renda de Holmes nessa fase de sua carreira e mais tarde, ver "On Sherlock Holmes's money", deste editor.

78. McQueen duvida que Watson tivesse tido tempo suficiente para adquirir um grau acentuado de bronzeamento facial. Em vez disso, sugere ele, o médico, "satisfeito com seu papel de veterano de guerra", pode ter exagerado, "em parte por razões compreensíveis de vaidade, em parte com o objetivo de permitir a Holmes exibir sua notável capacidade dedutiva. É possível que Holmes não tenha sido tão rápido em sua inferência sobre o Afeganistão como Watson gostaria de levar o leitor a crer."

79. Esta não é uma conclusão tão inevitável quanto Holmes pretende; Samuel F. Howard observa que, com base nos dados limitados relatados por Watson, Holmes poderia de fato ter concluído que Watson estava voltando da África do Sul, onde a campanha zulu (1879-80) acabava de se encerrar. Além disso, como vários comentadores ressaltam, o Afeganistão não fica nos "trópicos" em nenhum sentido normal da palavra. "Ou Holmes possuía outros dados que não revelou a Watson (ou Watson não nos transmitiu)", escreve Howard em "More about Maiwand", "ou foi culpado de mera adivinhação. Prefiro acreditar que observou na aparência de Watson algum outro detalhe que não se deu ao trabalho de repetir para ele quando, meses mais tarde, lhe explicou seus métodos."

80. O Chevalier Auguste Dupin, cujas aventuras estão registradas nos contos "Os assassinatos da rua Morgue" (1841) "Mistério de Marie Roget" (1842) e "A carta roubada" (1844), de Edgar Allan Poe, era de "estirpe ilustre", mas vivia na pobreza numa pequena biblioteca no nº33 da rua Dunot, no Faubourg Saint Germain. Um cronista anônimo relata que Dupin preferia sentar-se atrás de persianas fechadas, iluminado somente por "um par de velas compridas que, fortemente perfumadas, lançavam apenas os mais pálidos e débeis raios". Emergia de seus aposentos "quando o acometia o impulso" de vagar através de Paris e experimentar "a infinidade de excitação mental" resultante de sua observação da vida parisiense. Fumante inveterado que preferia um cachimbo *meershaum*, Dupin desdenhava a polícia de Paris e sentia desprezo por seus métodos.

"Os assassinatos da rua Morgue", a história do assassinato de uma mãe e uma filha que deixa a polícia perplexa, é geralmente considerado o primeiro conto policial moderno. Foi publicado na *Graham's Magazine* (da qual Poe era o editor). A *Encyclopedia of Mystery*, de Steinbrunner e Penzler, qualifica Dupin de "o modelo para praticamente todos os solucionadores racionais de crimes que se seguiram".

81. Arthur Conan Doyle discordava de Holmes, avaliando o detetive-herói de Poe num prefácio à obra deste em 12 volumes publicada pela Author's Edition: "Edgar Allan Poe ... foi o pai da história de detetive, e cobriu seus limites tão completamente que não consigo ver como seus seguidores podem encontrar algum novo terreno que possam chamar de seu com confiança ... O escritor deve caminhar nesse caminho estreito [de criar um personagem 'herói'], e vê as pegadas de Poe sempre à sua frente. Fica feliz se em algum momento encontra uma maneira de escapar e iniciar alguma nova senda alternativa própria."

A descrição depreciativa que Holmes faz de Dupin talvez revele um impulso mais profundo. "Houve sempre apenas um toque de inveja profissional no caráter de Holmes", escreve Vincent Starrett "— inteiramente natural, sem dúvida — que nem mesmo Watson podia dissimular." Em "A caixa de papelão", contudo, Holmes adota um tom muito diferente, referindo-se sem dúvida a Dupin, quando fala favoravelmente do "pensador rigoroso" nos contos de Poe. O estudioso Morris Rosenblum presume que Watson deve ter ficado perplexo com essa reviravolta; mas Marshall Shaw Dickman acredita ter encontrado a razão disso: Em "On matters surrounding the case of the purloined letter", Dickman relata sua descoberta de um manuscrito que sugere que as atividades de Dupin após "A carta roubada" resultaram no nascimento da mãe de Holmes. Isso faria de Dupin o avô de Holmes. Poderia Holmes ter visto esse manuscrito?

82. M. Lecoq, cujas aventuras são relatadas numa série de livros de Emile Gaboriau, foi um criminoso transformado em detetive da Surêté, a polícia de segurança de Paris. A carreira inicial de Lecoq assemelha-se muito à de François Eugène Vidocq (1775-1857), origem de tantas manchetes, que ingressou na Surêté como policial espião após ter cumprido pena por diversos pequenos crimes. Vidocq tornou-se chefe dos detetives, deixando a força em 1827 e retornando em 1832 — apenas para ser demitido nesse mesmo ano por ter, segundo consta, orquestrado um roubo com a intenção de "resolvê-lo". As memórias de Vidocq foram publicadas em quatro volumes em 1828 e 1829. Em parte fictícias e provavelmente obra de um *ghost-writer*, foram amplamente lidas.

Monsieur Leçoq (Gaboriau nunca revelou seu prenome) nasceu por volta de 1844 de pais "respeitáveis", mas voltou-se para o crime após a ruína financeira do pai. Exatamente quando sua vida parecia descambar para o caminho errado, ele consultou um astrólogo, que lhe disse: "Quando alguém tem a sua disposição, e é pobre, pode se tornar ou um ladrão famoso ou um grande detetive. Escolha." Ele escolheu o segundo caminho e tornou-se um especialista no uso de disfarces, desenvolvendo testes para determinar quando uma cama havia sido usada pela última vez e quando os ponteiros de um relógio haviam sido atrasados. Suas aventuras são narradas em *L'Affair Lerouge* (1866), *Le Dossier nº 113* (1867), *Monsieur Lecoq* (1869), *Le Crime de Orcival* (1867), *Les Enclaves de Paris* (1868) e na novela postumamente publicada *Le Petit vieux des Batignolles* (1876). Em seu primeiro caso, *L'Affaire Lerouge*, Lecoq faz apenas um pequeno papel; a maior parte da detecção é feita pelo Père Tabaret, conhecido como *Tir-au-clair*, um detetive amador que instrui Lecoq.

83. O livro que Holmes desdenha assim é provavelmente *Monsieur Lecoq*, em que Lecoq liberta um prisioneiro e o segue por um longo período para determinar sua identidade. Na opinião de historiadores e estudiosos, há pouco na carreira de Lecoq que justifique o veredito de "um pobre trapalhão" emitido por Holmes, embora o próprio mentor de Lecoq, o Père Tabaret, diga que ele cometeu nesse caso "muitos erros palmares" e se queixe de que havia desperdiçado três ou quatro oportunidades de resolver o caso.

84. Holmes lamenta de maneira semelhante uma escassez de crueldade em *O signo dos quatro* (que provavelmente teve lugar em 1888): "O crime é banal, a existência é banal, e nenhuma qualidade exceto as banais tem alguma função na terra." O ponto alto de sua carreira foi claramente sua longa luta com o professor Moriarty, que só começaria por volta de 1890 (em "O problema final", Moriarty diz que Holmes cruzou seu caminho pela primeira vez em janeiro de 1891, mas esse pode não ter sido o primeiro contato dos dois). Quando essa investigação terminou, contudo, Holmes voltou ao relativo tédio, que o fez suspirar em "Vila Glicínia" (1894 ou 1895): "A vida está banal, os jornais estão estéreis; a audácia e a aventura parecem ter desaparecido para sempre do mundo criminal." T.S. Blakeney comenta: "Vemos claramente por estas observações que o artista [em Holmes] sobrepujava o trabalhador social ... Mais de uma vez captamos um tom tristonho em sua referência ao caro falecido, o professor Moriarty — ver "O construtor de Norwood" e o toque de esperança suscitado por sua sugestão ("O atleta desaparecido") de que o Dr. Leslie Armstrong poderia preencher a lacuna deixada pela morte do professor."

85. Scotland Yard, originalmente um local específico, tornou-se o nome coloquial para os detetives da Polícia Metropolitana de Londres. O primeiro quartel-general da Polícia Metropolitana foram os prédios nos fundos de Whitehall Place nº4. No local erguera-se uma residência pertencente aos reis da Escócia, antes da União, que era usada e ocupada por eles e/ou seus embaixadores quando em Londres e conhecida como "Scotland". O pátio foi usado mais tarde por Sir Christopher Wren e conhecido como "Scotland Yard". A residência dava fundos para o Great Scotland Yard, assim chamado, ao que se dizia, por ter pertencido à família Scott durante a Idade Média. Fosse como fosse, em 1887 a central de polícia abarcava os números 3, 4, 5 e 21 de Whitehall Place, os números 1, 2 e 3 de Palace Place e várias estrebarias e anexos. Em 1890 a central mudou-se para um prédio projetado por Richard Normad Shaw no Victoria Embankment, que ficou sendo chamado de "New Scotland Yard" e era presumivelmente bem conhecido por Holmes. Em 1967, em razão da necessidade de um quartel-general maior e mais moderno, foi feita mais uma mudança para o atual endereço na Broadway, S.W.1, também conhecido como "New Scotland Yard".

86. Os Royal Marines, a infantaria anfíbia da Marinha Real da Grã-Bretanha, foram formados em 1664 através de uma Order-in-Council que determinou o recrutamento de 1.200 soldados que lutariam em terra e no mar. Esses homens foram conhecidos inicialmente como Duke of York and Albany's Maritime Regiment of Foot, ou o Admiral's Regiment. Em 1885, foi formada uma divisão separada de artilharia e a própria infantaria naval foi denominada Royal Marines, Light Infantry (alterado para Royal Marine Light Infantry em 1862). As duas divisões se fundiram em 1923.

S.A.R. o príncipe Edward (muito brevemente) e os escritores ingleses Evelyn Waugh, John Fowles e John Gardner (autor de vários romances sobre o professor Moriarty) serviram nos Royal Marines.

III. O mistério de Lauriston Garden

Confesso que fiquei muito surpreso com essa nova prova da natureza prática das teorias de meu companheiro. Meu respeito por sua capacidade de análise aumentou consideravelmente. Ainda restou uma desconfiança latente em meu espírito, todavia, de que tudo aquilo fosse um episódio previamente combinado, destinado a me deslumbrar, embora com que objetivo haveria ele de querer me enganar estivesse além de minha compreensão. Quando olhei para ele, terminara de ler o bilhete e seus olhos haviam assumido a expressão vazia, sem brilho, que indicava alheamento.

"Como diabos você deduziu isso?" perguntei.

"Deduzi o quê?" retrucou com petulância.

"Ora, que o homem era um sargento reformado dos Fuzileiros Navais."

"Não tenho tempo para ninharias", respondeu bruscamente; em seguida, com um sorriso, "Desculpe minha rudeza. Você cortou o fio de meus pensamentos; mas talvez seja melhor assim. Então não conseguiu mesmo ver que aquele homem era um sargento dos Fuzileiros Navais?"

"Não, realmente."

"Foi mais fácil perceber isso do que será explicar como o fiz. Se lhe pedissem para provar que dois mais dois são quatro, talvez tivesse alguma dificuldade, embora não tenha nenhuma dúvida quanto ao fato. Quando o sujeito ainda estava do outro lado da rua, pude ver uma grande âncora azul tatuada no dorso da sua mão. Senti cheiro de mar. Ele tinha um porte militar, porém, e as costumeiras suíças. Temos aí o fuzileiro naval. Era um homem com certo grau de presunção e certo ar de autoridade. Deve ter observado a maneira como sustentava a cabeça e brandia a bengala. Além disso, a julgar pelas aparências, um homem de meia-idade, equilibrado e respeitável — fatos que, juntos, me levaram a acreditar que tinha sido sargento."

"Maravilhoso!" exclamei.

"Banal", disse Holmes, embora tenha me parecido por sua expressão que estava satisfeito com minha evidente surpresa e admiração. "Disse há pouco que não havia criminosos. Parece que estou errado — veja isto!" Jogou-me o papel que o mensageiro trouxera.

"Meu Deus", exclamei ao correr os olhos por ele, "isto é terrível!"

"Parece ser um pouco fora do comum", observou ele calmamente. "Poderia ler isso para mim em voz alta?"[87]

Esta foi a carta que li para ele —

CARO MR. SHERLOCK HOLMES,
Ocorreu um grave incidente durante a noite em Lauriston Gardens, nº3, perto de Brixton Road. Nosso homem de ronda viu luz ali por volta das duas da manhã, e, como a casa estava vazia, desconfiou que havia algo errado. Encontrou a porta aberta e, na sala da frente, sem mobília, descobriu o corpo de um cavalheiro bem-vestido que tinha no bolso cartões com o nome de "Enoch J. Drebber, Cleveland, Ohio, EUA". Não houvera roubo e tampouco há sinais de como o homem morreu. Há marcas de sangue na sala, mas nenhum ferimento em sua pessoa. Não temos ideia de como ele entrou na casa vazia; de fato, o caso todo é um enigma. Se o senhor for até a casa a qualquer hora antes do meio-dia, me encontrará lá. Deixei tudo *in statu quo*[88] até ter notícias suas.[89] Se não puder vir, eu lhe enviarei mais detalhes; seria uma grande gentileza de sua parte amparar-me com sua opinião.

Cordialmente,
TOBIAS GREGSON

"Gregson[90] é o homem mais astuto da Scotland Yard", observou meu amigo; "ele e Lestrade são a nata de um bando de incompetentes. São ambos rápidos e vigorosos, mas convencionais — escandalosamente convencionais. Além disso, têm aversão um pelo outro. E são ciumentos como um par de beldades profissionais. Esse caso será divertido se ambos estiverem na pista."[91]

Fiquei espantado com a calma com que divagava. "Certamente não há um minuto a perder", exclamei; "devo ir chamar um fiacre para você?"[92]

"Não sei ao certo se irei. Sou o mais incurável preguiçoso que já pisou a face da Terra – isto é, quando estou de veneta, porque posso ser bastante ágil de vez em quando."

"Mas essa é exatamente a oportunidade que você vinha esperando!"

"Meu caro amigo, que diferença faz para mim? Supondo-se que eu deslinde todo o caso, pode ter certeza de que Gregson, Lestrade & Cia. embolsarão todo o mérito. É no que dá não ser um personagem oficial."[93]

"Mas ele lhe pede que o ajude."

"Sim. Sabe que lhe sou superior e reconhece isso para mim; mas cortaria sua língua fora antes de admiti-lo para mais alguém. Mesmo assim, podemos ir dar uma olhada. Resolverei as coisas por minha própria conta. Posso rir deles, se não conseguir mais nada. Vamos!"

Policial vitoriano

Enfiou às pressas o sobretudo, andando alvoroçado para cá e para lá, de uma maneira que mostrava que um acesso de energia suplantara a apatia de antes.

"Pegue o seu chapéu", disse-me.

"Quer que eu vá junto?"

"Quero, se não tiver coisa melhor a fazer." Um minuto mais tarde estávamos ambos num *hansom*, rumando a toda para a Brixton Road.

Era uma manhã enevoada, nublada, e um véu pardacento pairava sobre os telhados, parecendo o reflexo das ruas cor de lama. Meu companheiro, animadíssimo, discorria sobre violinos de Cremona e a diferença entre um Stradivarius[94] e um Amati.[95] Quanto a mim, estava silencioso, porque o tempo feio e o caso melancólico em que estávamos envolvidos me deprimiam.

"Não parece estar muito preocupado com o assunto de que vamos tratar", disse eu por fim, interrompendo a peroração musical de Holmes.

"Ainda não temos dados", respondeu ele. "É um erro capital teorizar antes de termos todas as evidências. Distorce o julgamento."[96]

"Terá todos os seus dados logo, logo", observei, apontando; "se não me engano, esta é a Brixton Road e aquela é a casa."

"Isso mesmo. Pare, cocheiro, pare!" Ainda estávamos a cerca de cem metros dela, mas ele insistiu em descer, e terminamos o trajeto a pé.

"Enfiou às pressas o sobretudo." [Geo. Hutchinson, *A Study in Scarlet*, Londres, Ward, Lock Bowden, and Co., 1891]

O nº3 de Lauriston Gardens tinha um aspecto agourento e ameaçador. Era uma de quatro casas que ficavam um pouco recuadas em relação à rua, duas estando ocupadas e duas vazias.[97] A última olhava para fora com três renques de melancólicas janelas vazias, desoladas e lúgubres, exceto porque aqui e ali um cartaz de "Aluga-se" surgira como uma catarata sobre as vidraças embaçadas. Um jardinzinho salpicado com erupções dispersas de plantas maltratadas separava cada uma dessas casas da rua e era atravessado por uma trilha estreita e amarelada, consistindo aparentemente numa mistura de argila e cascalho. Todo o lugar estava muito enlameado por causa da chuva que caíra a noite inteira. O jardim era limitado por um muro de tijolos de noventa centímetros de altura encimado por uma grade de madeira, e contra esse muro apoiava-se um robusto policial, cercado por um grupinho de desocupados que esticavam o pescoço e apertavam os olhos na vã esperança de entrever o que acontecia lá dentro.

Eu imaginara que Sherlock Holmes entraria imediatamente na casa e mergulharia no estudo do mistério. Nada parecia mais longe de sua intenção. Com um ar despreocupado que, naquelas circunstâncias, pareceu-me beirar a afetação, ficou andando indolentemente de um lado para outro na calçada, lançando olhares distraídos para o chão, o céu, as casas do outro lado da rua e a linha de grades. Terminado o escrutínio, pôs-se a andar devagar pela trilha, ou melhor, pela orla de grama que a flanqueava, os olhos fixos no chão. Parou duas vezes, e numa delas eu o vi sorrir enquanto soltava uma exclamação de prazer. Havia diversas pegadas no solo argiloso molhado; mas como a polícia estivera zanzando por ali, não consegui atinar como meu companheiro podia esperar descobrir alguma coisa nele. Ainda assim, eu tivera provas tão extraordinárias da agudeza de suas faculdades perceptivas que não tinha dúvida de que ele podia ver muitas coisas ocultas para mim.

À porta da casa, fomos recebidos por um homem alto e louro, de rosto branco, com uma caderneta na mão, que se precipitou para o meu companheiro e lhe apertou a mão com efusão. "Foi realmente muita bondade sua ter vindo", disse. "Deixei tudo intacto."

"Exceto isso", respondeu meu amigo, apontando para a trilha. "Se uma manada de búfalos[98] tivesse passado por ali não haveria maior mixórdia. Mas sem dúvida você tirou suas próprias conclusões, Gregson, antes de permitir isso."

"Tive tanto a fazer dentro da casa", disse evasivamente o detetive. "Meu colega, Mr. Lestrade, está aqui. Esperava que ele tivesse cuidado disso."

Holmes lançou-me um olhar e ergueu as sobrancelhas sardonicamente. "Com dois homens como os senhores no terreno, não haverá muito para um terceiro descobrir", disse.

Gregson esfregou as mãos, satisfeito. "Acho que fizemos tudo que podia ser feito", respondeu; "mas é um caso esquisito, e conheço seu gosto por essas coisas."

"Você não veio para cá de fiacre?"[99] perguntou Sherlock Holmes.

"Não, senhor."

"Nem Lestrade?"

"Não, senhor."

"Então vamos dar uma olhada na sala". E, com essa observação inconsequente, entrou na casa, seguido por Gregson, cujo semblante expressava seu espanto.

Um corredor curto e empoeirado, forrado de tábuas nuas, levava à cozinha e às dependências de serviço. Duas portas abriam-se nele para direita e a esquerda. Uma delas havia estado obviamente fechada por muitas semanas. A outra pertencia à sala de jantar, o aposento em que o misterioso incidente ocorrera. Holmes entrou, e eu o segui, sentindo no peito aquela opressão que a presença da morte inspira.

Era uma sala grande e quadrada, que parecia ainda maior em razão da ausência de qualquer mobília. Um papel vistoso e vulgar adornava as paredes, mas tinha manchas de mofo em vários lugares e, aqui e ali, grandes tiras haviam se despregado e pendiam, expondo o reboco amarelo. Em frente à porta havia uma lareira espalhafatosa, encimada por um aparador que imitava mármore branco. Num canto deste via-se uma vela de cera vermelha. A janela solitária estava tão suja que a luminosidade era tênue e difusa, conferindo a tudo uma cor cinzenta e fosca, o que era intensificado pela grossa camada de poeira que forrava todo o aposento.

Só depois observei todos esses detalhes. No primeiro instante minha atenção concentrou-se na única e soturna figura que jazia imóvel, estendida sobre as tábuas, olhos vazios e cegos fixados no teto descorado. Era de um homem de cerca de quarenta e três ou quarenta e quatro anos, com cabelo preto anelado e uma barbicha espetada. Vestia uma pesada sobrecasaca de casimira e colete, com calças claras e colarinho e punhos imaculados. A seu lado, no assoalho, via-se uma cartola, bem escovada e elegante. Tinha as mãos cerradas e os braços abertos, ao passo que as pernas estavam entrelaçadas, como se tivesse enfrentado uma dolorosa luta com a morte. Em seu semblante rígido havia uma expressão

"Minha atenção concentrou-se na única e soturna figura que jazia imóvel, estendida sobre as tábuas." [Richard Gutschmidt, *Späte Rache*, Stuttgart, Robert Lutz Verlag, 1902]

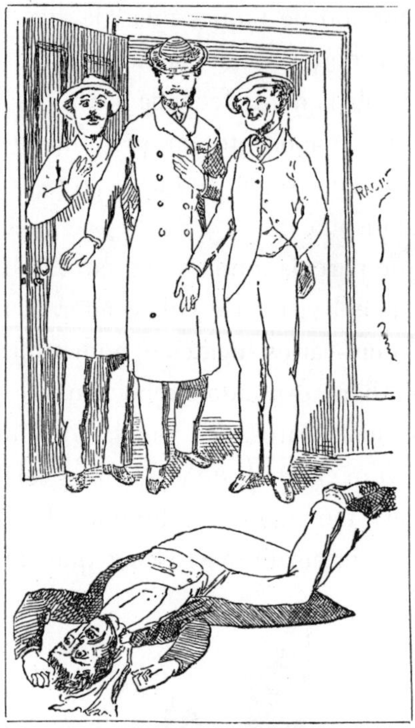

"A única e soturna figura que jazia imóvel, estendida sobre as tábuas."
[Charles Doyle, *A Study in Scarlet*, Londres Nova York, Ward, Lock & Co., 1888]

de horror, e, segundo me pareceu, de ódio, como eu nunca vira em traços humanos. Esse esgar maligno e terrível, combinado com a testa baixa, o nariz grosso e o queixo saliente davam ao morto uma aparência singularmente simiesca, reforçada por sua postura contorcida, antinatural. Vi a morte sob muitas formas, mas ela nunca me apareceu sob um aspecto mais temível que naquela sala escura e enfarruscada, que dava para uma das principais artérias da Londres suburbana.

Lestrade, magro e com a cara de doninha de sempre, estava junto à porta e cumprimentou a meu companheiro e a mim.

"Este caso vai causar sensação, senhor", comentou. "Supera qualquer coisa que eu já tenha visto, e não sou nenhum frangote."

"Não há nenhuma pista!" disse Gregson.

"Absolutamente nenhuma", concordou Lestrade.

Sherlock Holmes aproximou-se do corpo e, ajoelhando-se, examinou-o atentamente. "Têm certeza de que não há nenhum ferimento?" perguntou, apontando para as muitas gotas e salpicos de sangue espalhados por toda parte.

"Completa!" exclamaram ambos os detetives.

"Então, é claro, esse sangue pertence a um segundo indivíduo — presumivelmente o assassino, se é que houve assassinato. Isto me lembra as circunstâncias da morte de Van Jansen, em Utrecht,[100] em 1834. Lembra-se do caso, Gregson?"

"Não, senhor."

"Leia-o... realmente deve lê-lo. Não há nada de novo sob o sol.[101] Tudo foi feito antes."

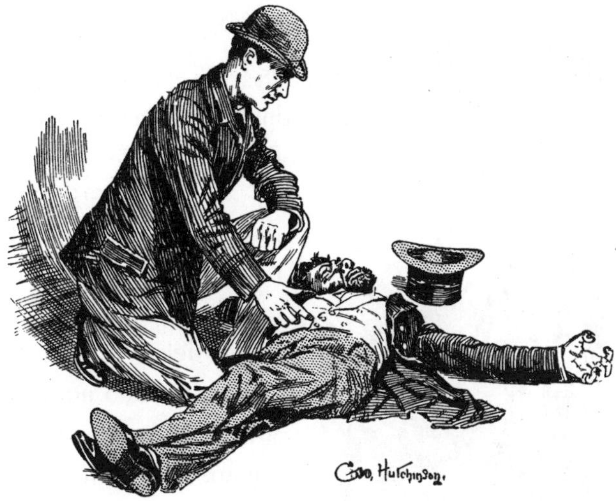

"Sherlock Holmes aproximou-se do corpo e, ajoelhando-se, examinou-o atentamente." [Geo. Hutchinson, *A Study in Scarlet*, Londres, Ward, Lock Bowden, and Co., 1891]

Enquanto falava, seus dedos ágeis voejavam daqui para ali e por toda parte, apalpando, apertando, desabotoando e examinando, enquanto seus olhos tinham a mesma expressão distraída que eu já observara. O exame foi tão rápido que dificilmente se teria adivinhado a minúcia com que foi conduzido. Por fim, ele cheirou os lábios do morto e depois examinou as solas de suas botinas de verniz.

"Não mexeram nele de maneira alguma?" perguntou.

"Não mais que o necessário para os fins de nosso exame."

"Podem levá-lo para o necrotério agora", disse. "Não há mais nada a apurar."

Gregson tinha uma padiola e quatro homens à espera. A seu chamado eles entraram na sala e o estranho foi erguido e levado embora. Quando o levantaram, um anel caiu, tilintando, e rolou pelo assoalho. Lestrade o agarrou e lançou-lhe um olhar perplexo.

"Uma mulher esteve aqui", exclamou. "É uma aliança de mulher."

Enquanto falava, exibiu-a na palma da mão. Reunimo-nos à sua volta e a observamos atentamente. Não poderia haver nenhuma dúvida de que o simples aro de ouro adornara antes o dedo de uma noiva.

"Enquanto falava, seus dedos ágeis voejavam daqui para ali e por toda parte."
[D.H. Friston, *Beeton's Christmas Annual*, 1887]

"Isto complica as coisas", disse Gregson. "E Deus sabe que elas já estavam suficientemente complicadas."

"Tem certeza de que não as simplifica?" observou Holmes. "Mas não vamos descobrir nada contemplando-a. O que encontrou nos bolsos dele?"

"Está tudo aqui", disse Gregson, apontando um punhado de objetos sobre um dos degraus inferiores da escada. "Um relógio de ouro, nº97163, de Barraud, de Londres.[102] Corrente de ouro Albert,[103] bem pesada e sólida. Anel de ouro, com emblema maçônico.[104] Alfinete de ouro — cabeça de buldogue com rubis como olhos. Carteira de couro para cartões, com cartões de Enoch J. Drebber de Cleveland, correspondendo às iniciais E.J.D. na roupa de baixo. Nenhuma carteira, mas um dinheiro solto no total de sete libras e treze xelins. Uma edição de bolso do *Decameron*[105] de Boccaccio com o nome de Joseph Stangerson na guarda. Duas cartas... uma endereçada a E.J. Drebber e uma a Joseph Stangerson."

"Em que endereço?"

"American Exchange,[106] no Strand — a serem deixadas até que fossem reclamadas. Ambas são da Guion Steamship Company[107] e referem-se à partida de seus navios de Liverpool. Está claro que esse pobre-diabo estava prestes a voltar para Nova York."

"Fez alguma investigação a respeito desse Stangerson?"

"Fiz isso imediatamente, senhor", disse Gregson. "Mandei enviar um anúncio para todos os jornais, e um de meus homens foi ao American Exchange, mas ainda não voltou."

"Enviou o anúncio para Cleveland?"

"Telegrafamos esta manhã."

"Como formulou suas indagações?"

"Simplesmente detalhamos as circunstâncias e dissemos que ficaríamos gratos por qualquer informação que pudesse nos ajudar."

"Não pediu pormenores sobre nenhum ponto que lhe parecesse crucial?"

"Perguntei sobre Stangerson."

"Nada mais? Não há nenhuma circunstância de que todo este caso pareça depender? Não vai telegrafar de novo?"

"Eu disse tudo que tinha para dizer", respondeu Gregson num tom ofendido.

Sherlock Holmes deu uma risadinha para si mesmo e parecia estar prestes a fazer um comentário quando Lestrade, que estivera na sala da frente enquanto mantínhamos essa conversa no saguão, reapareceu em cena, esfregando as mãos de maneira pomposa e presumida.

"Mr. Gregson", disse, "acabo de fazer uma descoberta da maior importância, algo que teria passado despercebido se eu não tivesse feito um exame cuidadoso das paredes."

Os olhos do homenzinho faiscavam enquanto ele falava, e era evidente que mal continha seu júbilo por ter marcado um tento contra o colega.

"Venham cá", disse, voltando alvoroçadamente para a sala, cuja atmosfera parecia mais desanuviada desde a remoção de seu macabro ocupante. "Fiquem ali!"

Riscou um fósforo na bota e o segurou junto à parede.

"Vejam isto!" disse, triunfante.

Eu notara que o papel havia caído em vários lugares. Nesse canto particular da sala, um grande pedaço descascara, deixando um quadrado

"Riscou um fósforo na bota e o segurou junto à parede."
[Geo. Hutchinson, *A Study in Scarlet*, Londres, Ward, Lock Bowden, and Co., 1891]

"'Vejam isto!' disse, triunfante."
[Richard Gutschmidt, *Späte Rache*, Stuttgart, Robert Lutz Verlag, 1902]

amarelo de reboco áspero. Nesse espaço nu, via-se uma única palavra garatujada em letras vermelho-sangue:

RACHE

"Que acham disso?" exclamou o detetive, com o ar de um empresário a exibir seu espetáculo. "Passou despercebido porque estava no lado mais escuro da sala, e ninguém pensou em olhar ali. O assassino escreveu isso com seu próprio sangue. Vejam esta mancha onde ele escorreu pela parede! De qualquer maneira, isso afasta a possibilidade de suicídio. Por que escolher esse canto? Eu lhes direi. Vejam aquela vela no aparador. Ela estava acesa no momento, e nesse caso esse canto seria a parte mais iluminada, não a mais escura da parede."

"E o que significa isso, agora que *você* o encontrou?" perguntou Gregson num tom desdenhoso.

"Significa? Ora, significa que a pessoa ia escrever o nome feminino Rachel, mas foi interrompida antes de ter tempo para terminar. Tomem nota das minhas palavras: quando este caso for esclarecido, verão que uma mulher chamada Rachel tem alguma coisa a ver com ele. Pode rir à vontade, Mr. Sherlock Holmes. Pode ser muito sagaz e inteligente, mas no fim das contas é o velho cão de caça que se sai melhor."

"Peço sinceramente que me desculpe!" respondeu meu companheiro, que agastara o homenzinho com um acesso de riso. "Você certamente tem o mérito de ter sido o primeiro a descobrir isso, que, como diz, foi escrito, segundo todos os indícios, pelo outro participante do mistério de ontem à noite. Ainda não tive tempo para examinar esta sala,[108] mas, com sua permissão, é o que farei agora mesmo."

Enquanto falava, sacou de repente do bolso uma fita métrica e uma grande lupa redonda.[109] Com esses dois implementos, caminhou em silêncio pela sala, por vezes parando, ocasionalmente ajoelhando-se e uma vez deitando-se de bruços. Ficou tão absorto em sua ocupação que parecia ter esquecido nossa presença, pois falava baixinho consigo mesmo o tempo todo, numa sucessão ininterrupta de exclamações, gemidos, assobios e pequenos gritos sugestivos de estímulo e de esperança. Enquanto o observava, pensei inevitavelmente em um foxhound puro-sangue e bem treinado que avança e recua pela coutada, ganindo de ansiedade, até deparar com o rastro perdido. Durante vinte minutos ou mais ele continuou suas investigações, medindo com a máxima exatidão a distância entre marcas totalmente invisíveis para mim, e volta e meia aplicando sua fita métrica à parede de uma maneira igualmente incompreensível. Num certo lugar, colheu com muito cuidado um montinho de pó cinzento do assoalho e guardou-o num envelope. Por fim, examinou com sua lente a palavra escrita na parede, detendo-se em cada letra com o mais minucioso rigor. Isso feito, pareceu satisfeito, pois voltou a enfiar a fita e a lupa no bolso.

"Dizem que gênio é uma capacidade infinita de se esforçar",[110] observou com um sorriso. "É uma definição muito ruim, mas aplica-se ao trabalho de detetive."

Gregson e Lestrade haviam observado as manobras de seu companheiro amador com considerável curiosidade e algum desdém. Evidentemente não compreendiam o fato, que eu começava a perceber, de que as menores ações de Sherlock Holmes eram dirigidas para um fim definido e prático.

"Que acha disso, senhor?" perguntaram ambos.

"Eu estaria lhes roubando o mérito do caso se me atrevesse a ajudá-

"Examinou com sua lente a palavra escrita na parede, detendo-se em cada letra com o mais minucioso rigor."
[D.H. Friston, *Beeton's Christmas Annual*, 1887]

los", observou meu amigo. "Vocês estão se saindo tão bem que seria uma pena que alguém interferisse." Havia um mundo de sarcasmo em sua voz. "Se me mantiverem a par de suas investigações", continuou ele, "ficarei feliz em lhes dar toda ajuda que puder. Nesse meio-tempo, gostaria de falar com o policial que encontrou o corpo. Podem me dar seu nome e endereço?"

Lestrade deu uma olhada em sua caderneta. "John Rance", disse. "Está de folga agora. O senhor o encontrará em Audley Court nº46, Kennington Park Gate."[111]

Holmes tomou nota do endereço.

"Vamos, doutor", disse-me, "vamos lhe fazer uma visita. Vou lhes dizer uma coisa que pode lhes ser útil no caso", continuou, virando-se para os dois detetives. "Um assassinato foi cometido,[112] e o assassino foi um homem. Ele tinha mais de um metro e oitenta de altura, estava na flor da idade, usava botinas grosseiras de bico quadrado e fumava um charuto Trichinopoli.[113] Veio para cá com sua vítima num fiacre de quatro rodas, puxado por um cavalo com três ferraduras velhas e uma nova na pata dianteira direita. Com toda probabilidade, o assassino tinha um rosto corado e unhas notavelmente compridas na mão direita. Estas são apenas algumas indicações, mas podem ajudá-los."

Lestrade e Gregson entreolharam-se com um sorriso incrédulo.

"Se esse homem foi assassinado, como isso foi feito?" perguntou o primeiro.

"Veneno", respondeu Sherlock Holmes laconicamente e foi saindo. "Mais uma coisa, Lestrade", disse dando meia-volta junto à porta: "'Rache' é 'vingança' em alemão; por isso, não perca seu tempo procurando Miss Rachel."[114]

Com esse arremesso parto,[115] retirou-se, deixando atrás de si os dois rivais boquiabertos.

Notas

87. Jerry Neal Williamson, em " 'And especially your eyes' ", usa esta cena para demonstrar que Holmes era hipermetrope. Aqui, ele destaca, há também prova da fantástica "visão à distância" de Holmes: enquanto era capaz de avistar a tatuagem nas costas da mão do fuzileiro naval, não conseguia ler bem o bilhete sem recorrer à ajuda de Watson. Mas há muitas afirmações conflitantes sobre a visão de Holmes ao longo do Cânone, como observa Richard L. Vaught em "Now see here, Holmes!". Por exemplo, Holmes não tem dificuldade em ler um "pequeno volume de capa marrom" (ver o texto a que se refere a nota 142), indubitavelmente impresso com tipos pequenos. Trevor H. Hall, em "The late Sherlock Holmes", propõe que Holmes desenvolveu ambliopia em decorrência do uso excessivo de tabaco e finalmente enfrentou a cegueira total. O Dr. Vaught conclui que Holmes era míope de um olho e hipermetrope de outro, e cunha um novo termo, "antimetropia" para essa afecção.

88. A expressão latina significa "no estado vigente ou atual" ou em seu estado anterior.

89. O autor de histórias policiais John Ball Jr. em "Early days in Baker Street", vê nisto e na pergunta posterior de Lestrade ("Que acha disso, senhor?") notável deferência para com um "civil" que não pertence à Yard. Na opinião de Ball, através da influência de Mycroft Holmes, Sherlock Holmes tornou-se um agente privado do Governo de Sua Majestade, "provavelmente com a classificação de mensageiro da rainha, cargo raro e extremamente restrito. Os mensageiros da rainha (ou do rei) podem ir a qualquer parte do Império Britânico em missão oficial, e têm extraordinária autoridade no campo."

R.K. Leavitt adota a posição contrária, expressa em "Nummi in arca or The fiscal Holmes": de que Holmes havia sido contratado privadamente pelos inspetores da Yard para melhorar sua reputação profissional.

90. Embora Gregson apareça ou seja mencionado em cinco casos (os outros são *O signo dos quatro*, "O intérprete grego", "Vila Glicínia" e "O Círculo Vermelho"), este é o único em que está realmente envolvido.

91. Este é o único caso registrado em que dois destacados inspetores da Scotland Yard, Gregson e Lestrade, trabalham juntos. Gavin Brend pergunta a si mesmo se uma pontinha de rivalidade intercontinental pode ter levado a essa parceria. Talvez, escreve ele, os policiais da Scotland Yard "desejassem impressionar seus confrades transatlânticos demonstrando que eram perfeitamente capazes de descobrir o assassino de Enoch J. Drebber de Cleveland, Ohio". Mas as patentes de Gregson e Lestrade nunca são realmente mencionadas por Watson, e Bernard Davies sugere que os dois eram meros sargentos-detetives na época — o que tornava sua parceria muito menos notável.

92. William S. Baring-Gould mostra que o ponto de fiacres mais próximo ficava na esquina de Dorset Street, a apenas um quarteirão de distância.

93. John Ball, que afirma que Holmes era um "mensageiro da rainha" (ver nota 89), despreza esta observação como mero disfarce de seu status oficial. O detetive, ele nos lembra, "certamente não é o primeiro agente secreto na história a negar a verdadeira natureza de sua atividade".

94. Os violinos feitos por Antonio Stradivari (1644-1737) em sua oficina em Crenoma, Itália, são estimados há muito por seu desenho perfeito e sonoridade cristalina. Em

1666, quando era aprendiz de Nicolò Amati (ver a próxima nota), Stradivari começou a introduzir melhoramentos no modelo de Amati e a criar violinos em que gravava a inscrição "Antonius Stradivarius Cremonensis Faciebat Anno [data]". (Convém notar que essa marca pode ou não indicar autenticidade.) O melhor trabalho de Stradivari foi feito após 1700; os instrumentos que produziu nesse período fixaram o padrão pelo qual os violinos modernos são projetados e julgados. Uma útil descrição é encontrada em *The Lost Stradivarius* (1895), de John Meade Falkner, em que um Stradivarius descoberto num velho guarda-louça é descrito como possuindo "uma cor vermelho-clara, com um verniz de peculiar lustro e maciez. O braço parecia mais longo do que o comum e a voluta era notavelmente saliente e generosa." Aproximadamente 650 dos mais de 1.100 violinos, violoncelos, harpas, guitarras, bandolins e violas fabricados por Stradivari sobrevivem hoje.

O professor Joseph Nagyvary, um especialista em Stradivarius, descreveu o "som Stradivari" na *Scientific American* como "muito intenso. Ele vacila, treme constantemente, bruxuleia como uma luz de vela." Há discordância quanto ao que permitia a Stradivari produzir um instrumento de sonoridade tão superior: alguns acreditam que o abeto alpino que usava era particularmente denso, enquanto outros especulam que ele tratava a madeira com um verniz especial que afetava o som. Outros ainda, é claro, atribuem o mérito ao próprio fabricante dos violinos, em particular seu conhecimento de geometria, que está relacionado ao projeto, não aos materiais que usava.

O próprio Holmes era o orgulhoso proprietário de um desses raros instrumentos. Em "A caixa de papelão", ele conta a Watson, "com grande entusiasmo", como "havia comprado, por cinquenta e cinco xelins, de um corretor judeu em Tottenham Court Road, seu próprio Stradivarius, que valia no mínimo quinhentos guinéus".

95. A família Amati de fabricantes de violino viveu em Cremona nos séculos XVI e XVII. O chefe da família e fundador da "escola de Cremona" foi Andrea Amati (*c.* 1520-78), cujo desenho compacto e raso, mais tarde levado à perfeição por Stradivari, forneceu o modelo básico para o violino moderno. Nicolò Amati, neto de Andrea, foi talvez o mais famoso fabricante de violinos da família; um mestre-artesão, contou entre seus discípulos Stradivari e Andrea Guarneri (*c.* 1626-98), e seus violinos graciosos, de sonoridade suave, representam o ponto culminante da linha Amati. O filho de Nicolò, Girolamo (1649-1740), continuou no negócio da família, mas seus violinos são considerados um tanto inferiores em qualidade aos do pai e do avô.

Algumas das alterações feitas por Stradivari no modelo original de Cremona iriam moldar o atual cavalete do violino, bem como tornar o corpo do instrumento ainda mais raso, e assim mais ressonante. Houve mudanças também na espessura da madeira, no tipo de verniz usado e em vários outros detalhes pequenos, mas em última análise significativos, de tal modo que, segundo a *Encyclopaedia Britannica* (9ªed.), "a maioria dos violinos feitos desde então, seja por bons ou por maus artífices, consiste de cópias de Stradivari".

Gui Warrack, em *Sherlock Holmes and Music*, observa que Holmes deixa de mencionar a terceira grande família de fabricantes de violino de Cremona, os Guarneri. "Possivelmente", escreve Warrack, "Holmes era fiel o suficiente a seu princípio [expressado antes para Watson, de 'não ter fatos inúteis expulsando os úteis'] para evitar o conhecimento dos violinos Guarneri de modo a deixar mais espaço para o conhecimento dos Stradivari."

96. Este tema é frequentemente repetido no Cânone. Holmes faz um comentário quase idêntico em "Escândalo na Boêmia", e em outros contos formula a regra da seguinte maneira: "É um erro raciocinar antes de ter os dados. Acabamos por torcê-los, sem nos dar conta disso, para que se encaixem em nossas teorias." ("Vila Glicínia"); "Abordamos o caso ... com a mente absolutamente vazia, o que é sempre uma vantagem." ("A caixa de papelão"); "Formamos teorias provisórias e esperamos que o tempo ou um conhecimento maior as destruam. Um mau hábito..." ("O vampiro de Sussex"); "Faço questão de nunca ter nenhuma ideia pré-formada e de seguir docilmente os fatos, aonde quer que me levem" ("Os Fidalgos de Reigate").

"Essas abundantes referências ao tópico", observa T.S. Blakeney, "mostram como Holmes era sensível ao risco de formarmos nossas suspeitas com base em indícios insuficientes. Ele próprio não era, contudo, inteiramente imune à tendência, pois tanto em *O signo dos quatro* [em que se equivocou quanto ao esconderijo do *Aurora*] quanto em "O atleta desaparecido" [em que suspeitou que o Dr. Leslie Armstrong era um vilão] teve de reformar suas teorias, e em "A face amarela" suas conclusões foram indiscutivelmente erradas."

97. Onde ficava exatamente o nº3 de Lauriston Gardens?

H.W. Bell ("Three Identifications: Lauriston Gardens, Upper Swandam Lane, Saxe-Coburg Square") e Michael Harrison são ambos da opinião de que a fileira de quatro casas situava-se na Brixton Road, mas um tanto recuada em relação à calçada. "E de fato", escreve Bell, "não há um grupo semelhante de quatro casas em nenhuma das ruas que cruzam a Road." Bell localiza efetivamente um único grupo de quatro casas na Brixton Road, numeradas de 314 a 320, o qual, segundo ele, corresponde perfeitamente à descrição de Watson. "Como Watson especificou o nº3, podemos supor que o nº318, o terceiro na fileira, foi o cenário da morte de Enoch J. Drebber."

Michael Harrison chega a uma conclusão semelhante no tocante à rua — isto é, a casa ficava na Brixton Road, não numa rua adjacente —, mas (aparentemente desconhecendo o trabalho de Bell) escolhe um grupo de cinco como correspondendo à descrição de Watson, a saber, os números 152 a 160.

Bernard Davies, fazendo uma ampla análise em "The book of Genesis", rejeita as sugestões tanto de Bell quanto de Harrison. A descrição posterior de Watson de um corredor central com portas "à esquerda e à direita", observa Davies, só seria apropriada para uma casa de fachada dupla: uma casa com duas áreas de entrada. O nº318 da Brixton (a escolha de Bell), em contraposição, era uma casa semisseparada, de uma só fachada, com apenas uma área de entrada. Davies identifica o grupo de casas nos nºs329-335 da Brixton Road, no lado leste, entre Villa Road e St. John's Road (hoje St. John's Crescent), como "Lauriston Gardens".

Colin Prestige adota uma abordagem diferente em "South London Adventures", apegando-se à proximidade entre a casa e a White Hart Tavern (ver nota 126) como uma pista reveladora. Como a taberna situava-se no cruzamento de Loughborough Road e Lilford Road, Prestige conclui que "a área conhecida como Myatt's Fields salta imediatamente como a localização mais provável [para a casa]". Ele afirma que o nº3 de Lauriston Garden era uma das casas ao longo do trecho norte de Knatchbull Road, numa rota direta entre a White Hart e Holland Grove.

Observe o curioso título deste capítulo, tomado do texto do *Beeton's*. O "Garden" tornou-se plural nas edições posteriores em livro.

98. Segundo William S. Baring-Gould, Christopher Morley agarrou-se a esta expressão (usada novamente em "O mistério do vale Boscombe") como uma importante indicação de que Holmes havia estado nos Estados Unidos antes de 1881. Morley desenvolve extensamente esse tema em "Was Sherlock Holmes an American?". Aponta numerosas indicações do apreço de Holmes pelos Estados Unidos e pelos americanos, incluindo sua opção por disfarçar-se (em "Seu último adeus") como um irlandês-americano, sua falta de conhecimento do rúgbi, uma instituição das escolas britânicas ("O atleta desaparecido") e sua famosa observação "É sempre uma alegria conhecer um americano".

Franklin Delano Roosevelt levou esta tese ainda mais longe em cartas aos Baker Street Irregulars (de que era membro honorário secreto), depois publicadas em *A Baker Street Folio: Letters about Sherlock Holmes from Franklin Delano Roosevelt* (1945), editado por Edgar W. Smith. O presidente declarou numa carta datada de 18 de dezembro de 1944: "Com base em estudos adicionais, inclino-me a rever minha avaliação anterior de que Holmes era uma criança enjeitada. Na realidade, era um americano nato e foi criado pelo pai ou um pai adotivo no submundo, aprendendo assim todos os truques do ofício na extremamente desenvolvida arte americana do crime. Em tenra idade sentiu o ímpeto de fazer algo pela humanidade. Sendo muito conhecido nas altas esferas desse país, optou por operar na Inglaterra. Seus atributos eram basicamente americanos, não ingleses. Sinto que estudos mais aprofundados deste postulante proporcionarão bons resultados à história."

99. Explorando o persistente mistério da localização das casas, Owen Dudley Edwards chama isto de uma "ótima pista" e propõe que os inspetores deviam ter usado um meio de transporte público até o distrito policial local, onde teriam entrevistado o agente local e em seguida caminhado até Lauriston Gardens 3.

100. Utrecht, nos Países Baixos, foi o local da assinatura de uma série de tratados de paz de 1713 a 1714. Sob a Paz de Utrecht, a França e a Espanha chegaram a um acordo com várias potências europeias para encerrar a Guerra da Sucessão Espanhola. O interesse de Holmes por Utrecht era provavelmente mais natural que político, pois a província era um centro de apicultura, com um mercado de abelhas que funcionava nas proximidades, em Veenendaal.

Curiosamente, Utrecht foi durante 200 anos o centro do jansenismo, um movimento católico romano fundado pelo teólogo Cornelis Jansen (1585-1638). Os jansenistas se diziam discípulos de santo Agostinho e se opunham aos jesuítas em muitas questões teológicas. Não há, contudo, nenhuma conexão conhecida entre a seita e o "Van Jansen" que Holmes menciona. "Jansen" (o equivalente holandês de Johnson) é, de fato, um nome comum na Holanda.

101. Eclesiastes, 1:9: "O que foi tornará a ser, o que foi feito se fará novamente; não há nada de novo sob o sol." A observação filosófica de Holmes aqui tem claramente um sentido prático e motiva seu estudo da história criminal. "Em regra," explica ele em "A Liga dos Cabeças Vermelhas", "depois de ouvir uma ligeira indicação do curso dos eventos, sou capaz de me orientar com base nos milhares de outros casos semelhantes que me acorrem à memória."

102. Paul Phillip Barraud foi o fundador, no século XVII, de uma dinastia de relojoeiros que durou até o século XX; os primeiros relógios de pulso e de parede de sua firma traziam a marca "Barraud, London". Após 1840, aproximadamente, a firma passou a se chamar Barraud & Lund e tinha sede em Cornhill nº49, E.C. Owen Dudley Edwards comenta que a posse de um relógio de ouro tão prestigioso é certamente indicativa do "hedonismo e prodigalidade" de seu proprietário.

103. Uma corrente de relógio feita de elos pesados, assim chamada em homenagem a Albert, príncipe consorte da rainha Vitória. Albert, considerado apático e pomposo pelas massas, não era muito popular, mas apesar disso estabelecia o estilo da sociedade masculina. O penhorista Jabez Wilson ("A Liga dos Cabeças Vermelhas") e "Hosmer Angel", suposto noivo de Mary Sutherland ("Um caso de identidade"), também usavam correntes Albert de ouro, e estes dois homens parecem partilhar com Enoch J. Drebber uma ostentação vulgar.

104. Os maçons são membros de uma sociedade secreta, cuja origens, segundo a tradição, remontam aos templários, ao antigo Império Romano, aos faraós, ao Templo de Salomão ou até aos tempos da Torre de Babel e da Arca de Noé. Os maçons estão na Inglaterra desde 926 d.C., embora a maçonaria moderna tenha surgido no século XVIII.

Segundo D.A. Redmond, em "The masons and the mormons", na época de *Um estudo em vermelho* reinava uma considerável hostilidade entre os adeptos da maçonaria americana e os do mormonismo. Redmond cita os "Proceedings of the most worshipful grand lodge of the State of Kansas, 29th Annual Communication" (Emporia, 1885) como declarando que a maçonaria, "num território em que a barbárie predomina, será, se continuada, o principal meio com que se poderá contar para dispersar a sombra maligna projetada pelo mormonismo e erradicar esta última forma de tirania, baseada em ignorância obstinada, deplorável, e flagrante imoralidade". Redmond especula que Drebber usava a insígnia "como um disfarce, para lhe emprestar respeitabilidade e possivelmente lhe dar acesso a lojas maçônicas genuínas em suas viagens".

Jabez Wilson era maçom ("A Liga dos Cabeças Vermelhas"), bem como John Hector McFarlane ("O construtor de Norwood") e o "odiado rival" de Holmes, detetive Barker ("Mr. Josias Amberley"). Cecil A. Ryder Jr., em "A study in Masonry", conclui que Holmes e Watson também eram membros. Arthur Conan Doyle ingressou na Phoenix Lodge of the Masons em 1887, e Ryder sugere que foi ali que conheceu o Dr. Watson, o que resultou na publicação de *Um estudo em vermelho*.

105. A obra-prima de Giovanni Boccaccio (1313-75), poeta e erudito italiano, consiste em 100 contos, contados ao longo de dez dias por sete mulheres e três homens que haviam fugido da Florença assolada pela peste em 1348. ("*Decameron*" significa "obra de dez dias".) No fim de cada dia, o contador da história canta uma canção dançante. O tema de Boccaccio era o estilo de vida da burguesia. Focalizando as limitações humanas e os valores morais, ele descreveu o homem superando seus infortúnios pela aceitação das consequências da própria ação. Foi um desvio surpreendente em relação à maior parte da literatura da Idade Média, que tendia a apelar para o divino para explicar e solucionar as complicações da vida humana.

Embora a obra de Boccaccio seja aclamada como o primeiro grande exemplo da prosa italiana, sua reputação vitoriana consistia em boa parte em ser uma fonte de histórias "sujas". Por exemplo, várias edições vitorianas omitiam a décima história do terceiro dia, "Alibech põe o diabo de volta no inferno", como indecente, e a lei Comstock nos Estados Unidos tornou ilegal durante décadas enviar cópias da obra pelo correio. Owen Dudley Edwards sugere que a edição em poder de Drebber era a seleção publicada em 1884 por George Routledge & Sons, com uma introdução de Henry Morley, na "Morley's Universal Library".

106. Mais propriamente, Gillig's United States Exchange, no Strand nº9, que possuía também uma sala anexa com jornais americanos.

107. James Montgomery, em "A hearty sea-story", reproduz vários anúncios da Guion Shipping Line: "'Os alimentos fornecidos', diz um cartão, 'abundantes e de excelente qualidade, são servidos e preparados pelos camareiros da companhia'. 'Tenha em mente', diz um outro, 'que a Guion Line nunca perdeu um único passageiro inglês, galês, escocês ou irlandês nos últimos 25 anos.'" Presumivelmente Mr. Drebber de Cleveland sentia que o mesmo grau de segurança se aplicaria a um americano.

108. James Cole, em "The curious incident of holmes's doing little in the daytime", critica Holmes por não ter examinado a cena do assassinato antes de deixar a sala, mas atribui isso à inexperiência do detetive com casos que escapavam à variedade "de poltrona". Se Lestrade não tivesse descoberto o escrito, surpreende-se Cole, teria Holmes sequer se dado ao trabalho de investigar a sala?

109. Em "Sherlock's murder bag", J.N. Williamson conta 16 histórias em que Holmes é mostrado usando a lupa. Michael Harrison, em *The World of Sherlock Holmes*, pergunta a si mesmo por que um homem tão jovem quanto Holmes (27 anos, pela maioria dos cálculos) "precisaria de uma lente para ver o que quer que fosse? ... Se um *grande* pedaço de papel de parede havia se descolado, um 'quadrado amarelo de reboco áspero' igualmente *grande* fora deixado. E, não improvavelmente, a palavra '*Rache*' estava escrita em caracteres vermelho-sangue não pequenos." Ele conclui que o uso por Holmes do "tipo de lente única muito potente com que velhinhos trêmulos leem jornais em bibliotecas públicas" é uma indicação de sua presbiopia notavelmente precoce (embaçamento dos objetos próximos, geralmente associado à idade). Para outras teorias sobre a visão de Holmes, ver nota 87.

110. William S. Baring-Gould nos lembra de que esse sentimento pode ser atribuído a Thomas Carlyle, que escreveu em *Life of Frederick the Great*: "gênio ... que é antes de mais nada a capacidade transcendente de se esforçar". Holmes havia, é claro, perguntado anteriormente "da maneira mais ingênua quem poderia ser [Carlyle] e o que tinha feito". O fato de citar o historiador aqui parece provar que essa alegação de ignorância foi mera encenação.

111. Não há Kennington Park Gate em Londres. Kennington *Park* localiza-se na interseção de Kennington Park Road e Camberwell New Road, e uma Audley *Square* existe, mas fica muito longe de Kennington. Bernard Davies identifica "Audley Court" como Aulton Place, o nome combinado dado a Aulton Passage e Grove Place em 1893.

112. Há 65 vítimas de assassinato e 57 assassinos mencionados no Cânone, listados à exaustão por Kelvin Jones em *The Sherlock Holmes Murder File*.

113. A cidade e distrito de Trichinopoli, localizada perto de Tiruchirapali, no sul da Índia, era uma renomada fonte de tabaco.

114. Jay Finley Christ discute se qualquer das provas fornecidas por Holmes até esse ponto é útil, mostrando que nenhuma delas incrimina conclusivamente o criminoso.

115. Os partas, antiga raça persa, tinham lendariamente o hábito de se virar ao contrário na sela para desfechar uma flecha num perseguidor — daí arremesso parto.

IV. O que John Rance tinha a dizer

Era uma hora quando deixamos o nº3 de Lauriston Gardens. Sherlock Holmes levou-me até a agência telegráfica mais próxima,[116] de onde enviou um longo telegrama.[117] Em seguida chamou um fiacre e ordenou ao cocheiro que nos levasse ao endereço dado por Lestrade.

"Não há nada como indícios em primeira mão", comentou; "na verdade, minha opinião sobre o caso está inteiramente formada, mas isso não nos impede de apurar o que há para ser apurado."[118]

"Você me espanta, Holmes", disse eu. "Certamente não está tão seguro quanto aparenta acerca de todos aqueles detalhes que mencionou."

"Não há nenhuma margem para erro", respondeu ele. "Logo a primeira coisa que observei ao chegar lá foi que um fiacre havia feito dois sulcos com suas rodas junto ao meio-fio. Ora, até ontem à noite, não tínhamos tido nenhuma chuva por uma semana, portanto aquelas rodas que deixaram marca tão profunda deviam ter estacionado durante a noite. Havia as marcas das patas do cavalo, também, e o contorno de uma era muito mais bem delineado que o das outras três, mostrando que se tratava de uma ferradura nova. Como o coche esteve ali depois que a chuva começou, e não esteve ali em momento algum durante a manhã — Gregson me garantiu isso —, segue-se que deve ter estado ali durante a noite, e, portanto, que levou aqueles dois indivíduos até a casa."

"Isso parece bastante simples", disse eu; "mas e quanto à altura do outro homem?"

"Ora, em nove entre dez casos a altura de um homem pode ser determinada pelo comprimento de seu passo.[119] É um cálculo razoavelmente simples, embora seja inútil eu aborrecê-lo com números. Eu tinha o passo desse sujeito tanto na argila fora da casa como na poeira, dentro. Depois tive uma maneira de verificar meu cálculo. Quando um homem escreve numa parede, seu instinto o leva a fazê-lo acima do nível de seus olhos. Ora, aquela palavra está a pouco mais de um metro e oitenta do chão. Foi uma brincadeira de criança."

"E sua idade?", perguntei.

"Bem, um homem capaz de dar passadas de um metro e trinta sem o menor esforço não pode ser um velhinho. Essa era a largura de uma poça no caminho do jardim que ele havia evidentemente transposto. As botinas de verniz a haviam contornado, as de bico quadrado tinham saltado. Não há nenhum mistério em tudo isso. Estou simplesmente aplicando à vida comum alguns daqueles preceitos de observação e dedução que defendi naquele artigo. Há mais alguma coisa que o intrigue?"

"As unhas e o Trichinopoli", sugeri.

"A palavra na parede foi escrita com um dedo indicador masculino molhado em sangue. Minha lupa permitiu-me observar que, ao fazê-lo, o homem arranhou ligeiramente o reboco, o que não teria acontecido se sua unha estivesse aparada. Colhi algumas cinzas espalhadas pelo assoalho. Eram escuras e flocosas... só um Trichinopoli produz cinzas assim. Fiz um estudo especial sobre cinzas de charuto... de fato, escrevi uma monografia sobre o assunto.[120] Gabo-me de ser capaz de distinguir num relance a cinza de qualquer marca conhecida,[121] seja de charuto ou tabaco. É exatamente em detalhes desse tipo que o detetive competente difere do gênero representado por Gregson e Lestrade.

"E o rosto corado?" perguntei.

"Ah, aquele foi um palpite mais ousado, embora eu não tenha dúvida de que estava certo. Não deve me perguntar isso na fase atual do caso."

Passei a mão na testa. "Minha cabeça está girando",[122] observei; "quanto mais se pensa sobre isso, mais misterioso fica. Por que esses dois homens — se é que eram dois homens — entraram numa casa vazia? Que foi feito do cocheiro que os levou? Como pôde um homem obrigar outro a tomar veneno? De onde veio o sangue? Qual era o objetivo do assassinato, já que não envolveu roubo? Como a aliança de mulher foi parar ali? Acima de tudo, por que o segundo homem haveria de escrever a palavra alemã RACHE antes de se safar? Confesso não ver nenhuma maneira possível de conciliar todos esses fatos."

Meu companheiro abriu um sorriso aprovador.

"Você resumiu as dificuldades da situação clara e sucintamente", disse. "Muita coisa ainda está obscura, embora eu já tenha uma opinião inteiramente formada sobre os fatos principais. Quanto à descoberta do pobre Lestrade, aquilo foi simplesmente um ardil destinado a despistar a polícia, sugerindo socialismo e sociedades secretas.[123] Não foi feito por um alemão. O A, se você notou, estava grafado um pouco à maneira alemã. Ora, como um verdadeiro alemão usa invariavelmente os caracteres latinos para escrever em letra de forma, podemos dizer com segurança que a palavra não foi escrita por um, mas por um imitador canhestro que se excedeu no seu papel. É um mero estratagema para desviar a investigação para um canal errado. Não lhe direi muito mais sobre o caso, doutor. Como sabe, um mágico perde todo o crédito depois que explica seu truque, e se eu lhe mostrar demais do meu método de trabalho, chegará à conclusão de que, afinal, não passo de um sujeito muito comum."

"Nunca", respondi; "ninguém tornará a detecção tão próxima de uma ciência exata como você o fez."

Meu companheiro corou de prazer ante as minhas palavras e a maneira sincera como eu as pronunciara. Eu já observara que era tão sensível à lisonja a respeito de sua arte quanto uma moça podia ser de sua beleza.

"Vou lhe dizer mais uma coisa", disse ele. "Verniz e Bico-Quadrado vieram no mesmo fiacre, e percorreram o caminho juntos, tão amigavelmente quanto possível — muito provavelmente de braços dados. Depois de entrar, andaram de um lado para outro na sala — ou melhor, Verniz ficou parado, enquanto Bico-Quadrado andava para lá e para cá. Pude ver tudo isso na poeira; e pude ver que, à medida que andava, ficava cada vez mais alvoroçado. Isso é revelado pelo tamanho crescente de seus passos. Ele falava sem parar, e ficava sem dúvida cada vez mais furioso. Então a tragédia aconteceu. Agora eu lhe contei tudo que sei, pois o resto é mera suposição e conjectura. Mas temos uma boa base para começar a trabalhar. Devemos nos apressar, porque quero ir ao concerto de Hallé[124] ouvir Norman-Neruda[125] esta tarde."

Essa conversa ocorrera enquanto nosso fiacre enveredava por uma longa sucessão de ruas sujas e travessas lúgubres. Na mais suja e lúgubre delas, nosso cocheiro parou de repente. "Audley Court é ali", disse, apontando para uma fenda estreita na linha de tijolos foscos. "Os senhores me encontrarão aqui quando voltarem."

Audley Court não era um lugar atraente. A passagem estreita nos levou para um quadrilátero lajeado e cercado por casas sórdidas. Passando por entre grupos de crianças encardidas e varais com roupas desbotadas, chegamos ao nº46, cuja porta era decorada com uma plaquinha de latão com o nome Rance gravado. Perguntando, fomos informados de que o policial estava deitado e introduzidos numa saleta para esperá-lo.

Ele entrou logo depois, parecendo um pouco irritado por ter sido perturbado em seu cochilo. "Fiz meu relatório na delegacia", disse ele.

Holmes tirou meio soberano do bolso e pôs-se a brincar com ele, pensativamente. "Achamos que seria bom ouvir tudo dos seus próprios lábios", disse.

"Terei o maior prazer em lhe contar tudo que puder", respondeu o policial, os olhos pregados no pequeno disco de ouro.

"Basta que nos conte à sua maneira como tudo aconteceu."

Rance sentou-se no sofá de crina e franziu as sobrancelhas, como se determinado a não omitir coisa alguma em sua narrativa.

"Vou lhes contar desde o começo", disse. "Minha ronda vai de dez da noite às seis da manhã. Às onze horas houve uma briga na White Hart;[126] fora isso, porém, tudo estava

"A porta era decorada com uma plaquinha de latão com o nome Rance gravado." [Richard Gutschmidt, *Späte Rache*, Stuttgart, Lutz Verlag, 1902]

"Ele entrou logo depois, parecendo um pouco irritado." [Geo. Hutchinson, *A Study in Scarlet*, Londres, Ward, Lock Bowden, and Co., 1891]

muito tranquilo na área. À uma hora começou a chover e me encontrei com Harry Murcher — que cobre a área de Holland Grove[127] —, e ficamos conversando na esquina de Henrietta Street.[128] Pouco depois — talvez por volta das duas horas ou um pouco mais — pensei em ir ver se estava tudo certo em Brixton Road. Estava horrivelmente enlameada e deserta. Não encontrei vivalma em todo o percurso, embora um ou dois fiacres tenham passado por mim. Eu perambulava, pensando com meus botões que uma boa dose de gim viria a calhar, quando de repente percebi uma luz na janela daquela mesma casa. Ora, eu sabia que aquelas duas casas em Lauriston Gardens estavam vazias porque o proprietário não quer mandar limpar os bueiros, embora o último inquilino de uma delas tenha morrido de febre tifoide. Assim, fiquei surpreso ao ver uma luz na janela e desconfiei que havia alguma coisa errada. Quando cheguei à porta..."

"Você parou e em seguida caminhou de volta até o portão do jardim", interrompeu meu companheiro. "Por quê?"

Rance teve um forte sobressalto e fitou Sherlock Holmes, espantadíssimo.

"Ora! É verdade, senhor", disse; "embora só Deus saiba como ficou sabendo disso. Veja, quando cheguei à porta, estava tudo tão silencioso e ermo que pensei que não seria mal ter alguém comigo. Nunca tive medo de coisa nenhuma deste mundo, mas pensei que o tal que tinha morrido de febre tifoide podia estar inspecionando os bueiros que o tinham matado. Essa ideia me deixou apavorado e voltei para o portão para ver se avistava a lanterna de Murcher,[129] mas não havia sinal nem dele nem de mais ninguém."

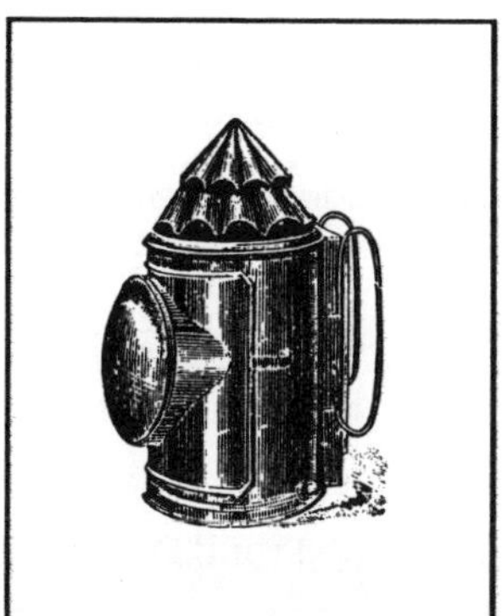

Lanterna furta-fogo da polícia

"Não havia ninguém na rua?"

"Vivalma, senhor, nem mesmo um cachorro. Tratei então de me controlar, voltei e abri a porta. Como estava tudo quieto lá dentro, fui até a sala onde havia uma luz acesa. Era uma vela tremulando no aparador da lareira — uma vela de cera vermelha — e à luz dela eu vi..."

"Sim, sei tudo que viu. Você andou pela sala várias vezes e ajoelhou-se junto ao corpo, depois saiu e experimentou a porta da cozinha, e depois..."

John Rance levantou-se de um salto com uma expressão assustada, a desconfiança nos olhos. "Onde estava escondido para ver tudo isso?"[130] exclamou. "Tenho a impressão de que sabe muito mais do que deveria."

"John Rance levantou-se de um salto com uma expressão assustada."
[Geo. Hutchinson, *A Study in Scarlet*, Londres, Ward, Lock Bowden, and Co., 1891]

Holmes riu e jogou seu cartão para o policial por sobre a mesa. "Não vá me prender por assassinato", disse. "Sou um dos cães de caça, não o lobo, Mr. Gregson ou Mr. Lestrade podem lhe confirmar isso. Mas vá em frente. Que fez em seguida?"

Rance sentou-se de novo, mas sem perder a expressão espantada. "Voltei até o portão e toquei meu apito. Isso levou Murcher e mais dois ao local."

"A rua estava vazia nesse momento?"

"Bem, estava, se formos contar só quem podia ter alguma valia."

"Que quer dizer?"

Os traços do policial se alargaram num sorriso. "Já vi muito bêbado nesta vida", disse, "mas nunca alguém tão borracho como aquele sujeito. Ele estava no portão quando eu saí, encostado na grade e cantando a plenos pulmões algo como *Columbine's New-fangled Banner*,[131] ou coisa parecida. Não conseguia ficar de pé, muito menos ajudar."

"Que tipo de homem era?" perguntou Sherlock Holmes.

John Rance pareceu um pouco irritado com essa digressão. "Era um bêbado de marca maior", respondeu. "Teria ido parar na delegacia se não estivéssemos tão ocupados."

"'Já vi muito bêbado nesta vida', disse ele, 'mas nunca alguém tão borracho como aquele sujeito.'" [Richard Gutschmidt, *Späte Rache*, Stuttgart, Robert Lutz Verlag, 1902]

"O rosto dele... as roupas... não os observou?" interveio Holmes, impaciente.

"Eu diria que os observei, porque tive até de escorá-lo — junto com Murcher. Era um camarada comprido, de cara vermelha, a parte inferior coberta..."

"Basta", exclamou Holmes. "Que foi feito dele?"

"Tínhamos mais o que fazer do que tomar conta dele", respondeu o policial num tom melindrado. "Aposto que encontrou o caminho de casa direitinho."

"Como estava vestido?"

"Um sobretudo marrom."

"Tinha um chicote na mão?"

"Um chicote... não."

"Aqui está meio soberano para você", disse meu companheiro, levantando-se e pegando o seu chapéu. "Temo, Rance, que você nunca vá muito longe na polícia. Essa sua cabeça não devia servir apenas de enfeite. O homem que você teve nas mãos é quem detém a chave desse mistério, e quem estamos procurando. Não adianta discutir sobre isso agora; eu lhe garanto que é assim. Vamos, doutor."

Rumamos juntos para o fiacre, deixando nosso informante incrédulo, mas obviamente inquieto.

"O grandessíssimo pateta", disse Holmes com acrimônia, quando voltávamos para o nosso apartamento. "Pensar que teve um golpe de sorte tão incomparável e não tirou proveito dele."

"Era um bêbado de marca maior." [Geo. Hutchinson, *A Study in Scarlet*, Londres, Ward, Lock Bowden, and Co., 1891]

"Continuo sem entender nada. É verdade que a descrição desse homem corresponde à sua ideia do segundo personagem desse mistério. Mas por que teria ele voltado à casa depois de deixá-la? Não é o que os criminosos costumam fazer."

"O anel, homem, o anel: foi por isso que ele voltou. Se não tivermos nenhuma outra maneira de apanhá-lo, sempre poderemos usar o anel como isca. Eu o pegarei, doutor — aposto dois contra um como o agarro. Devo lhe agradecer por tudo isso. Eu poderia não ter ido lá, se não fosse você, e assim teria perdido o melhor estudo com que jamais me deparei: Um estudo em vermelho, hein? Por que não poderíamos usar um pouquinho do jargão da arte?[132] O fio vermelho do assassinato corre através da meada incolor da vida, e nosso dever é desemaranhá-lo, isolá-lo, e expor cada centímetro dele. E agora, almoçar e depois a Norman-Neruda. Seu ataque e um manejo do arco são esplêndidos. Como é aquela coisinha de Chopin que ela toca de maneira tão magnífica: Tra-la-la-lira-lira-lá."[133]

Recostando-se no fiacre, aquele cão de caça amador cantarolou como uma cotovia enquanto eu meditava sobre a versatilidade do espírito humano.

Notas

116. Em apoio à sua identificação do nº318 da Brixton Road como "Lauriston Gardens, nº3" (ver nota 97), H.W. Bell observa que até 1896 havia uma agência dos Correios — da qual era possível enviar telegramas — localizada a cerca de 60 passos do nº318, rua acima.

117. Em "O pé do diabo", Watson disse acerca de Holmes: "Ele nunca escrevia quando um telegrama podia bastar." No final do século XIX — apesar da invenção do telefone em 1876 —, enviar um telegrama ainda era uma maneira imensamente popular de transmitir mensagens pessoais com rapidez. O primeiro telégrafo eletromagnético da Inglaterra, que usava uma bateria, fios de cobre e uma agulha magnética para bater mensagens, fora patenteado em 1837 pelos físicos Sir William Cooke e Charles Wheatstone. Nesse ano, o primeiro telégrafo funcional foi construído em Londres com a finalidade de permitir que estações ferroviárias transmitissem sinais simples de emergência umas para as outras. Nesse meio-tempo, nos Estados Unidos, Samuel Morse havia inventado seu próprio telégrafo e código alfabético (sua primeira mensagem, enviada em 1844 por um fio entre Washington e Baltimore, foi "Eis o que Deus realizou!"). O telégrafo Morse acabaria se tornando o mais comumente usado no mundo.

Um importante fator para a aceitação pública do telegrama como poderoso meio de comunicação foi o sensacional caso Tawell, envolvendo assassinato. Tawell era procurado pelo assassinato de uma mulher perto de Windsor. Quando foi avistado na estação ferroviária de Slough, tomando um trem para a Paddington Station de Londres, enviou-se um telegrama para autoridades em Londres com sua descrição e ele foi detido ao chegar. Após sua condenação e execução, o telégrafo foi apelidado de "os fios que enforcaram Tawell" (descrito por Robert N. Brodie em "'Take a wire, like a good fellow': The Telegraph in the Canon"). Em 1869, c. 170.000 quilômetros de linhas telegráficas haviam sido instaladas por todo o Reino Unido. No esquema de baixo custo do sistema postal, de 1885 a 1915 um telegrama comum custava 6 *pence* por até 12 palavras, mais ½ *penny* por palavra adicional. Em 1903 Holmes ainda continuava enviando suas costumeiras e lacônicas mensagens para Watson: "Venha já se conveniente — se inconveniente venha também" ("O homem que andava de quatro").

118. Esta afirmação ("é sempre útil obter os fatos, mesmo que eu realmente não precise deles") parece contradizer a cautelosa doutrina do próprio Holmes acerca da teorização anterior às evidências, expressada antes. Parece que Holmes está tentando impressionar o novo colega no primeiro caso que partilham.

119. J.B. Mackenzie forneceu uma rápida e válida refutação à afirmação de Holmes, argumentando, em "Sherlock Holmes plots and strategy" (1902): "Não seria o comprimento do passo de um homem em grande parte uma questão de idiossincrasia — algo que de forma alguma depende materialmente de sua estatura? Não é verdade que muitos homens altos dão passos relativamente curtos, e um bom número deles, com menos centímetros, cobre mais chão com cada um? Não temos, ademais, experiência para atestar que as partes superior e inferior do corpo humano são com frequência muito desproporcionais?"

120. O estudo de Holmes sobre o tabaco foi escrito em algum momento antes de 1881, quando os acontecimentos de *Um estudo em vermelho* tiveram lugar. Segundo Madeleine B. Stern, a monografia deve quase certamente ter influenciado o livro que Gaetano Casoria publicou em 1882, *Sulla combustibilitá alcune varietá de tobacchi*, um estudo detalhado das cinzas de vários tabacos. Watson só mencionou o nome exato da monografia de Holmes em 1889, em *O signo dos quatro*: *Sobre a distinção entre as cinzas dos vários tabacos: Uma enumeração de 140 formas de tabaco de charuto, cigarro e cachimbo, com pranchas coloridas ilustrando a diferença nas cinzas*. Durante esse caso, Holmes comenta que o detetive francês François le Villard estava traduzindo o trabalho para sua língua nativa.

Em "The writings of Mr. Sherlock Holmes", Walter Klinefelter observa que essa monografia é o único de seus escritos que Holmes menciona mais de uma vez no Cânone. (Ele se refere novamente a ela em "O mistério do vale Boscombe"). "Consequentemente", escreve Klinefelter, "pode-se inferir que ele sentia boa dose de orgulho por sua autoria, provavelmente considerando-a sua mais importante contribuição ao que pode ser chamado de as minúcias da detecção científica." Essa opinião não era partilhada por Arthur Conan Doyle, que achou "muito engraçado" quando um vendedor de tabaco da Filadélfia lhe perguntou onde seria possível obter um exemplar.

121. Em 1951, os editores de *Sherlock Holmes: Catalogue of an Exhibition Held at Abbey House, Baker Street, London, May-September 1951*, declararam que não era "geralmente considerado possível" distinguir diferentes tipos de cinza de tabaco. Mas Raymond J. McGowan, em "A chemist's evaluation of Sherlock Holmes's monograph on tobacco", propôs-se a determinar a viabilidade da pretensão de Holmes realizando uma análise química dos principais tipos de tabaco, tanto de cigarros quanto de charutos. McGowan constatou que a fonte do tabaco podia de fato ser determinada a partir da concentração de cloreto de magnésio e óxido de magnésio presente, e que, à medida que a concentração das duas substâncias químicas aumentava, a cor do composto resultante (permanganato de magnésio) mudava. A conclusão de McGowan, contudo, foi que a mudança de cor, de um azul-claro para um azul-escuro, basicamente só seria vista sob um microscópio. Mesmo que McGowan pareça ter comprovado o trabalho de Holmes (note que a monografia mencionava "pranchas coloridas"), o detetive parece ter exagerado suas habilidades e simplificado a técnica, talvez para impressionar o Dr. Watson.

122. "Observemos no entanto", comenta William S. Baring-Gould ironicamente, "que, tendo dito isto, Watson se sai imediatamente com uma série de sete perguntas bastante relevantes."

123. O socialismo, que surgiu das injustiças sociais e econômicas sofridas pelos operários de fábrica durante a Revolução Industrial (1750-1850, aproximadamente), demorou muito mais a deitar raízes na Grã-Bretanha que na Alemanha. O historiador A.N. Wilson descreve o socialismo como "uma questão menor" para a Grã-Bretanha no final do século XIX, em parte porque a ascensão da classe média deu aos vitorianos tardios a impressão de que eram capazes de prosperar por si mesmos; não precisavam, como expressa Wilson, "de ideias tomadas de estrangeiros com nomes engraçados".

Embora essa fosse a atitude dominante, houve de fato algumas organizações socialistas britânicas que, inspiradas pela obra seminal de Karl Marx e Friedrich Engels, *O manifesto comunista* (1848), se dedicaram a protestar contra as más condições de trabalho e o capitalismo em geral. Uma delas foi a Social Democratic Federation (SDF), fundada em 1881 por Henry Hyndman, uma figura excêntrica que, segundo Wilson, "nunca abandonou sua cartola de seda, sobrecasaca e bengala com castão de prata", e cujas visitas não solicitadas a Marx eram consideradas "um grande aborrecimento". Artista influente, desenhista e poeta, William Morris ingressou na SDF em 1883, mas já em 1884 rompeu com ela para fundar a Socialist League.

Morris foi uma figura-chave no que se tornou conhecido como o Domingo Sangrento, uma demonstração socialista que teve lugar em 13 de novembro de 1887. Pedindo a libertação do nacionalista irlandês William O'Brien, membro do Parlamento, cerca de dez mil manifestantes — entre os quais Morris e a renomada oradora Annie Besant — marcharam de vários pontos para Trafalgar Square, onde cerca de dois mil policiais e 400 soldados haviam se reunido. Wilson cita o *Times* como relatando que "a polícia, montada e a pé, meteu-se à força entre as pessoas, batendo indiscriminadamente em todas as direções e causando completa desordem nas fileiras dos manifestantes. Testemunhei vários casos de ferimentos em homens que haviam sido golpeados na cabeça ou no rosto pela polícia. O sangue, na maioria dos casos, corria livremente do ferimento e o espetáculo era de fato nauseante." Três pessoas foram mortas e 200 feridas.

O caos do Domingo Sangrento certamente não foi representativo das atividades socialistas como um todo, e de fato, o movimento do Socialismo Cristão, que se apoiava nos escritos de Thomas Carlyle e Samuel Coleridge ao vincular a Igreja a ideais anticapitalistas, experimentou um vigoroso reflorescimento na década de 1880. Mas o Domingo Sangrento teve sem dúvida o efeito de levar alguns a olharem negativamente para o socialismo e seus adeptos. Christopher Morley observa que "os socialistas eram por vezes (e injustamente) associados na mente do público com outros grupos que acreditavam na ação violenta como um protesto contra as desigualdades da civilização". *More New Arabian Nights: The Dynamiter* (1885), de Robert Louis Stevenson, é uma série de narrativas satíricas em torno da história de um bombardeador incompetente envolvido com a independência da Irlanda e ilustra a associação que o público fazia entre causas sociais e violência.

O socialismo atraía muitos livres-pensadores, e o colega do Dr. Watson, Dr. Arthur Conan Doyle, que estava profundamente envolvido em um outro grande movimento de livres-pensadores, o espiritismo, teve contato com muitos deles, inclusive o fundador do socialismo owenita, o filantropo Robert Owen, e a teosofista Besant. Apesar de seus interesses reformistas (presidiu, por exemplo, a Divorce Law Reform Union), Conan Doyle nunca pareceu se sentir bem num ou noutro partido político. No início de seus anos em Portsmouth, ingressou no Partido Liberal Sindicalista; quando se candidatou ao Parlamento em 1905, o fez pelo Partido Conservador Sindicalista. Durante essa campanha, escreveu para um jornal: "Minha atenção foi despertada por uma nota em seu número do dia 29 último, em que se registra com surpresa que um cavalheiro de ideias socialistas, que é um partidário da autonomia da Irlanda, dirigiu-se a uma audiência em meu nome. Espero que o incidente enfatize o fato, que afirmei frequentemente, de que essa eleição, no que depender de mim, não será uma questão de tóri, radical ou socialista, mas sim uma disputa entre os que desejam melhorar as condições do comércio britânico e os que desejam deixá-las como estão. Todos os demais assuntos são secundários a este, e todas as pequenas diferenças podem ser ignoradas na busca desse único objetivo principal." Em *A Visit to Three Fronts* (1916), narrando suas viagens durante a Grande Guerra, Conan Doyle escreveu: "O socialismo nunca exerceu atração sobre mim, mas eu seria um socialista amanhã se pensasse que para reduzir um imposto sobre a riqueza esses homens deveriam sofrer algum dia pelo tempo ou a saúde que dedicaram à causa pública."

124. Sir Charles Hallé (1819-95) foi um pianista e regente britânico. Nascido na Alemanha, estudou em Darmstadt e Paris, onde conviveu com Frédéric Chopin, Franz Liszt e Hector Berlioz. Depois que a revolução o obrigou a fugir de Paris, instalou-se em Manchester com a família e começou a dar concertos de piano, primeiro em sua casa e depois, a partir de 1861, no St. James's Hall em Londres. Esses concertos populares tiveram grande aceitação junto ao público geral e foram influentes na promoção da apreciação das sonatas para piano de Beethoven. Hallé fundou também em 1858 a altamente conceituada Orquestra Hallé em Manchester, hoje a mais antiga orquestra sinfônica profissional da Grã-Bretanha. Em reconhecimento por suas muitas contribuições à divulgação da música erudita na Inglaterra, foi feito cavaleiro pela rainha Vitória em 1888.

125. A mulher de Hallé, a violinista tcheca Wilhelmina (Wilma) Norman-Neruda (1839-1911), foi a maior violinista de seu tempo, tão respeitada que era chamada de "Paganini de saias". Seu primeiro casamento foi com Ludwig Norman, um regente e compositor sueco. (Seu pai foi o organista Josef Neruda.) Em 1888, três anos após a morte de Norman, ela se casou com Hallé, em cujos Concertos Populares se apresentou durante quase vinte anos. A rainha Alexandra concedeu a Norman-Neruda o título honorário de Violinista da Rainha em 1901.

Holmes talvez tivesse um interesse particular em ver Norman-Neruda tocar, pois, como ressalta Paul S. Clarkson, ela era — como ele mesmo — dona de um violino Stradivarius. O Stradivarius de Norman-Neruda, conhecido como o Violino de Ernst, pertencera outrora ao virtuose Heinrich Ernst. Em 1874, após a morte de Ernst, Alfred, filho da rainha Vitória e então duque de Edimburgo, presenteou-o a Norman-Neruda como prova de sua estima.

Observemos que no texto original do *Beeton's* e no de muitos livros o nome não é hifenizado.

126. H.W. Bell identifica a taberna como a Old White Horse, localizada em frente aos Correios na Brixton Road (ver notas 97 e 116). Mas Colin Prestige, escrevendo em 1957, declarou que houve de fato uma taberna White Hart no distrito próximo a Myatt's Field (onde ele situa Lauriston Gardens, ver nota 97), que ficava na esquina de Lilford Road e Holland Road em Camberwell: "Embora a atual White Hart só exista desde 1938, ela substitui um *pub* anterior de mesmo nome e consideravelmente antigo, que existiu no mesmo local até ser demolido para reconstrução na década de 1930."

127. Diferentemente de Henrietta Street (ver a próxima nota) e Audley Court, "Holland Grove" é uma rua de verdade, duas ruas a leste de Brixton Road e logo ao sul de Kennington Park.

128. Há uma Henrietta Street em Cavendish Square e uma Henrietta Street em Covent Garden; ambas ficam, contudo, ao norte do Tâmisa e a grande distância da Brixton Road. Este, portanto, é um local fictício.

129. Os homens da polícia (assim como os ladrões) usavam com frequência "lanternas furta-fogo", uma modificação de uma lanterna de mão comum de gás ou querosene que podia ser escurecida quando acesa, por meio de uma placa corrediça que cobria a luz sem extinguir a chama. Assim sendo, foi a predecessora da lanterna elétrica de mão.

130. Robert S. Morgan, eliminando o impossível — que Holmes tivesse se disfarçado de Drebber ou do assassino —, conclui que ele obteve realmente esses fatos ficando "escondido", disfarçado de cavalo. "Sabemos que Holmes é um especialista em disfarces", escreve Morgan em *Spotlight on a Simple Case, or Wiggins, Who Was That Horse I Saw With You Last Night*. "Se Holmes quisesse se disfarçar de cavalo, ele seria um cavalo."

131. Edwards considera este título uma fusão das canções patrióticas americanas "Hail, Columbia!" e "The Star-Spangled Banner" e sugere que a lembrança de Rance reforça a conclusão de Holmes de que o assassino era um americano. Karen Murdock afirma que se tratava da canção da Guerra Civil Americana "Pat Murphy of the Irish Brigade", que tem como última linha de sua primeira estrofe a expressão "*America's bright starry banner*", que podia ser facilmente lembrada de maneira incorreta como "*Columbia's star-spangled banner*" ou alguma expressão semelhante.

132. O controverso e boêmio pintor americano James Abbott McNeil Whistler (1834-1903), depois que um crítico se referiu a uma de suas primeiras obras, *The Woman in White* (1862), como "uma sinfonia do branco", mudou o título dessa pintura para *A Symphony in White nº1: The White Girl* e frequentemente usava títulos envolvendo composições musicais e cores. Suas obras mais conhecida incluem *Nocturne in Green and Gold* (c. 1874) e o famoso retrato de sua mãe, *Arrangement in Grey and Black nº1: The Artist's Mother* (1871-72). Whistler pintou um outro *Arrangement in Grey and Black nº1*, este de Thomas Carlyle (1873); seu retrato de Miss Cicely Alexander foi uma *Harmony in Grey and Green* (c. 1873). O público estava constantemente atento a Whistler, e o apreço de Holmes por artistas contemporâneos é evidente quando ele admira a obra dos "mestres belgas modernos" (ver *O cão dos Baskerville*, nota 78). Uma obra posterior de Whistler, *Arrangement in Black: Portrait of Señor Pablo de Sarasate* (1884), provavelmente foi bem conhecida por Holmes à luz de sua admiração pelo violinista. Ao unir o chiste de Holmes a seu primeiro esforço literário, Watson estava estabelecendo um padrão bastante elevado; Morley considera o título "conscientemente intelectualizado".

133. Chopin nunca escreveu nenhuma peça para violino solo, como Paul Clarkson e outros se apressam a observar. Após pesquisar todos os programas de concerto registrados, sem encontrar nenhuma menção a uma peça de Chopin tocada por Norman-Neruda, Clarkson sugere que a data foi 4 de junho de 1880, e que Holmes ouviu Charles Hallé tocar o Noturno em mi maior (Op.62, nº2) de Chopin, bem como a Barcarolle em fá sustenido (Op.60). Nessa noite, Norman-Neruda tocou uma de suas favoritas, a sonata em ré maior de Haendel; e Clarkson observa que numerosas passagens dessa peça, "a mais bela das seis sonatas de Haendel para violino", podem ter sido atribuídas erradamente, seja por Holmes ou Watson, a Chopin.

A sugestão de Clarkson é engenhosa, mas é apenas uma de muitas propostas. Como observa Julian Wolff, em "Just what was that little thing of Chopin's?", "grande interesse nessa questão é evidenciado pela quantidade de pesquisa feita e o número de artigos publicados". O próprio Wolff, conta-nos Patrick Drazen com algum desdém, faz a tímida sugestão de que Holmes nunca disse "Tra-la-la-lira-lira-lá" em absoluto, mas que Watson atribuiu-lhe a fala e, ao fazê-lo, citou erradamente "The Lady of Shalott" de Tennyson (*"From the bank and from the river/ He flash'd into the crystal mirror./ 'Tirra lirra', by the river / Sang Sir Lancelot"*).

Entre as tentativas de descobrir que obra Holmes poderia ter em mente:

• *Noturno em fá menor (Noturno para piano, nº15 em fá menor)*, identificada por Guy Warrack, em *Sherlock Holmes and Music*, com base no que ele descreve como "evidências *prima facie*". Warrack admite que o noturno dificilmente poderia ser descrito como "uma coisinha", mas ressalta que Watson omitiu um "lá", a menos que o fraseado de Holmes tivesse sido imperfeito.

• *Estudo em mi maior, Opus 10 (Estudo em mi maior para piano, Op.10, nº3)*, selecionada pelo amado tenor e Baker Street Irregular James Montgomery em seu "Chopin in Baker Street". Após "estudos extremamente exaustivos", Montgomery conclui que esta peça é quase a única das muitas obras de Chopin que se encaixa perfeitamente no ritmo de Holmes.

• *Valsa em mi menor, nº14 (Op.post.).* Ernest Bloomfield Zeisler, em "Tra-la-la-lira-lira-lay", ouviu Bronislaw Huberman tocar seu próprio arranjo desta peça num recital em Viena em 1929 e reconheceu a melodia.

• *Mazurca em mi menor bemol, Op.6, nº4.* Eric H. Thiman, doutor em música, afirma numa carta ao editor do *Sherlock Holmes Journal* que a identificação de Zeisler é um erro. Mostra que o mi menor é um tom mais adequado para um executante de instrumento de corda e que a peça que ele indica é muito curta, extremamente cantável e se encaixa perfeitamente no ritmo (diferentemente da sugestão de Warrack).

• *Estudo em lá menor, Op.25, nº11.* Winifred M. Christie, em "Some reflections on that little thing of Chopin's)", examina com cuidado as sugestões anteriores de Warrack e Montgomery e, usando o princípio da exclusão, reduz as possibilidades aos *Estudos* de Chopin. Entre eles, só encontra uma solução possível.

• *Quarta polonesa, em dó menor.* William Smith em "That little thing of Chopin's: The laying of the ghost", revê em detalhe a análise de Christie e encontra várias falhas. Sobretudo, afirma que a frase de Holmes deve ser equiparada à música à base de uma sílaba por nota, sem nenhuma distorção da melodia, em ritmo ou entonação. Analisa as obras completas de Chopin para piano usando esses princípios.

• *Canções polonesas, "O desejo da donzela".* Harold C. Schonberg, o eminente crítico de música do *New York Times*, num ensaio nesse jornal intitulado "Tra-la-la-lira-lira-lay", considera que a peça devia corresponder à disposição alegre de Holmes. A curta peça que identifica era, em sua avaliação, "uma das mais populares peças curtas do século, ... permite um maravilhoso bis de violino, e o arranjo de Norman-Neruda ... devia pôr um especialista como Holmes em êxtase".

Esta não é uma lista exaustiva de hipóteses, e alguns chegam mesmo a afirmar que a peça simplesmente não era de Chopin. A engenhosidade dessas ponderações é de fato um atestado da "versatilidade da mente humana".

V. Nosso anúncio atrai uma visita

Nossos esforços da manhã haviam sido excessivos para minha saúde combalida e senti-me exausto à tarde. Depois que Holmes partiu para o concerto, deitei-me no sofá, na tentativa de dormir por umas duas horas. Foi inútil. Excitada demais por tudo que ocorrera, minha mente estava povoada pelas mais estranhas fantasias e conjecturas. Cada vez que eu fechava os olhos, via diante de mim a fisionomia distorcida, semelhante à de um babuíno, do homem assassinado. A impressão que essa face produzira em mim era tão sinistra que era difícil eu sentir outra coisa senão gratidão por aquele que eliminara do mundo o seu dono. Se alguma vez traços humanos pressagiaram o vício da maneira mais maligna, foram certamente os de Enoch J. Drebber, de Cleveland. Apesar disso, eu reconhecia que a justiça devia ser feita e que a depravação da vítima nada perdoava aos olhos da lei.

Quanto mais eu pensava naquilo, mais extraordinária parecia a hipótese de meu companheiro de que o homem fora envenenado. Lembrava-me de como ele cheirara os seus lábios, e não tinha dúvida de que detectara alguma coisa que dera origem à ideia. De mais a mais, se não fora veneno, o que causara a morte desse homem, já que não havia nem ferimento nem sinais de que havia sido estrangulado? Mas, por outro lado, de quem era o sangue de que havia uma camada tão grossa sobre o chão? Não havia sinais de luta, nem a vítima possuía qualquer arma com que pudesse ter ferido um antagonista. Enquanto todas essas perguntas permanecessem sem resposta, eu sentia que não seria fácil dormir, nem para Holmes nem para mim. Seus modos tranquilos e autoconfiantes me convenciam de que ele já formulara uma teoria que explicava todos os fatos, embora qual fosse ela eu não pudesse nem de longe conjecturar.

Ele voltou muito tarde... tão tarde que eu sabia que o concerto não o poderia ter detido todo o tempo. O jantar estava na mesa antes que aparecesse.

"Foi magnífico", disse ele ao se sentar. "Lembra-se do que Darwin disse sobre música? Segundo ele, a capacidade de produzi-la e apreciá-la existia na raça humana muito antes que a capacidade de falar fosse alcançada.[134] Talvez seja por isso que somos tão sutilmente influenciados por ela. Há em nossa alma vagas lembranças daqueles séculos brumosos que envolviam o mundo em sua infância."

"É uma ideia bastante vasta", observei.

"Nossas ideias devem ser tão vastas quanto a Natureza, se pretendem interpretá-la", respondeu ele. "Qual é o problema? Você não parece bem. Esse caso de Brixton Road o perturbou."

"Para lhe dizer a verdade, foi isso mesmo", respondi. "Eu devia estar mais calejado depois de minhas experiências afegãs. Vi meus camaradas serem despedaçados em Maiwand sem me acovardar."

"Posso compreender. Há nisso um mistério que estimula a imaginação; onde não há imaginação, não há horror. Viu o jornal vespertino?"[135]

"Não."

"Faz um relato bastante bom do caso. Não menciona o fato de que, quando o homem foi erguido, uma aliança de mulher caiu no chão.[136] Ainda bem."

"Por quê?"

"Veja este anúncio", respondeu ele. "Enviei-o para todos os jornais esta manhã imediatamente depois do incidente."

Jogou-me o jornal e olhei para o lugar indicado. Era o primeiro anúncio na coluna de "Achados".[137] "Um anel simples de ouro", dizia, "foi encontrado esta manhã na rua entre a taberna White Hart e Holland Grove.

Procurar Dr. Watson, Baker Street, 221B, entre oito e nove horas desta noite."

"Perdoe-me por usar seu nome", disse ele. "Se usasse o meu, algum desses imbecis o reconheceria, e tentaria se intrometer no assunto."

"Não faz mal", respondi. "Mas, caso alguém apareça, não terei aliança nenhuma."

"Ah, terá sim", disse ele, entregando-me uma. "Esta servirá muito bem. É quase idêntica."

"E quem você espera que responda a esse anúncio?"

"Ora, o homem de sobretudo marrom... nosso amigo corado com as biqueiras quadradas. Se não vier em pessoa, mandará um cúmplice."

"Ele não consideraria isso perigoso demais?"

"Em absoluto. Se minha visão do caso estiver correta, e tenho todos os motivos para acreditar que está, esse homem preferiria arriscar qualquer coisa a perder a aliança. A meu ver, deixou-a cair quando se curvou sobre o corpo de Drebber e não sentiu falta dela na hora. Após deixar a casa, descobriu sua perda e correu de volta, mas encontrou a polícia já no controle da situação, graças a seu próprio desatino de deixar a vela acesa. Teve de se fingir de bêbado para mitigar as desconfianças que poderiam ter sido despertadas por seu aparecimento no portão. Agora ponha-se no lugar desse homem. Ao refletir sobre o assunto, deve ter lhe ocorrido a possibilidade de haver perdido a aliança na rua após deixar a casa. Que faria nesse caso? Examinaria sofregamente os jornais vespertinos na esperança de vê-la entre os objetos encontrados. Seu olhar, é claro, bateria nisto. Ficaria exultante. Por que temeria uma armadilha? Não haveria razão, a seu ver, para que o achado do anel estivesse ligado ao assassinato. Ele virá. Nós o veremos dentro de uma hora."

"E então?"

"Ah, pode deixar que eu me entendo com ele. Tem alguma arma?"

"Tenho meu velho revólver de serviço[138] e alguns cartuchos."

"É melhor limpá-lo e carregá-lo. O sujeito entrará em desespero, e, embora eu vá pegá-lo desprevenido, é bom estar pronto para qualquer coisa."

Fui para o meu quarto e segui o conselho. Quando voltei com a pistola, a mesa fora tirada e Holmes estava imerso em sua ocupação favorita de arranhar o violino.

"Quando voltei com a pistola."
[Geo. Hutchinson, *A Study in Scarlet*, Londres, Ward, Lock Bowden, and Co., 1891]

"A trama está se complicando", disse ele quando entrei; "acabo de receber uma resposta ao meu telegrama americano. Minha opinião sobre o caso está correta."

"E ela é...?"

"Meu violino agradeceria umas cordas novas", observou ele. "Ponha a pistola no bolso. Quando o sujeito chegar, fale com ele normalmente. Deixe o resto comigo. Não o amedronte encarando-o demais."

"São oito horas agora", disse eu, dando uma olhada no meu relógio.

"Sim. Provavelmente ele estará aqui em poucos minutos. Abra ligeiramente a porta. Assim está bem. Agora ponha a chave do lado de dentro. Obrigado! Veja este curioso livro antigo que encontrei ontem numa banca[139], *De jure inter gentes*[140], publicado em latim em Liège, nos Países Baixos, em 1642. A cabeça de Carlos ainda estava firme sobre seus ombros[141] quando este volumezinho de lombada marrom foi impresso."

"Quem foi o impressor?"

"Philippe de Croy, seja lá quem fosse.[142] Na guarda, numa tinta bem desbotada, está escrito *Ex libris Guliolmi Whyte*. Gostaria de saber quem foi William Whyte. Um advogado pragmático do século XVII, suponho. Sua letra tem um talhe jurídico.[143] Aí vem o nosso homem, acho eu."

Enquanto ele falava a campainha soou com estridência. Levantando-se rapidamente, Sherlock Holmes empurrou sua cadeira na direção da porta. Ouvimos a empregada passar pelo vestíbulo e o estalido seco do trinco quando ela a abriu.[144]

"O Dr. Watson mora aqui?" perguntou uma voz clara mas bastante áspera. Não pudemos ouvir a resposta da criada, mas a porta se fechou e alguém começou a subir a escada. O passo era irregular e arrastado. Uma expressão de surpresa atravessou o semblante do meu companheiro ao ouvi-lo. Ele se aproximou lentamente pelo corredor e ouvimos uma débil batida na porta.

"Uma velhinha encarquilhada entrou titubeante no apartamento."
[Richard Gutschmidt, *Späte Rache*, Stuttgart, Robert Lutz Verlag, 1902]

"Entre", exclamei.

Ao meu chamado, em vez do homem violento que esperávamos, uma velhinha encarquilhada entrou titubeante no apartamento. Pareceu ofuscada pela súbita claridade e, após fazer uma mesura, pôs-se a piscar para nós com seus olhos vermelhos, enquanto remexia no bolso com dedos nervosos, trêmulos. Lançando um olhar para meu companheiro, vi que seu rosto havia assumido um ar tão desconsolado que mal consegui manter a compostura.

A velhinha sacou um jornal vespertino e apontou para nosso anúncio. "Foi isto que me trouxe, meus bons senhores," disse, com mais uma mesura; "uma aliança de ouro na Brixton Road. Ela pertence à minha filha, Sally, que se casou há apenas doze meses; o marido dela é camareiro de bordo num navio da Union[145] e mal posso imaginar o que diria se chegasse em casa e a encontrasse sem o anel, porque é um homem bastante ríspido a maior parte do tempo, e mais especialmente quando toma um trago. Se querem saber, ela foi ao circo[146] ontem à noite com..."

"A velhinha sacou um jornal vespertino e apontou para nosso anúncio." [Geo. Hutchinson, *A Study in Scarlet*, Londres, Ward, Lock Bowden, and Co., 1891]

"É este o anel dela?" perguntei.

"Louvado seja Deus!" exclamou a velha; "Sally será uma mulher feliz hoje à noite. É esse mesmo."[147]

"E qual seria o seu endereço?" indaguei, pegando um lápis.

"Duncan Street, nº13, Houndsditch. Bem longe daqui."

"A Brixton Road não fica no caminho entre nenhum circo e Houndsditch", disse Sherlock Holmes bruscamente.

A velha se virou e o encarou intensamente com seus olhinhos debruados de vermelho. "O cavalheiro perguntou pelo *meu* endereço", disse. "Sally mora numa pensão em Mayfield Place, nº3, Peckham."[148]

"E seu sobrenome é...?"

"Meu sobrenome é Sawyer... o dela é Dennis, porque Tom Dennis se casou com ela... por sinal um rapaz esperto e honesto, contanto que esteja no mar, e nenhum camareiro na companhia é mais estimado; mas quando está em terra, com as mulheres e os bares..."

"A velha se virou e o encarou intensamente".
[Charles Doyle, *A Study in Scarlet*, Londres Nova York, Ward, Lock & Co., 1888]

"Aqui está o seu anel, Mrs. Sawyer", interrompi, obedecendo a um sinal de meu companheiro; "ele pertence claramente à sua filha e sinto-me feliz por poder restituí-lo à legítima dona."

Murmurando muitas bênçãos e protestos de gratidão, a velhinha meteu-o no bolso e se arrastou escada abaixo. Sherlock Holmes levantou-se de um salto assim que ela saiu e correu ao seu quarto. Voltou em poucos segundos embrulhado num sobretudo pesado e com um cachecol. "Vou segui-la", disse, afobado; "ela deve ser uma cúmplice e vai me levar até ele. Espere por mim." A porta do vestíbulo mal batera atrás da nossa visitante quando Holmes desceu a escada. Olhando pela janela, pude vê-la caminhando tropegamente pelo outro lado, enquanto seu perseguidor a espreitava um pouco atrás. "Ou toda a sua teoria está incorreta", pensei comigo mesmo, "ou ele será conduzido agora ao âmago do mistério." Ele nem teria precisado me pedir para esperá-lo, pois eu sentia que seria impossível dormir antes de saber o desfecho de sua aventura.

Eram quase nove horas quando Holmes partiu. Eu não tinha ideia do quanto iria demorar, mas fiquei impassivelmente sentado, tirando baforadas de meu cachimbo e folheando as páginas de *Vie de Bohème* de Henri Murger.[149] Eram mais de dez horas quando ouvi os passos da criada[150] tropeando para a cama. Eram mais de onze quando a senhoria, com seu andar

"Seu perseguidor a espreitava um pouco atrás." [Geo. Hutchinson, *A Study in Scarlet*, Londres: Ward, Lock Bowden, and Co., 1891]

mais imponente,[151] passou por minha porta com o mesmo destino. Era quase meia-noite quando ouvi o som seco da chave. Assim que ele entrou vi por seu rosto que não fora bem-sucedido. Diversão e contrariedade pareciam lutar pelo domínio, até que a primeira de repente levou a melhor e ele explodiu numa gostosa gargalhada.

"Não gostaria que os homens da Scotland Yard soubessem disso por nada neste mundo", exclamou, deixando-se cair na sua poltrona; "eu caçoei tanto deles que nunca mais parariam de falar nisso. Posso me dar ao luxo de rir porque sei que no fim contas estarei quite com eles."

"O que aconteceu?" perguntei.

"Ah, não me importo de contar uma história contra mim mesmo. Aquela criatura tinha andado um pequeno trecho quando começou a coxear e a dar todos os sinais de que lhe doíam os pés. Pouco depois parou, e chamou um *four-wheeler* que passava. Consegui me aproximar o bastante para ouvir o endereço, mas não teria precisado ficar tão aflito, porque ela o berrou alto o suficiente para ser ouvida do outro lado da rua: 'Siga para Duncan Street, 13, Houndsditch.' 'Isto começa a parecer genuíno',[152] pensei, e depois de me certificar de que a mulher se instalara lá dentro, empoleirei-me atrás. Essa é uma arte que todo detetive deve dominar. Bem, partimos sacolejando, sem parar nenhuma vez até chegarmos à rua em questão. Saltei antes de chegarmos à porta e pus-me a caminhar indolentemente pela rua. Vi o carro parar. O cocheiro apeou e o vi abrir a porta e aguardar. Nada saiu. Quando o alcancei, ele procurava às apalpadelas dentro do carro vazio, enfurecido, dando vazão à mais bela coleção de pragas que já ouvi. Não havia o menor sinal de sua passageira, e temo que ele vá levar algum tempo para receber seu dinheiro. Ao indagar no nº13, descobrimos que a casa pertencia a um respeitável empapelador chamado Keswick, e que nunca se ouvira falar de ninguém chamado Sawyer ou Dennis ali."

"Você não está querendo dizer", exclamei estarrecido, "que aquela velhota trôpega e frágil foi capaz de sair do carro em movimento, sem que nem você nem o cocheiro a vissem?"

"Que se dane a velhota!"[153] disse Sherlock Holmes bruscamente. "Velhotas fomos nós por cair assim nessa esparrela. Devia ser um rapaz, aliás bastante vigoroso, além de um ator incomparável. O disfarce foi inimitável.[154] Ele percebeu que estava sendo seguido, sem dúvida, e usou esse recurso para escapulir. Isso mostra que o homem que procuramos não está sozinho como eu imaginava, mas tem amigos dispostos a correr algum risco por ele. Mas está parecendo exausto, doutor. Aceite o meu conselho, vá se deitar."

"Continuava refletindo sobre o estranho problema." [W.H. Hyde, *Harper's Weekly*, 1899 (reutilizado de "O Ritual Musgrave", com nova legenda)

Como me sentia de fato muito fatigado, obedeci à ordem. Deixei Holmes sentado em frente ao fogo sem chama, e pela madrugada adentro ouvi os débeis e melancólicos gemidos de seu violino,[155] sabendo que ele continuava refletindo sobre o estranho problema que se dispusera a deslindar.

Notas

134. A teoria de Charles Robert Darwin, o grande naturalista inglês (1809-82), a que Holmes alude é provavelmente *A origem do homem e a seleção sexual* (1871). Darwin escreve:

> Como temos todas as razões para supor que a fala bem articulada é uma das últimas, pois é certamente uma das maiores, das artes adquiridas pelo homem, e como o

poder instintivo de produzir notas e ritmos musicais é desenvolvido em níveis baixos da série animal, seria inteiramente contrário ao princípio da evolução se devêssemos admitir que a capacidade musical do homem se desenvolveu a partir dos sons usados na fala arrebatada. Devemos supor que os ritmos e cadências da oratória são derivados de capacidades musicais previamente desenvolvidas. Podemos assim compreender como a música, a dança, a canção e a poesia são artes tão antigas. Podemos até ir mais longe, e... acreditar que sons musicais forneceram uma das bases para o desenvolvimento da linguagem.

135. Madeleine B. Stern propõe que Holmes comprava seus jornais do jornaleiro James Ellis Hawkins, instalado no nº36 de Baker Street. Embora não conste que Holmes fosse assinante de nenhum jornal particular, parecia ter o *Times* sempre à mão; ele é mencionado em sete diferentes contos. Na Londres de Holmes, os jornais não eram distribuídos pelo correio, mas por jornaleiros e os meninos que trabalhavam para eles. Muitos destes últimos tinham fregueses regulares, que esperavam a entrega de um ou mais jornais em horas regulares, mas esse era um arranjo com o jornaleiro, não com o editor. Esse método de negócio persiste até hoje.

136. Edwards classifica de especulação a conclusão de que o anel caiu acidentalmente. "O anel poderia ter sido jogado sobre o corpo depois de ter sido agitado diante dos olhos de Drebber."

137. Esta é a primeira indicação do apreço de Holmes pelas colunas de anúncios pessoais dos jornais de Londres. Holmes anunciou de novo em *O signo dos quatro* (à procura do *Aurora*), em "O carbúnculo azul" (à procura de Henry Baker) e em "O tratado naval" (à procura do cocheiro de Joseph Harrison). Holmes caracterizou a coluna como "um coro de gemidos, gritos e balidos! Que miscelânea de fatos singulares! Mas certamente a mais valiosa área de caça que já foi dada a um estudioso do inusitado!" ("O Círculo Vermelho").

138. Em "A banda malhada", Holmes parece dar maiores especificações do revólver de Watson, quando lhe diz: "Eu ficaria muito agradecido se você enfiasse seu revólver no bolso. Um Eley nº2 é um excelente argumento junto a cavalheiros capazes de dar nó em atiçadores." Mas como Eley era um fabricante de munições, não de armas, essa marca de pistola de fato não existia. Os editores do *Catalogue of the 1951 Sherlock Holmes Exhibition* sugerem que Holmes provavelmente queria se referir a uma Webley nº2 calibre .320, compacta mas "adequada para o trato com os mais determinados criminosos. Era a menor arma realmente funcional de seu tempo."

Contrariando a opinião dos editores do *Catalogue of the 1951 Sherlock Holmes Exhibition*, A. Mayer afirma que a pistola de Watson era um revólver Webley-Pryse, também conhecido como Webley nº4. Garry James, em "Shooting the guns of Sherlock Holmes", conclui, com base na referência ao "nº2", que o revólver de Watson é um Mark II Adams, que usava munição "nº2" ou "II".

Em "Firearms in the Canon: The guns of Sherlock Holmes and John H. Watson", Dante M. Torrese argumenta convincentemente que o revólver usado por Watson no serviço militar foi um Adams nº3, mas que sua pistola *de bolso* era um Webley Metro-

Police. Ballew faz uma excelente defesa da ideia de que Watson possuía apenas uma arma, uma Webley da variedade "*bull dog*".

A abordagem das múltiplas armas é esposada também por Daniel P. King, que concorda com a avaliação de William S. Baring-Gould de que o revólver de *serviço* de Watson era um Adams calibre .450 Modelo 1872 Mark III, mas na época de "A banda malhada" ele usava um Solid-Frame Civilian Pocket Model da Webley. Mais tarde, em a "A ponte Thor", Watson trocara essa arma por outra mais moderna, o W.P. (Webley Pocket) Hammerless Model 1898.

Uma visão semelhante — de um arsenal variado — é expressa por Harald Curjel em "Some further thoughts on canonical weaponry", que identifica ou a pistola Tranter Army .450/455 ou o revólver Adams Central Fire Breech-loading como revólver de "serviço" de Watson, o Webley "*bull dog*" como outra arma de Watson, mais um terceiro revólver (não identificado) em "A ponte Thor" e por fim uma arma completamente diferente em "A banda malhada", porque o "Eley nº2", alega Curjel, não corresponderia a nenhuma destas.

139. Vários estudiosos — eles mesmos colecionadores — concluem, de maneira não surpreendente, que Holmes era um devotado bibliófilo. Por exemplo, escolheu se disfarçar de um velho livreiro em "A casa vazia", exibindo um extraordinário conhecimento de tipos, palimpsestos e livros antigos. Madeleine B. Stern dedica um folheto inteiro (*Sherlock Holmes: Rare-Book Collector*) ao assunto da coleção de Sherlock Holmes, baseada em várias referências canônicas. Embora Holmes revele aqui a Watson um título específico de sua coleção, deve ter ficado horrorizado ao ver a informação publicada, e afora mencionar um ou dois autores nunca voltou a revelar os títulos de sua coleção — procurando, como muitos colecionadores, evitar colecionadores rivais e livreiros predatórios.

140. A expressão latina significa "lei entre as nações", ou direito internacional. Morris Rosenblum, em "Some latin byways in the Canon", tenta identificar o volume como uma edição pirata da obra de Hugo Grócio, *De jure belli et pacis*, publicada pela primeira vez em Paris em 1625, ou como a continuação da obra de Grócio, escrita por Samuel Pofendorf em 1672 e intitulada *De jure naturae et gentium*. Madeleine B. Stern sustenta que o "curioso livro antigo" era o *De jure inter gentes*, escrito pelo autor inglês Richard Zouche (1590-1661) e publicado anonimamente. Atribui-se a Zouche, professor de direito civil em Oxford, juiz do Tribunal do Almirantado e membro do Parlamento, não só participação na fundação do direito internacional como a popularização da expressão *jure inter gentes*, substituindo a anteriormente usada *jus gentium* ("lei das nações). Seu influente tratado sobre direito internacional, *Juris et judicii fecialis, sive juris inter gentes*, foi publicado em 1650; mas Stern explica que o mesmo tratado foi lançado no ano seguinte, sob o colofão Leyden, e sem o nome de Zouche. "O exemplar de Holmes", maravilha-se ela, "é anterior até à chamada primeira edição de 1650, sendo portanto um achado de considerável magnitude, um dos livros mais cobiçáveis em qualquer coleção de obras de direito." Se Watson registrou corretamente a data bibliográfica, uma verdadeira raridade desapareceu com o resto da coleção de Holmes — talvez queimada no incêndio que ocorreu em Baker Street, nº 221, durante o "Grande Hiato" (mencionado em "A casa vazia").

141. Carlos I (1600-49), rei da Grã-Bretanha e da Irlanda de 1625 a 1649, foi decapitado em 30 de janeiro de 1649, após ser julgado e condenado por traição por seus inimigos no Parlamento. A relação de Carlos com o Parlamento era tumultuada havia muito, e ele governou sem um parlamento por 11 anos, de 1629 a 1640. Sua luta pelo poder com os líderes da oposição, entre os quais Oliver Cromwell, mergulhou a Inglaterra em duas guerras civis, também conhecidas como a Revolução Puritana; sua morte ajudou a precipitar o estabelecimento da república inglesa.

142. Peter Blau, numa carta a Donald Redmond, afirma que Philippe de Croy foi um impressor em Leiden que trabalhou para a família dos Elzevirs e imprimiu *Poemata omnia* de Grócio em 1645.

143. Madeleine B. Stern escarnece: "Como se [Holmes] não soubesse que o exemplar pertencera ao teólogo inglês William White, 1604-78, que produzira várias obras interessantes em latim sob o pseudônimo 'Gulielmus Phalerius'."

144. Não é claro a *quem* essa empregada (*servant*) servia. Não há nenhuma referência no Cânone a qualquer empregada de Holmes ou Watson quando moravam em Baker Street; portanto, podemos concluir que esta trabalhava para a senhoria de Baker Street, nº221. Um "mensageiro" de Baker Street é mencionado muitas vezes enquanto Holmes e Watson ali viveram, e uma "criada" (*maid*) é mencionada em "As cinco sementes de laranja", bem como mais adiante em *Um estudo em vermelho* (ver nota 150).

"A obrigação de uma empregada para todo serviço é fazer *todo o serviço*", aconselhava *The Household Oracle*, editado por Alfred H. Miles e anunciado como "Uma referência popular sobre assuntos domésticos" (1897). "Há pouco ou nada a fazer em matéria de serviço numa casa", continuava Miles, "que não possa em algumas circunstâncias tornar-se a obrigação de uma empregada para todo o serviço. Dela se espera que seja uma faz-tudo, e que seja proficiente em todos os departamentos de seu trabalho." Miles calculava o salário anual de uma empregada para todo o serviço como algo entre 10 e 18 libras — o equivalente a algo entre 650 e 1.150 libras ou entre 1.100 e 1.950 dólares hoje.

145. Segundo William S. Baring-Gould, este era um navio pertencente à Union Steam Ship Company, que navegava para a África do Sul. Em 1900, as linhas Union e Castle Packet Company se fundiram para formar a Union-Castle Line. A Line interrompeu suas viagens regulares em 1977, mas em 1999-2000 foi realizada uma Viagem Centenária de ida e volta entre Southampton e a Cidade do Cabo, com dois meses de duração.

146. O circo moderno, que se originou em algum momento no final do século XVIII, apresentava espetáculos com cavalos amestrados num único picadeiro; na era vitoriana, porém, o visitante se maravilharia com exibições aéreas, malabarismo e números com animais ensinados — todos, após 1773, ocorrendo em dois picadeiros sob uma lona principal.

Os mais bem-sucedidos proprietários de circo britânicos na época foram George Sanger (1827-1911) e seu irmão John Sanger (1816-89), que formaram um pequeno circo itinerante em 1853. Em 1871 eles tiveram condições de comprar o Astley's Amphitheatre e encenar grandes produções tanto ali quanto no Agricultural Hall, ao mesmo tempo em que continuavam a fazer turnês pela Inglaterra. Os autointulados "Lords" desfilavam com seus carroções dourados e artistas excêntricos pelas cidades e vilas que visitavam; a mulher de "Lord" George, que dançava com cobras na jaula do leão, muitas vezes se exibia no carroção da frente, vestida de Grã-Bretanha com um leão a seus pés. Os dois irmãos acabaram montando cada um seu próprio circo itinerante, e os espetáculos continuaram após suas mortes, usando o nome da família.

Outro grande proprietário de circo foi Frederick Charles Hengler (1820-87). Filho de Henry, famoso artista de circo, Hengler fez carreira como funâmbulo e amestrador de cavalos até fundar sua própria trupe em 1848. Hengler percebeu que sua prosperidade dependia não de espetáculos em lonas tradicionais, mas de instalações permanentes. Seu primeiro estabelecimento foi o antigo Prince's Theatre em West Nile Street, Glasgow, que comprou em 1863; em 1875 circos de Hengler estavam estabelecidos em Glasgow, Liverpool, Edimburgo e Londres (este último em Argyll St., 7l, onde permaneceu até o início do século XX).

Numerosos circos itinerantes apresentavam-se também em Londres, em locais como Cremone Gardens (em Battersea) ou o Olympia Hippodrome.

147. Por que teria a mulher identificado o anel como o de Sally? Claramente não era o anel correto, e o criminoso nada ganharia recuperando um anel substituto. Teria o criminoso deixado de fornecer a "Mrs. Sawyer" uma descrição do anel?

148. Não parece — o que não surpreende — haver (ou ter havido) um Mayfield Place em Peckham (antigamente no distrito metropolitano de Camberwell, hoje no distrito de Southwark da Grande Londres, não muito a leste da Brixton Road).

149. Henri Murger (1822-61) foi um poeta e romancista francês. Suas *Scènes de la vie de Bohème*, publicadas de 1845 a 1849, tratavam das lutas e alegrias de um grupo de artistas sem vintém, um dos quais, Rodolf, baseava-se no próprio Murger. Puccini proporcionou fama adicional à obra de Murger adaptando-a para sua ópera *La Bohème* (1896).

150. Esta é a primeira menção à "criada" como parte do estabelecimento Hudson em Baker Street, nº221. A criada só é mencionada como tal duas outras vezes, em "As cinco sementes de laranja" e "Os planos do *Bruce-Partington*", onde é totalmente indefinida, embora alguns tenham especulado que "Mrs. Turner" de "Escândalo na Boêmia" pudesse ser a criada.

151. Alguns estudiosos acreditam que o "andar imponente" de Mrs. Hudson significa que ela era pesadona, ou "corpulenta", como expressa Manly West Wellman em "The great man's great son: An inquiry into the most private life of Mr. Sherlock Holmes". Correndo em defesa de Mrs. Hudson, Wellman nos lembra de que "imponente, também, é o andar de muitas majestosas modelos de artistas e coristas".

152. Com "genuíno" Holmes certamente queria dizer que a mulher não havia ocultado seu endereço. Isso parece muito ingênuo da parte dele, mas o fato é que a cúmplice não parecia agir de maneira muito lógica — ver nota 146 — e talvez Holmes contasse com sua estupidez.

153. "Embora leiamos sobre muitas outras ocasiões em que Holmes praguejou, amaldiçoou ou vociferou, este é o único caso registrado em que somos informados do que ele disse", observa William S. Baring-Gould.

154. O próprio Holmes gosta muito de usar um disfarce para investigar um caso (por exemplo, como um marinheiro em *O signo dos quatro*, como um "cavalariço aparentemente bêbado" e um clérigo em "Escândalo na Boêmia"), mas, dada a sua familiaridade com a técnica, é surpreendente que não a percebesse melhor quando adotada por outros. Nathan Bengis, em "Sherlock stays after school", chama a atenção dos leitores para dois casos em que Holmes foi logrado pelo disfarce de outrem: aqui e em "Escândalo na Boêmia", em que Irene Adler se veste como um "jovem esguio".

Quem era "Mrs. Sawyer"? Jack Tracy afirma em "'Old woman be damned!' A partial identification of Jefferson Hope's accomplice", que a cúmplice devia ser uma empregada do verdadeiro culpado, ao passo que Rick Lai, em "The hamsons of John Clay", aponta o famigerado John Clay de "A Liga dos Cabeças Vermelhas". Steve Clarkson, em "Another case of identity", identifica a cúmplice como ninguém menos que Irene Adler, a sedutora figura de "Escândalo na Boêmia", conhecida em geral simplesmente como "*a* mulher".

155. Com base na breve descrição de Watson, Benjamin Grosbayne ousa sugerir que Holmes poderia estar tocando a "Ária da quarta corda" de Johann Sebastian Bach, ou "Variações Moisés" de Nicolò Paganini. Ou ainda, continua Grosbayne, Holmes poderia ter estado improvisando no estilo de Paganini, músico que admirava enormemente. (Em "A caixa de papelão", Watson recorda como uma conversa sobre violinos levou Holmes ao assunto de Paganini, "ficamos uma hora bebericando uma garrafa de clarete enquanto ele me contava caso após caso desse homem extraordinário".) De fato, Holmes sabia improvisar tão bem com seu violino que Grosbayne pergunta a si mesmo se "ainda não será possível um dia provar que essa habilidade, uma característica de artistas húngaros e ciganos, não de ingleses, origina-se de uma linhagem mais eclética do que a pesquisa atual nos levou a crer até o momento".

VI. Tobias Gregson mostra do que é capaz

No dia seguinte os jornais só falavam do "Mistério de Brixton", como o chamaram. Todos faziam um longo relato do caso e alguns, além disso, acrescentaram editoriais. Havia neles algumas informações novas para mim. Ainda conservo num álbum muitos recortes e cópias tratando do caso. Aqui está uma condensação de alguns deles:

O *Daily Telegraph*[156] observou que na história do crime raramente houve uma tragédia que apresentasse características mais estranhas. O nome alemão da vítima, a ausência de qualquer outro motivo e a palavra sinistra escrita na parede, tudo apontava para um crime perpetrado por refugiados políticos e revolucionários. Os socialistas tinham muitas ramificações nos Estados Unidos, e o falecido havia certamente infringido suas leis não escritas e sido capturado por eles.[157] Após aludir vagamente aos Vehmgericht,[158] à aqua-tofana,[159] aos carbonários,[160] à marquesa de Brinvilliers,[161] à teoria darwiniana, aos princípios de Malthus[162] e aos assassinos de Ratcliff Highway,[163] o artigo concluía repreendendo o governo e defendendo uma vigilância mais rigorosa sobre os estrangeiros na Inglaterra.

O *Standard* comentava que ultrajes à lei desse tipo costumavam acontecer sob uma administração liberal.[164] Tinham origem na inquietação das massas e no consequente enfraquecimento de toda autoridade. O falecido era um cavalheiro americano que residia havia algumas semanas na Metrópole. Hospedava-se na pensão de Madame Charpentier, em Torquay Terrace, Camberwell.[165] Era acompanhado em suas viagens por seu secretário particular, Mr. Joseph Stangerson. Os dois se despediram de sua senhoria na terça-feira, dia 4 do corrente mês,[166] e partiram para a Euston Station[167] com a intenção declarada de pegar o expresso de Liverpool. Mais tarde foram vistos juntos na plataforma. Nada mais se soube sobre eles até que o corpo de Mr. Drebber foi, como registrado, descoberto numa casa vazia na Brixton Road, a muitos quilômetros de Euston. Como chegou lá, ou como encontrou seu destino, são perguntas ainda envoltas em mistério. Nada se sabe acerca do paradeiro de Stangerson. Ficamos satisfeitos por saber que Mr. Lestrade e Mr. Gregson, da Scotland Yard, estão ambos incumbidos do caso, e tudo nos leva a crer que esses conhecidos policiais lançarão luz sobre a questão rapidamente.

O *Daily News* comentava que não havia dúvida quanto ao caráter político do crime. O despotismo e o ódio ao liberalismo que contaminavam os governos do Continente tinham tido o efeito de lançar em nossa costa muitos homens que poderiam ser excelentes cidadãos, não fossem azedados pela lembrança de tudo por que haviam passado. Entre esses homens havia um severo código de honra, qualquer infração do qual era punida com a morte. Todos os esforços deviam ser empenhados para encontrar o secretário, Stangerson, e verificar alguns detalhes dos hábitos do falecido. Um grande passo fora dado com a descoberta do endereço da casa em que haviam se hospedado — um resultado inteiramente devido à perspicácia e energia de Mr. Gregson da Scotland Yard.

Sherlock Holmes e eu lemos essas notícias juntos ao desjejum, e elas pareceram diverti-lo muito.

"Eu não lhe disse que, o que quer que tenha acontecido, Lestrade e Gregson sem dúvida levariam a melhor?"

"Isso depende do desfecho que o caso venha a ter."

"Ah, obrigado, mas isso não tem a menor importância. Se o homem for pego, será *por causa* de seus esforços; se escapar, será *a despeito* deles. É cara se eu ganhar e coroa se você perder. O que quer que eles façam, terão admiradores. *Un sot trouve toujours un plus sot qui l'admire.*"[168]

"Que diabo é isso?" exclamei, pois nesse momento ouvimos o ruído de um tropel no vestíbulo e na escada, acompanhado por expressões audíveis de desgosto por parte de nossa senhoria.

"É a divisão Baker Street da força policial de detetives", disse meu companheiro gravemente; e enquanto ele falava a sala foi invadida por meia dúzia dos mais sujos e esfarrapados moleques de rua em que eu já pusera os olhos.[169]

"É a divisão Baker Street da força policial de detetives." [Geo. Hutchinson, *A Study in Scarlet*, Londres, Ward, Lock Bowden, and Co., 1891]

"Sen-tido!" bradou Holmes com energia, e os seis malandrinhos sujos perfilaram-se como estatuetas indecorosas. "No futuro vocês enviarão apenas Wiggins para prestar contas e o resto de vocês deve esperar na rua. Encontraram aquilo, Wiggins?"

"Não, senhor, não encontramos", disse um dos meninos.

"Não esperava mesmo que tivessem encontrado. Persistam até conseguir. Aqui estão suas pagas". Deu um xelim para cada um. "Agora vão, e voltem com uma notícia melhor da próxima vez."

Fez um aceno, eles debandaram escada abaixo como ratos e um instante depois ouvimos suas vozes estridentes na rua.

"'Sen-tido!' bradou Holmes com energia." [Charles Doyle, *A Study in Scarlet*, Londres Nova York, Ward, Lock & Co., 1888]

"Pode-se esperar mais trabalho de um desses mendigozinhos que de uma dúzia de homens da polícia", comentou Holmes. "A simples visão de uma pessoa de aspecto oficial sela os lábios dos homens. Esses garotos, no entanto, vão a toda parte e escutam tudo. São espertíssimos também; só o que lhes falta é organização."

"É nesse caso de Brixton que você os está empregando?" perguntei.

"Sim; há um ponto que quero verificar. É uma mera questão de tempo. Veja só! Vamos ter mais notícias agora do que esperávamos. Ali vem Gregson descendo a rua com a felicidade estampada em cada traço do rosto. Vem para cá, eu sei. Sim, está parando. Cá está ele!"

"Encontraram aquilo, Wiggins?" [Richard Gutschmidt, Späte Rache, Stuttgart, Robert Lutz Verlag, 1902]

Ouvimos um violento puxão da campainha e em alguns segundos o detetive louro subia as escadas, três degraus de cada vez, e irrompia na nossa sala de estar.

"Meu caro amigo", exclamou, apertando a mão inerte de Holmes, "dê-me os parabéns! Tornei a coisa toda clara como o dia."

Tive a impressão de ver uma sombra de ansiedade perpassar a face expressiva de meu companheiro.

"Quer dizer que está na pista certa?" perguntou.

"A pista certa! Ora, senhor, temos o homem sob sete chaves."

"E o nome dele é?"

"Arthur Charpentier, subtenente da Marinha de Sua Majestade", exclamou Gregson pomposamente, esfregando suas mãos gordas e inflando o peito.

Sherlock Holmes soltou um profundo suspiro de alívio e, relaxando-se, abriu um sorriso.

"Sente-se, e experimente um destes charutos", disse. "Estamos ansiosos por saber como conseguiu isso. Gostaria de um pouco de uísque com água?"

"Não seria mal", respondeu o detetive. "Os tremendos esforços que tenho feito nestes últimos dias me exauriram. Menos esforço físico, se me compreendem, que tensão mental. O senhor sabe o que é isso, Mr. Sherlock Holmes, somos ambos trabalhadores intelectuais."

"Subia as escadas, três degraus de cada vez." [Geo. Hutchinson, *A Study in Scarlet*, Londres: Ward, Lock Bowden, and Co., 1891]

"Você me lisonjeia", disse Holmes gravemente. "Vamos ouvir como chegou a esse resultado tão satisfatório."

O detetive sentou-se numa poltrona e, não cabendo em si de contente, tirou baforadas de seu charuto. Depois, subitamente, deu uma palmada na coxa num paroxismo de diversão.

"O mais engraçado", exclamou, "é que o tolo do Lestrade, que se considera tão inteligente, seguiu uma pista inteiramente equivocada. Anda à procura do secretário Stangerson, que está tão inocente nessa história como um bebê por nascer.[170] Não tenho dúvida de que já botou as mãos nele a esta hora."

A ideia deixou Gregson tão deliciado que riu até sufocar.

"E como conseguiu sua pista?"

"Ah, vou lhe contar tudo. É claro, Dr. Watson, que isto deve ficar estritamente entre nós. A primeira dificuldade que tivemos de enfrentar foi a descoberta dos antecedentes desse americano. Algumas pessoas teriam esperado até que seus anúncios fossem respondidos, ou que alguém se apresentasse oferecendo informação. Mas não é assim que Tobias Gregson trabalha. Lembra-se da cartola ao lado do defunto?"

"Lembro-me", disse Holmes; "fabricada por John Underwood & Sons, Camberwell Road, nº129".

Gregson pareceu bastante desapontado.

"Não tinha ideia de que reparara nisso", disse. "Esteve lá?"

"Não."

"Ah!" exclamou Gregson, alíviado; "nunca deve desprezar uma oportunidade, por menor que pareça."

"Para um grande espírito, nada é pequeno",[171] observou Holmes sentenciosamente.

"Bem, procurei Underwood e lhe perguntei se havia vendido uma cartola desse tamanho e feitio. Ele examinou seus livros e localizou o registro imediatamente. Enviara a cartola a um certo Mr. Drebber, residente na Pensão Charpentier, em Torquay Terrace. Foi assim que consegui seu endereço."

"Engenhoso — muito engenhoso!" murmurou Sherlock Holmes.

"Em seguida fiz uma visita a Madame Charpentier", continuou o detetive. "Encontrei-a muito pálida e aflita. Sua filha estava na sala também

— uma moça excepcionalmente bonita, aliás; tinha os olhos vermelhos e seus lábios tremiam quando lhe falei. Isso não me escapou. Percebi que ali havia dente de coelho. O senhor sabe o que sentimos, Mr. Sherlock Holmes, quando chegamos à pista certa — uma espécie de palpitação nervosa. 'Ouviu falar da misteriosa morte de seu ex-hóspede, Mr. Enoch J. Drebber, de Cleveland?' perguntei.

"A mãe assentiu com a cabeça. Parecia incapaz de pronunciar uma palavra. A filha caiu no choro. Senti mais do que nunca que aquela gente sabia alguma coisa sobre o assunto.

"'A que horas Mr. Drebber deixou sua casa para pegar o trem?' perguntei.

"'Às oito horas', respondeu ela, engolindo em seco para acalmar sua agitação. 'O secretário dele, Mr. Stangerson, disse que havia dois trens... um às nove e quinze e um às onze. Ele deveria pegar o primeiro.'

"'E foi essa a última vez que esteve com ele?'

"'Que Deus a perdoe!' exclamou Madame Charpentier, 'Você assassinou seu irmão.'" [James Greig, *A Study in Scarlet*, Londres Melbourne Toronto, Ward, Lock & Co., Limited, s.d.]

"A essa pergunta, uma terrível mudança sobreveio na fisionomia da mulher. Suas feições ficaram inteiramente lívidas. Passaram-se alguns segundos antes que ela conseguisse pronunciar uma única palavra, 'Sim'... e quando esta foi proferida, tinha um tom rouco, artificial.

"Fez-se silêncio por alguns momentos e depois a filha falou numa voz calma e clara.

"'Mentiras nunca trazem nada de bom, mãe', disse. 'Sejamos francas com este cavalheiro. De fato, *vimos* Mr. Drebber novamente.'

"'Que Deus a perdoe!' exclamou Madame Charpentier, erguendo as mãos para o céu e deixando-se cair numa cadeira. 'Você assassinou seu irmão.'

"'Arthur preferiria que disséssemos a verdade', respondeu a moça com firmeza.

"'O melhor é contarem-me tudo agora', disse eu. 'Meias-verdades são piores que nenhuma. Além disso, as senhoras ignoram quanto sabemos sobre o assunto.'

"'Que a culpa recaia sobre sua cabeça, Alice!' exclamou a mãe; em seguida, virando-se para mim: 'Vou lhe contar tudo, senhor. Não suponha que minha inquietação pelo meu filho é fruto de qualquer receio de que ele tenha tido alguma participação nesse terrível caso. Ele é inteiramente inocente. Meu pavor é, contudo, de que a seus olhos e aos olhos dos outros ele possa parecer comprometido. Isso, no entanto, é com certeza impossível. Seu caráter elevado, sua profissão, seus antecedentes não o permitiriam.'

"'O melhor que tem a fazer é expor claramente os fatos', respondi. 'Acredite, se seu filho for inocente, isso não o prejudicará.'

"'Talvez seja melhor você nos deixar a sós, Alice', disse ela, e sua filha se retirou. 'Agora, senhor', continuou ela, 'eu não tinha nenhuma intenção de lhe contar tudo isto, mas como minha pobre filha abriu a boca, não tenho alternativa. Tendo decidido falar, vou lhe contar tudo sem omitir nenhum detalhe.'

"'É o caminho mais sensato', disse eu.

"'Mr. Drebber passou três semanas conosco. Ele e seu secretário, Mr. Stangerson, haviam viajado pelo Continente. Notei uma etiqueta de 'Copenhague' em cada um de seus baús, mostrando que essa havia sido sua última escala. Stangerson era um homem quieto e reservado, mas seu patrão, lamento dizer, era o contrário. Tinha hábitos grosseiros e maneiras brutais. Na própria noite de sua chegada, ficou em péssimo estado por causa da bebida e, na verdade, depois do meio-dia quase nunca se podia dizer que estava sóbrio. Suas maneiras para com as criadas eram repulsivamente livres e confiadas. E, o pior de tudo, ele não demorou a assumir a mesma atitude para com minha filha, Alice, e falou com ela mais de uma vez de uma maneira que, felizmente, ela é inocente demais para compreender. Numa ocasião, chegou de fato a agarrá-la e abraçá-la... um ultraje que levou seu próprio secretário a repreendê-lo por sua conduta desonrosa.'

"'Mas por que suportou tudo isso?' perguntei. 'Suponho que pode se livrar dos seus hóspedes quando deseja.'

"Mrs. Charpentier corou à minha pertinente pergunta. 'Quem dera eu o tivesse mandado embora no dia mesmo em que chegou', disse ela. 'Mas era uma grande tentação. Eles estavam pagando uma libra por dia cada um — catorze libras por semana,[172] e isso na baixa estação. Sou uma viúva e meu filho na Marinha me saiu muito caro. Relutei em perder o dinheiro. Tinha a melhor das intenções. Mas esse último incidente foi demais, e levou-me a lhe pedir que saísse. Esse foi o motivo da sua partida.'

"'E depois?'

"'Senti um alívio no coração quando o vi se afastar. Meu filho está de licença exatamente agora, mas ainda não lhe contei nada sobre tudo isso, porque seu temperamento é violento e gosta imensamente da irmã. Quando fechei a porta atrás deles, tive a impressão de que um peso fora retirado de minha mente. Ai de mim! Em menos de uma hora a campainha tocou e soube que Mr. Drebber retornara. Estava muito alvoroçado, e evidentemente muito bêbado. Precipitou-se na sala, onde eu estava sentada com minha filha, e fez um comentário incoerente sobre ter perdido o trem. Em seguida virou-se para Alice, e, na minha cara, propôs-lhe que fugisse com ele. 'Você é maior de idade', disse, 'e não há nenhuma lei para detê-la. Tenho dinheiro de sobra. Não se preocupe com essa velhota, venha comigo agora mesmo. Viverá como uma princesa.' A pobre Alice ficou tão apavorada que se esquivou, mas ele a agarrou pelo pulso e tentou arrastá-la para a porta. Gritei, e nesse momento meu filho Arthur entrou na sala. O que aconteceu depois eu não sei. Ouvi palavrões e os sons confusos de uma briga. Estava aterrorizada demais para levantar a cabeça. Quando olhei, vi

"Ele a agarrou pelo pulso e tentou arrastá-la para a porta." [Geo. Hutchinson, *A Study in Scarlet*, Londres, Ward, Lock Bowden, and Co., 1891]

Arthur parado junto à porta, rindo, com um bastão na mão. 'Não me parece que esse distinto cavalheiro vá nos perturbar outra vez', disse. 'Vou apenas segui-lo para ver que rumo vai tomar.' Com essas palavras, pegou seu chapéu e saiu para a rua. Na manhã seguinte ouvimos falar da morte misteriosa de Mr. Drebber.'

"Esse depoimento saiu dos lábios de Mrs. Charpentier em meio a diversos arquejos e pausas. Às vezes ela falava tão baixo que eu mal podia ouvi-la. Taquigrafei[173] tudo que disse, de modo a não haver possibilidade de erro."

"É palpitante", disse Sherlock Holmes com um bocejo. "Que aconteceu depois?"

"Quando Mrs. Charpentier terminou", prosseguiu o detetive, "vi que todo o caso dependia de um único ponto. Fitando-a olhos nos olhos de uma maneira que sempre me pareceu eficaz com as mulheres, perguntei-lhe a que horas seu filho voltara.

"'Não sei', respondeu.

"'Não sabe?'

"'Não, ele tem a chave e foi ele quem abriu a porta.'

"'Depois que a senhora foi se deitar?'

"'Sim.'

"'A que horas foi para a cama?"

"'Por volta das onze.'

"'Então seu filho passou pelo menos duas horas fora?'

"'Sim.'

"'Talvez quatro ou cinco?'

"'Sim.'

"'Que fez ele durante esse tempo?'

"'Não sei', respondeu ela, e até seus lábios ficaram brancos.

"Evidentemente depois disso não havia mais nada a fazer. Descobri onde estava o tenente Charpentier, levei dois policiais comigo e o prendi. Quando o toquei no ombro e o adverti para vir calmamente conosco, ele respondeu, na maior insolência: 'Suponho que está me detendo por envolvimento na morte daquele patife do Drebber', disse. Como não lhe havíamos dito nada a esse respeito, essa alusão teve um aspecto extremamente suspeito."

"Muito", disse Holmes.

"Ele ainda carregava o pesado bastão que, segundo sua mãe, tinha consigo quando seguiu Drebber. Era um sólido porrete de carvalho."

"Qual é sua teoria, então?"

"Bem, minha teoria é que ele seguiu Drebber até a Brixton Road. Ali, uma nova altercação surgiu entre eles, durante a qual Drebber recebeu uma paulada, talvez na boca do estômago, que o matou sem deixar nenhuma marca. A noite estava tão chuvosa que não havia ninguém por perto, assim Charpentier arrastou o corpo de sua vítima para a casa vazia. Quanto à vela, o sangue, o escrito na parede e o anel, tudo isso são truques para despistar a polícia."

"Muito bem!" disse Holmes, num tom encorajador. "Realmente, Gregson, você está fazendo progressos. Ainda será alguém!"

"Gabo-me de ter conduzido as coisas com muita habilidade", respondeu o detetive, orgulhoso. "O rapaz se dispôs a dar um depoimento, em que disse que, após seguir Drebber por algum tempo, este o percebeu e tomou um fiacre para escapar. A caminho de casa encontrou um velho companheiro de bordo, com quem deu uma longa caminhada. Ao ser perguntado onde esse companheiro de bordo morava, foi incapaz de dar uma resposta satisfatória. Acho que o caso todo se encaixa excepcionalmente bem. O que me diverte é pensar em Lestrade, que embarcou na pista errada. Temo que não vá conseguir muita coisa. Ora vejam! Cá está o homem em pessoa!"

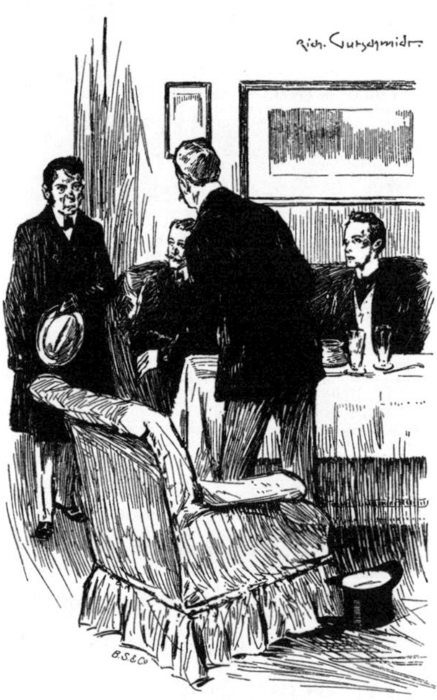

"Lestrade postou-se no centro da sala, manuseando nervosamente o chapéu e incerto quanto ao que fazer." [Richard Gutschmidt, *Späte Rache*, Stuttgart, Robert Lutz Verlag, 1902]

De fato era Lestrade, que subira a escada enquanto conversávamos e agora entrava na sala. A autoconfiança e o garbo que geralmente marcavam seu porte e seu traje, contudo, estavam ausentes. Tinha o semblante transtornado, ao passo que suas roupas estavam sujas e desalinhadas. Viera evidentemente com a intenção de consultar Sherlock Holmes, pois ao perceber o colega pareceu embaraçado e aborrecido. Postou-se no centro da sala, manuseando nervosamente o chapéu e incerto quanto ao que fazer. "Este é um caso muitíssimo extraordinário", disse por fim, "um incidente inteiramente incompreensível."

"Ah, acha mesmo, Mr. Lestrade?" exclamou Gregson, triunfante. "Imaginei que chegaria a essa conclusão. Conseguiu encontrar o secretário, Mr. Joseph Stangerson?"

"O secretário, Mr. Joseph Stangerson", respondeu Lestrade gravemente, "foi assassinado no Halliday's Private Hotel[174] por volta das cinco horas desta manhã."

Notas

156. Ao longo da narrativa que se segue, Watson menciona três jornais pelo nome: o *Daily Telegraph*, o *Standard* e o *Daily News*. Christopher Morley explica que o material a que Watson alude "é uma fina paródia baseada no estilo e nas predileções de cada um. O *Telegraph*, então editado pelo bombástico G.A. Sala, era um jornal popular de tom candente. O *Standard* era conservador e elegante. O *Daily News* tinha simpatias liberais."

O *Daily Telegraph* foi fundado originalmente pelo coronel Sleigh em 29 de junho de 1855 e era impresso para ele por Joseph Moses Levy, proprietário do *Sunday Times* (cujo nome era uma alusão deliberada ao *Times*, embora não tivessem mais nenhuma outra ligação com ele). Quando Sleigh provou-se incapaz de pagar suas contas, Levy assumiu o controle do jornal, baixando o preço — o *Daily Telegraph* tornou-se o primeiro "jornal de um *penny*" em Londres — e nomeando seu filho, Edward Levy-Lawson, e Thornton Leigh Hunt como editores. O jornal foi relançado em 17 de setembro de 1855. O público leitor logo abraçou o estilo pitoresco do *Daily Telegraph*, e em menos de um ano o jornal de Levy vendia mais não só do que o *Times* mas do que qualquer outro jornal na Inglaterra.

Fundado em 1827, o *Standard* floresceu nos anos 1880, mas viu seu público leitor declinar no final do século. O jornalista Cyril Arthur Pearson comprou o *Standard* em 1904 e o transformou de conservador em liberal, um movimento que pouco contribuiu para aumentar a circulação do jornal.

O *Daily News* foi fundado pelo romancista Charles Dickens, que via no jornal um meio de divulgar a reforma liberal e publicou sua primeira edição em 21 de janeiro de 1846, declarando que defenderia "princípios de progresso e desenvolvimento; de educação, liberdade civil e religiosa e legislação igualitária". Dickens presidiu o jornal por 17 números, antes de entregá-lo a John Forster.

157. Holmes tem quatro casos envolvendo organizações que promovem vendetas: "As cinco sementes de laranja" (a KKK), "O Círculo Vermelho" (o "Círculo Vermelho", provavelmente a Máfia, que é descrita como relacionada com os "antigos carbonários"), *O Vale do Medo* (os "Scowrers") e "O pincenê de ouro" (niilistas russos).

158. Os Vehmgerichte eram tribunais criminais típicos da Alemanha medieval. Alguns dos procedimentos eram abertos ao público, mas os métodos obscuros e as punições severas muitas vezes impostas — era possível fazer acusações prendendo um bilhete numa árvore, o não comparecimento ao tribunal era punível com a morte e os dois veredictos possíveis eram absolvição e enforcamento — deram aos poderosos Vehmgerichte uma reputação de intimidação implacável. Segundo a *Encyclopaedia Britannica* (9ª ed.), "em razão da extensão de sua organização e do mistério que envolvia seus procedimentos, [os Vehmgerichte] inspiravam um sentimento de pavor a todos que entravam em sua jurisdição".

159. Veneno à base de arsênico cuja invenção é atribuída a uma siciliana do século XVII chamada Toffa ou Tofana. Executada em Nápoles em 1709, ela foi considerada responsável pelo assassinato de mais de 600 pessoas. Segundo o *Dictionary of Phrase and Fable* de Brewer, esse veneno foi "muito usado na Itália no século XVII por jovens esposas que queriam se livrar dos maridos" e há amplas especulações de que a morte de Wolfgang Amadeus Mozart foi causada por ele.

160. Os carbonários (de *carbonari*, carvoeiros em italiano) eram membros de uma sociedade política secreta ativa no início do século XIX no sul da Itália e talvez tenham se originado a partir da maçonaria. Esses dissidentes começaram fazendo agitações em prol da liberdade política no reinado de Joachim Murat, cunhado de Napoleão e rei de Nápoles (1808-15). Em geral, embora os carbonários tendessem a defender a unificação da Itália, alguma forma de constituição e governo representativo, um programa mais preciso nunca foi definido.

Como os maçons e outras sociedades secretas, os carbonários tinham sua própria linguagem ritual, gestos, cerimônia de iniciação e hierarquia (neste caso, composta de "aprendizes" e "mestres"). Seu fervor revolucionário espalhou-se a partir de Nápoles para áreas de opinião semelhante como o Piemonte e os Estados Papais, Bolonha, Parma e Módena; e para outros países, entre os quais a Espanha e a França. Em 1831, foi formado o movimento nacionalista Risorgimento, que acabou incorporando a maioria dos carbonários.

161. Marie-Madeleine-Marguérite d'Aubray, marquesa de Brinvilliers (c. 1630-76), foi uma francesa que tramou com seu amante o assassinato do pai, dos irmãos e do marido. Em parte, d'Aubray buscava obter o controle da fortuna da família e pôr fim à interferência em seu caso amoroso com J.-B. Godin de Sainte-Croix, um amigo de seu marido. Sainte-Croix tinha seus próprios motivos, tendo sido preso na Bastilha pelo pai de d'Aubray. Depois de ter, segundo consta, testado o veneno em pacientes de hospital, d'Aubray conseguiu matar o pai (em 1666) e os dois irmãos (em 1670), mas o marido sobreviveu ao atentado. D'Aubray foi presa em Liège em 1676 e enforcada e queimada por seus crimes.

Ao todo, a famigerada assassina foi considerada responsável pela morte de 50 pessoas e declarou sob interrogatório: "Metade das pessoas de alta posição está envolvida nesse tipo de coisa, e eu poderia arruiná-las se falasse." Seu julgamento desencadeou uma série de investigações movidas por histeria em que membros destacados da burguesia, que muitas vezes haviam feito pouco mais que comprar afrodisíacos de adivinhos, foram acusados de envenenadores e praticantes de bruxaria.

É bem possível que Holmes e Watson conhecessem d'Aubray a partir do romance popular intitulado *The Marchioness of Brinvilliers, The Poisoner of the Seven*, escrito por Albert Smith e publicado em Londres em 1860. Arthur Conan Doyle recorreu à história da marquesa em seu conto "The leather funnel", publicado na *Strand Magazine* em 1902.

162. O famoso economista e sociólogo Thomas Robert Malthus (1766-1834) foi o pai da moderna teoria populacional: a ideia de que o crescimento da população excederá sempre o da oferta de recursos naturais, produzindo inevitavelmente pobreza e privação, a menos que a reprodução humana possa ser limitada pela guerra, a fome, a doença ou o "comedimento moral". Em 1798, ele publicou (anonimamente) sua grande obra, *An Essay on the Principle of Population as it affects the Future Improvement of Society, with remarks on the speculations of Mr. Godwin, M. Condorcet, and other writers*. Ela atraiu atenção imediata e foi revista e expandida em 1803; a sexta e última versão da obra seminal de Malthus foi publicada em 1826.

163. Ratcliff Highway, localizada no East End perto das docas, tornou-se notória no início do século XIX, quando foi o cenário de uma série de assassinatos cometidos no final de 1811. Segundo Thomas De Quincey, que escreveu sobre os crimes em seu *Do assassinato como uma das belas-artes*, aquela era uma área de "múltiplo banditismo". Entre os assassinatos estiveram os do comerciante de tecidos Mr. Marr, sua mulher, seu filho bebê e um rapaz que trabalhava na loja de Marr. *The Complete Newgate Calender*, vol. V (1926), conta que depois que uma criada e um guarda tocaram a campainha dos Marr e não tiveram resposta, vários vizinhos escalaram o muro e entraram na casa: "E lá foram apresentados à mais deplorável cena que, talvez, jamais desgraçou a natureza humana: os corpos de Mr. Marr e de seu balconista, o último dos quais exibia marcas evidentes de ter lutado com os assassinos em defesa de sua vida, um perto do outro; o de Mrs. Marr no corredor; e o bebê em seu berço — todos mortos, mas ainda mornos e ensopados em seu sangue." No fim das contas, sete pessoas foram mortas no curso de oito dias. Embora os assassinatos fossem sem dúvida obra de mais de um perpetrador, a única pessoa presa foi um homem chamado John Williams, que escapou do julgamento suicidando-se em sua cela na Colbath Fields Prison.

Em consequência dos assassinatos, a rua adquiriu uma reputação tão sinistra que seu nome foi mudado para St. George's Street. Em 1895, segundo sua descrição no *The Queen's London*, a rua outrora vista como detestável e perigosa era "agora ... notável sobretudo pelas lojas de comerciantes de animais e aves silvestres etc.".

164. O Partido Liberal da Grã-Bretanha, que substituiu o Partido Whig original, de proprietários e comerciantes abastados, alcançou proeminência sob o primeiro governo de William Gladstone, em 1868. Os liberais tendiam a defender a reforma educacional e eleitoral, o livre-comércio e um afrouxamento dos laços entre a Igreja e o Estado. Embora Gladstone tenha ocupado a presidência do Partido Liberal por mais de 12 anos e sido primeiro-ministro por quatro períodos, suas ideias nem sempre despertaram entusiasmo popular — o crítico John Ruskin disse a uma plateia de universitários: "Odeio todo liberalismo como odeio Belzebu" —, e a oposição conservadora às suas reformas, juntamente com um péssimo programa para os pobres, tirou o partido do poder em 1874. O conservador Benjamin Disraeli era o primeiro-ministro durante os episódios americanos de *Um estudo em vermelho*, mas Gladstone voltou ao cargo em 1880 e novamente em 1886. Finalmente, sua insistência no Irish Home Rule (autogoverno irlandês) condenou seu terceiro ministério e levou muitos liberais proeminentes a deixar o partido. Após a Primeira Guerra Mundial, o Partido Liberal estava quase extinto, tendo perdido considerável terreno para o novo Partido Trabalhista.

165. Christopher Morley observa: "Camberwell, do outro lado do Tâmisa, no sul de Londres, era um lugar inusitado para a hospedagem de turistas prósperos — a menos que escolhessem estar próximos do Palácio de Cristal, ainda muito famoso naqueles dias." O compositor Felix Mendelssohn, que tinha parentes em Camberwell, escreveu "Camberwell Green" (mais tarde renomeada "Canção da primavera") após hospedar-se lá. O poeta Robert Browning (1812-89), cuja reputação foi eclipsada pela de sua mulher, a também poeta Elizabeth Barrett Browning (1806-64), nasceu em Camberwell e lá viveu até os 28 anos. Bernard Davies identifica Torquay Terrace como Dover Terrace em Coldharbour Lane.

166. A data em que a dupla partiu foi claramente o dia 3 de março, visto que a morte de Drebber ocorreu antes das 2h da manhã do dia 4. "Essa imprecisão", sugere Christopher Morley, "pode é claro ter tido o objetivo de satirizar a imprecisão do jornal tóri, mas provavelmente deveria ser aceita como a primeira das muitas incoerências do Dr. Watson na cronologia."

167. A Euston Station foi inaugurada em 1837 como a estação terminal da London-Birmingham Railway (mais tarde a London & Northern Western Railway). Foi expandida várias vezes, inclusive em 1873, mas demolida e completamente reconstruída nos anos 1960. "Esse ato deliberado de vandalismo oficial", escreve o erudito holmesiano Roger Johnson, "levou a uma nova apreciação da arquitetura vitoriana. Ainda há uma Euston Station, mas Holmes e Watson não a reconheceriam."

168. Verso final do Canto I de *L'Art poétique* de Nicolas Boileau-Despréaux (1636-1711), que pode ser traduzido como "um tolo sempre encontra um mais tolo que o admira". Estudiosos apontam a fluência de Holmes na língua francesa como parte de sua herança francesa. Em "O intérprete grego", ele alude a "minha avó, que era irmã de Vernet, o artista francês". Esse artista, tio-avô de Holmes, foi provavelmente Émile Jean Horace Vernet (1789-1863), cujas pinturas decoram a Galeria das Batalhas em Versalhes.

169. No original, "*street Arabs*", crianças ou moleques sem lar que vagavam pelas ruas da cidade. O *Dictionary of Phrase and Fable* de Cobham Brewer explica que são "chamados assim porque, como os árabes, são nômades ou errantes sem residência fixa". Jacob A. Rii, em *How the Other Half Lives* (1890), tenta pintar um quadro mais completo, e encara de maneira um tanto mais romântica o que considera uma "instituição" da cidade de Nova York quando escreve: "Vagabundo como é, não conhecendo nenhuma autoridade e não devendo obediência a ninguém ou a coisa alguma, com seu punho sujo erguido contra a sociedade sempre que ela tenta coagi-lo, [o *street arab*] é astucioso e ativo como a doninha, o animal predador com que mais se parece, entre todos."

O bando de moleques de Holmes, chefiado pelo temível Wiggins, é mais uma vez acionado pelo detetive em *O signo dos quatro* e em "O corcunda". É em *O signo dos quatro*, de fato, que Holmes se refere à "força não oficial — os Irregulares de Baker Street". The Baker Street Irregulars é, como se sabe, o nome adotado pela destacada sociedade de eruditos sherlockianos fundada em 1934 por Christopher Morley.

170. Andrew G. Fusco, em "The final outrage of Enoch Drebber", afirma que *havia* de fato um "bebê por nascer" — o filho de Enoch Drebber, esperado por Alice Charpentier em consequência dos "assédios" de Drebber — e que Gregson sabia disso.

171. Holmes faz uma declaração semelhante durante outros casos, por exemplo (como notado por T.S. Blakeney), "Você conhece meu método. Baseia-se na observação de trivialidades" ("O mistério do vale Boscombe"); "Trata-se, evidentemente, de uma insignificância, mas nada é tão importante quanto as coisas insignificantes" ("O homem da boca torta"); e "Não ouso qualificar nada de trivial quando reflito que meus casos mais clássicos tiveram os começos menos promissores"' ("Os seis Napoleões"). Blakeney conclui que "Holmes tem, como Watson observou [em *O signo dos quatro*], um extraordinário talento para as minúcias, e já estava disposto a fazer qualquer esforço para trazê-las à tona".

172. Drebber podia certamente ter esperado alguma forma de tratamento especial, uma vez que estava pagando aos Charpentier bem mais que o preço de mercado (o equivalente a 715 libras, ou mais de 1.300 dólares atuais por semana). De acordo com o guia *Baedeker*, o preço máximo para uma pensão (a de Mrs. Phillips, em Portland Place, no elegante West End) era 3 libras, 13 xelins e 6 *pence* por semana.

173. A taquigrafia moderna foi inventada na Inglaterra pelo educador Isaac Pitman (1813-97). Desbravando um novo terreno, seu *Stenographic Sound-Hand* usava a fonética, em vez da grafia normal, para representar palavras inteiras. Diferentes graus de sombreado indicavam os vários sons fonéticos. Perto do fim do século XIX, uma pesquisa constatou que 97% dos escritores americanos usavam o sistema de Pitman ou alguma variação dele, graças em grande parte ao instituto que o irmão de Pitman, Benn Pitman, abriu em Cincinnati em 1852. Embora seja considerado talvez o mais rápido sistema taquigráfico — o que faz dele o preferido entre muitos repórteres de tribunal hoje —, o método Pitman foi substituído em grande parte nos Estados Unidos pelo Gregg Shorthand, um sistema baseado na fonética que usa curvas em vez do sombreado de Pitman. John Robert Gregg (1867-1948), irlandês de nascimento, introduziu o sistema em seu livro *Light-Line Phonography* (1888) e o levou para os Estados Unidos em 1893.

Em 1881, data de *Um estudo em vermelho*, é provável que Gregson e Lestrade usassem o método de Pitman, embora muitos sistemas alternativos florescessem. A *Encyclopaedia Britannica* (9ª ed.) estima que em 1886 nada menos que 483 sistemas diferentes de taquigrafia inglesa haviam sido publicados ("e sem dúvida uma quantidade muito maior deles foi inventada para uso privado").

174. Bernard Davies identifica o "Halliday's" como o Emm's Private Hotel em Drummond Street nº56.

VII. Luz na escuridão

A informação com que Lestrade nos brindou era tão sensacional que ficamos os três naturalmente perplexos. Gregson pulou de sua cadeira e virou o resto de seu uísque com água. Olhei em silêncio para Sherlock Holmes, que tinha os lábios comprimidos e as sobrancelhas franzidas.

"Stangerson também!" murmurou. "A trama se complica."[175]

"Já estava bastante complicada antes", resmungou Lestrade, tomando uma cadeira. "Parece que caí numa espécie de conselho de guerra."

"O senhor... o senhor tem certeza dessa informação?" gaguejou Gregson.

"Acabo de sair do quarto dele", disse Lestrade. "Fui o primeiro a descobrir o que ocorrera."

"Estávamos ouvindo a visão do caso de Gregson", observou Holmes. "Você se incomodaria de nos contar o que viu e fez?"

"Não tenho nenhuma objeção", respondeu Lestrade, sentando-se. "Não hesito em confessar que na minha opinião Stangerson estava envolvido na morte de Drebber. Este novo desdobramento mostrou-me que eu estava completamente errado. Convicto daquela ideia, decidi descobrir o que fora feito do secretário. Eles tinham sido vistos juntos na Euston Station por volta das oito e meia da noite do dia 3. Às duas da manhã Drebber havia sido encontrado na Brixton Road. A questão com que eu me deparava era descobrir o que fizera Stangerson entre as oito e meia e a hora do crime, e o que fora feito dele depois. Telegrafei para Liverpool, dando uma descrição do homem e instruindo-os a vigiar os navios americanos. Em seguida pus mãos à obra, visitando todos os hotéis e pensões nas vizinhanças de Euston. Eu raciocinava que, se Drebber e seu companheiro haviam sido separados, o curso natural para este último seria hospedar-se em algum lugar nas vizinhanças para passar a noite, e depois ficar à espera na estação na manhã seguinte."

"Provavelmente teriam combinado um local de encontro de antemão", observou Holmes.

"Foi o que se demonstrou. Passei todo o serão de ontem fazendo indagações sem nenhum proveito. Esta manhã comecei muito cedo e às oito horas cheguei ao Halliday's Private Hotel, em Little George Street. Quando perguntei se Mr. Stangerson estava hospedado lá, responderam-me com uma afirmativa imediata.

"'Sem dúvida é o cavalheiro que ele estava esperando', disseram-me. 'Ele está à sua espera há dois dias.'

"'Onde se encontra agora?' perguntei.

"'Está lá em cima, deitado. Desejava ser chamado às nove.'

"'Vou subir imediatamente para vê-lo', disse eu.

"Eu julgava que minha aparição repentina poderia lhe abalar os nervos e levá-lo a deixar escapulir alguma coisa. O criado prontificou-se a me mostrar o quarto: era no segundo andar e chegava-se a ele passando por um pequeno corredor. O criado apontou-me a porta e estava prestes a descer de novo quando vi algo que me deu náuseas, apesar de meus vinte anos de experiência. De sob a porta, escoava um filete vermelho de sangue, que serpenteara pelo corredor e formara uma pequena poça junto ao rodapé do outro lado. Dei um grito, o que trouxe o criado de volta. Ele quase desmaiou ao ver aquilo. A porta estava trancada por dentro, mas nós a arrombamos com os ombros. A janela do quarto estava aberta, e junto dela, todo encoscorado, jazia o corpo de um homem de camisola. Estava morto, e havia algum tempo, porque os membros estavam rígidos e frios. Quando o viramos de frente, o criado o reconheceu de imediato como o mesmo cavalheiro que alugara o quarto sob o nome de Joseph Stangerson.

A causa da morte fora uma profunda punhalada no lado esquerdo, que devia ter penetrado o coração. E agora vem a parte mais estranha da história. Que supõem que estava acima do homem assassinado?"

Senti um arrepio e pressenti algo horrível, antes mesmo que Sherlock Holmes respondesse.

"A palavra RACHE, escrita em letras de sangue", disse ele.

"Exatamente", disse Lestrade num tom aterrado; e ficamos todos em silêncio por algum tempo.

"Ele quase desmaiou ao ver aquilo."
[Geo. Hutchinson, *A Study in Scarlet*, Londres, Ward, Lock Bowden, and Co., 1891]

Havia algo de tão metódico e de tão incompreensível nos atos desse assassino desconhecido, que tornava seus crimes ainda mais tétricos. Meus nervos, bastante controlados no campo de batalha, estremeceram a esse pensamento.

"O homem foi visto", continuou Lestrade. "Um leiteiro que passava por ali a caminho da leiteria, descia por acaso o beco que vem das cavalariças[176] nos fundos do hotel. Ele notou que uma escada, que geralmente ficava por ali, estava erguida contra uma das janelas do segundo andar, que se encontrava escancarada. Após passar, olhou para trás e viu um homem descendo a escada. Descia tão calma e descaradamente que o rapaz imaginou que fosse algum carpinteiro trabalhando no hotel. Não lhe deu especial atenção, senão para pensar consigo mesmo que era um pouco cedo para o sujeito estar trabalhando. Tem a impressão de que era alto, tinha um rosto avermelhado e vestia um comprido sobretudo marrom. Deve ter passado algum tempo no quarto depois do assassinato, porque encontramos água suja de sangue na bacia, onde lavara as mãos, e marcas nos lençóis em que limpara deliberadamente sua face."

Lancei um olhar para Holmes ao ouvir a descrição do assassino, que coincidia tão exatamente com a dele. Não havia, porém, nenhum traço de júbilo ou satisfação em sua face.

"Não encontraram nada no quarto que pudesse fornecer uma pista do assassino?" perguntou.

"Nada. Stangerson tinha a carteira de Drebber no bolso, mas parece que isso era usual, pois ele fazia todos os pagamentos. Havia nela oitenta libras e tanto, mas nada foi levado. Sejam quais forem os motivos desses crimes extraordinários, o roubo certamente não é um deles. Não havia papéis ou memorandos no bolso do assassinado, exceto por um único telegrama, datado de Cleveland cerca de um mês atrás, e contendo as palavras: 'J.H. está na Europa'.[177] A mensagem não estava assinada."

"E não havia mais nada?" perguntou Holmes.

"Nada de alguma importância. O romance do homem, que lera para pegar no sono, estava sobre a cama, e o cachimbo sobre uma cadeira ao seu lado. Havia um copo d'água na mesa, e no peitoril da janela uma caixinha ordinária de unguento contendo duas pílulas."

Sherlock Holmes deu um pulo da cadeira com uma exclamação de júbilo.

"O último elo", exclamou exultante. "Meu caso está completo."

Os dois detetives o fitaram, espantados.

"Tenho agora em minhas mãos", disse meu companheiro confiantemente, "todos os fios que formaram esse novelo. Há, é claro, detalhes a inserir, mas estou tão certo quanto aos fatos principais, desde o instante em que Drebber se separou de Stangerson na estação, até a descoberta do corpo deste último, como se os tivesse visto com meus próprios olhos. Vou lhes dar uma prova de meu conhecimento. Conseguiu passar a mão naquelas pílulas?"

"Estão comigo", disse Lestrade, mostrando uma caixinha branca; "peguei-as, junto com a carteira e o telegrama, na intenção de guardá-los em segurança no distrito policial. Foi por puro acaso que peguei estas pílulas, porque sou obrigado a dizer que não lhes atribuo a menor importância."

"Passe-as para mim", disse Holmes. "Muito bem, doutor", virando-se para mim, "estas são pílulas comuns?"

Certamente não eram. Eram de um cinza perolado, pequenas, redondas e quase transparentes contra a luz. "Por sua leveza e transparência, eu imaginaria que são solúveis em água", observei.

"Precisamente", respondeu Holmes. "Agora você se incomodaria de descer e apanhar o pobre-diabo daquele *terrier* que já sofreu por tanto tempo e que a senhoria queria que você sacrificasse ontem?"

Desci e levei o cachorro para cima em meus braços. Sua respiração difícil e o olhar vidrado mostravam que não estava longe do fim. De fato, seu focinho branco como a neve proclamava que há muito excedera o termo usual da existência canina. Depositei-o sobre uma almofada no tapete.

"Agora vou partir uma destas pílulas em dois", disse Holmes, e sacando seu canivete fez o que dizia. "Devolveremos uma metade à caixa para futuros propósitos. Colocarei a outra neste copo de vinho, em que há uma colher de chá de água. Como veem, nosso amigo, o doutor, está certo e ela se dissolve prontamente."

"Isso pode ser muito interessante", disse Lestrade, no tom ofendido de alguém que suspeita que está sendo objeto de zombaria, "mas não vejo o que pode ter a ver com a morte de Mr. Joseph Stangerson."

"Paciência, meu amigo, paciência! Na hora certa você descobrirá que tem tudo a ver com ela. Agora vou acrescentar um pouquinho de leite para tornar a mistura palatável, e ao apresentá-la ao cão vemos que ele a lambe com muito gosto."

Enquanto falava, entornou o conteúdo do copo de vinho num pires e o pôs em frente ao *terrier*, que rapidamente o lambeu. O ar sério de Sherlock Holmes nos convencera tanto até então que ficamos todos em silêncio, observando atentamente o animal e esperando algum efeito surpreendente. Mas não vimos nenhum. O cão continuou estirado sobre a almofada, respirando com dificuldade, mas aparentemente nem melhor nem pior pelo que bebera.

"O cão continuou estirado sobre a almofada." [Richard Gutschmidt, *Späte Rache*, Stuttgart, Robert Lutz Verlag, 1902]

Holmes sacara seu relógio e, enquanto os minutos se sucediam sem resultado, uma expressão do mais completo dissabor e desapontamento se estampou na sua fisionomia. Ele mordia o lábio, tamborilava sobre a mesa, e mostrava todos os demais sintomas de aguda impaciência. Sua emoção era tão grande que me apiedei sinceramente dele, enquanto os dois detetives sorriam zombeteiramente, de maneira alguma descontentes com esse revés que ele sofria.

"Não pode ser uma coincidência", exclamou ele, finalmente pulando da cadeira e pondo-se a andar nervosamente pela sala; "é impossível que seja uma mera coincidência. As próprias pílulas de que suspeitei no caso de Drebber são realmente encontradas após a morte de Stangerson. No entanto, são ineficazes. O que pode significar isso? Toda a minha cadeia de raciocínio certamente não pode ter sido falsa. No entanto o desgraçado deste cachorro continua na mesma. Ah! Já sei! Já sei!" Com um grito de puro prazer, correu até a caixa, cortou a outra pílula em dois, dissolveu-a, acrescentou leite e apresentou-a ao *terrier*. Mal parecera molhar a língua no líquido, a infeliz criatura teve um tremor convulsivo em todos os membros e esticou-se tão rígida e sem vida como se fulminada por um raio.

Sherlock Holmes soltou um longo suspiro e enxugou o suor da testa. "Eu devia ser mais confiante", disse. "Já devia saber a esta altura que quando um fato parece se opor a uma longa série de deduções, prova-se invariavelmente passível de alguma outra interpretação.[178] Das duas pílulas nesta caixa, uma era do mais mortífero veneno e a outra, inteiramente inócua. Eu devia ter sabido disso antes mesmo de ver a caixa."

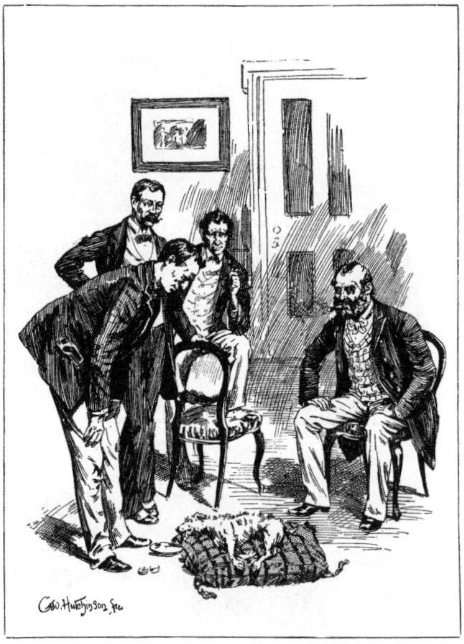

"Mal parecera molhar a língua no líquido, a infeliz criatura teve um tremor convulsivo em todos os membros e esticou-se tão rígida e sem vida como se fulminada por um raio." [Geo. Hutchinson, *A Study in Scarlet*, Londres, Ward, Lock Bowden, and Co., 1891]

Esta última afirmação pareceu-me tão surpreendente que mal podia crer que ele estava em seu perfeito juízo. Ali estava o cachorro morto, contudo, para provar que sua conjectura fora correta. Tive a impressão de que a névoa em minha própria mente dissipava-se pouco a pouco, e comecei a ter uma pálida e vaga percepção da verdade.

"Tudo isto lhes parece estranho", continuou Holmes, "porque não perceberam, no início das investigações, a importância da única pista real que tinham diante de si. Tive a sorte de me agarrar a ela, e tudo que aconteceu desde então serviu para confirmar minha suposição original, e, de fato, foi a sequência natural dela. Eis por que coisas que os desconcertaram e tornaram o caso mais absurdo serviram para me esclarecer e fortalecer minhas conclusões. É um erro confundir estranheza com mistério. O crime mais banal é muitas vezes o mais misterioso, pois não apresenta nenhuma característica nova ou especial a partir da qual possamos fazer deduções.[179] Teria sido infinitamente mais difícil elucidar esse homicídio se o corpo da vítima tivesse sido simplesmente encontrado no meio da rua, sem nenhuma dessas circunstâncias insólitas e sensacionais que o tornaram notável. Esses detalhes estranhos, longe de tornar o caso mais difícil, tiveram na realidade o efeito de facilitá-lo."

Mr. Gregson, que ouvira esse discurso com considerável impaciência, não pôde mais se conter. "Olhe aqui, Mr. Sherlock Holmes", disse, "estamos todos prontos a reconhecer que é um homem sagaz, e que tem seus próprios métodos de trabalho. Mas agora queremos algo mais que mera teoria e pregação. Trata-se de agarrar o homem. Já expus meu ponto de vista, e parece que estava errado. O jovem Charpentier não poderia estar envolvido nesse segundo crime. Lestrade saiu à procura de seu homem, Stangerson, e parece que estava errado também. O senhor semeou insinuações por aqui e por ali, e parece saber mais que nós, mas sentimos a esta altura que temos o direito de lhe perguntar diretamente o quanto sabe do caso. Pode nomear o culpado?"

"Não posso deixar de sentir que Gregson está certo, senhor", observou Lestrade. "Nós dois tentamos, e nós dois fracassamos. O senhor comentou mais de uma vez desde que estou nesta sala que dispunha de todos os indícios de que necessita. Certamente não se calará por mais tempo."

"Qualquer atraso na detenção do assassino", observei, "poderia lhe dar tempo para perpetrar alguma nova atrocidade."

Assim, pressionado por todos nós, Holmes mostrou sinais de indecisão. Continuou a andar de um lado para outro da sala, a cabeça afundada no peito e as sobrancelhas abaixadas, como era seu hábito quando perdido em pensamentos.

"Não haverá mais assassinatos", disse por fim, parando abruptamente e nos encarando. "Podem considerar essa hipótese fora de cogitação. Perguntaram-me se sei o nome do assassino. Sei. O mero conhecimento de seu nome tem pouca importância, porém, comparado com a capacidade de pôr as mãos sobre ele. Isso é algo que pretendo fazer muito em breve. Tenho esperanças de consegui-lo através de meus próprios arranjos; mas é algo que precisa ser conduzido com habilidade, pois estamos às voltas com um homem astuto e desesperado, que é auxiliado, como já tive ocasião de provar, por outro tão esperto quanto ele. Enquanto esse homem não tiver nenhuma suspeita de que alguém pode ter uma pista, há alguma chance de agarrá-lo; mas se tivesse a mais ligeira desconfiança, poderia mudar de nome e desaparecer num instante em meio aos quatro milhões de habitantes desta grande cidade.[180] Sem pretender ferir os sentimentos de qualquer dos dois, sou obrigado a dizer que considero esses homens superiores à força oficial, e é por isso que não pedi sua ajuda. Se eu fracassar, a culpa por essa omissão será toda minha; mas estou preparado para isso. No momento estou pronto para prometer que assim que puder me comunicar com vocês sem pôr em risco meus próprios arranjos, eu o farei."

Gregson e Lestrade pareceram muito pouco satisfeitos com essa promessa, ou pela alusão depreciativa à polícia investigativa. O primeiro havia ruborizado até as raízes de seu cabelo louro, enquanto os olhinhos redondos do outro cintilavam de curiosidade e ressentimento. Nenhum dos dois teve tempo para falar, no entanto, antes que ouvíssemos uma batida à porta, e o porta-voz dos moleques de rua, o jovem Wiggins, introduzisse sua insignificante e repugnante pessoa.

"Por favor, senhor", disse ele, tocando o topete, "estou com o fiacre lá embaixo."

"Bom menino", disse Holmes afavelmente. "Por que vocês não introduzem este modelo na Scotland Yard?" continuou, tirando um par de algemas de aço de uma gaveta. "Vejam como a mola funciona bem. Elas se fecham num instante."[181]

"O modelo antigo é bastante bom", observou Lestrade, "desde que consigamos encontrar o homem em quem colocá-lo."[182]

"Ótimo, ótimo", disse Holmes sorrindo. "O cocheiro pode perfeitamente me ajudar com minhas caixas. Peça-lhe para subir, Wiggins."

Fiquei surpreso ao ver meu companheiro falando como se estivesse prestes a partir em viagem, já que não me dissera nada sobre isso. Havia na sala uma maleta, que ele puxou e começou a amarrar com correias. Estava ativamente ocupado com isso quando o cocheiro entrou.

"Dê-me uma ajuda com esta fivela, cocheiro", disse, ajoelhando-se junto à mala e sem virar em momento algum a cabeça.

O sujeito avançou com um ar um tanto mal-humorado, desafiador, e estendeu as mãos para ajudar. Nesse instante ouviu-se um estalido seco, o tinido do metal, e Sherlock Holmes levantou-se de um salto novamente.

"Gregson, Lestrade e Holmes pularam sobre ele como cães veadeiros." [Geo. Hutchinson, *A Study in Scarlet*, Londres, Ward, Lock Bowden, and Co., 1891]

"Cavalheiros", exclamou, os olhos faiscando, "permitam que lhes apresente Mr. Jefferson Hope, o assassino de Enoch Drebber e de Joseph Stangerson."

"O homem era tão forte e violento que nós quatro fomos muitas vezes jogados longe." [Richard Gutschmidt, *Späte Rache*, Stuttgart, Robert Lutz Verlag, 1902]

A coisa toda aconteceu num átimo — tão rapidamente que não tive tempo de compreendê-la. Tenho uma vívida lembrança daquele instante, da expressão triunfante de Holmes e do timbre de sua voz, do semblante aturdido e furioso do cocheiro ao contemplar as algemas reluzentes que pareciam ter aparecido nos seus punhos por um toque de mágica. Por um ou dois segundos, mais parecíamos um grupo de estátuas. Em seguida, com um rugido inarticulado de fúria, o prisioneiro desvencilhou-se do domínio de Holmes e arremessou-se pela janela. Madeira e vidraça cederam diante dele; mas antes que desaparecesse, Gregson, Lestrade e Holmes pularam sobre ele como cães veadeiros. Arrastaram-no de volta para sala e deram início a um terrível conflito. O homem era tão forte e violento que nós quatro fomos muitas vezes jogados longe. Ele parecia ter a força convulsiva de um homem em crise epiléptica. Tinha o rosto e as mãos terrivelmente lacerados por sua passagem pela vidraça, mas a perda de sangue em nada diminuía sua resistência. Só depois que Lestrade conseguiu enfiar a mão por dentro da sua gravata e quase estrangulá-lo foi possível fazê-lo compreender que sua luta era inútil; e, mesmo então, não nos sentimos seguros até que lhe amarramos os pés e as mãos. Isso feito, erguemo-nos sem fôlego e arquejantes.

"Estamos com o fiacre dele", disse Sherlock Holmes. "Servirá para que o levem à Scotland Yard. E agora, cavalheiros", continuou com um sorriso agradável, "chegamos ao fim de nosso pequeno mistério. Fiquem à vontade para me fazer tantas perguntas quanto queiram agora, e não há perigo de que me recuse a respondê-las."

Notas

175. Em se tratando do Mestre, talvez possamos perdoar a repetição desta expressão, usada no capítulo V, pois ela ainda não se tornara um clichê.

176. Um conjunto de estrebarias agrupadas em torno de um pátio ou beco. Os "Sherlock Mews", conhecidos de maneira menos interessante como York Mews South na época de Watson, ficam vizinhos a Baker Street.

177. Stangerson certamente não precisara consultar esse telegrama de tempos em tempos. Por que, então, ainda o conservava no momento de sua morte, quase um mês depois de recebê-lo? Supomos, aliás, que isto se refira a Jefferson Hope, que mais tarde Holmes identifica como o objeto da busca de Drebber, e não "J.H. Watson". Esta última sugestão é especialmente intrigante à luz da peça de Arthur Conan Doyle *Angels of Darkness*, que situa o Dr. Watson em São Francisco, onde ele conhece Jefferson Hope, o qual, ao exalar seu último suspiro, lhe suplica que despose Lucy Ferrier!

178. Este é um tema familiar para Holmes, que expressou sentimentos semelhantes em outras passagens: "É preciso sempre procurar uma alternativa possível e precaverse contra ela. Esta é a regra número um da investigação criminal" ("Black Peter"); "Quando seguimos duas cadeias diferentes de pensamento, Watson, encontramos um ponto de interseção que deve estar próximo da verdade" ("O desaparecimento de lady Frances Carfax"); "Uma desvantagem de uma mente ativa é que sempre podemos conceber explicações alternativas que poderiam tornar falsa a nossa pista" ("A ponte Thor"). Holmes discute aqui a essência do método científico: tentamos formular um princípio geral que explique diversos fenômenos ou dados, mas conservamos a possibilidade de descartá-lo quando um fenômeno ou dado inesperado ocorre. No momento de abandonar o princípio anterior, o cientista tenta formular um *novo* princípio geral que explique tanto os fenômenos previamente explicados como os inexplicados. O historiador Thomas S. Kuhn examinou a abordagem em detalhe em seu seminal *A estrutura das revoluções científicas* (1962), chamando o abandono da explicação ineficaz de uma "mudança de paradigma".

179. Novamente, Holmes revela mais um pedacinho de seu dogma pessoal, sistematizado ao longo dos anos: "A singularidade é quase invariavelmente uma pista. Quanto menos características tem um crime, quanto mais lugar-comum ele é, mais difícil se torna elucidá-lo" (O mistério do vale Boscombe"); "Quanto mais insólita uma coisa, menos misteriosa se revela depois" ("A Liga dos Cabeças Vermelhas"). No contexto do método científico, é o dado *incomum* que permite determinar a viabilidade de uma teoria.

180. Segundo a *Encyclopaedia Britannica* (9ª ed.), o London Police District, a "Grande Londres", tinha 4.764.312 habitantes em 1881.

181. Num artigo de 1894 na *Strand Magazine*, o inspetor Maurice Moser, ex-membro da Scotland Yard, queixava-se:

> As algemas inglesas ... são máquinas pesadas, difíceis de manejar, inconvenientes, que nos melhores momentos, e nas mais favoráveis circunstâncias, são de aplicação extremamente difícil. Elas pesam mais de meio quilo, e precisam ser destrancadas com uma chave de uma maneira não muito diferente da operação de dar corda ao relógio comum de oito dias, e só Deus sabe como podem ser presas aos pulsos do prisioneiro. Essa operação demorada, difícil e particularmente desagradável quando um prisioneiro está se debatendo e lutando, é quase inacreditável. O prisioneiro praticamente precisa ser dominado ou subjugado antes de poder ser finalmente algemado ... . Como as algemas inglesas só foram feitas para criminosos que se submetem calmamente à necessidade, foi considerado prudente encontrar um instrumento aplicável a todos os casos. O artigo perfeito vem dos Estados Unidos ... e, sendo mais leve, menos desajeitado e podendo ser mais facilmente escondido, encontra aceitação geral entre os oficiais da Scotland Yard.

O *design* das algemas deu um grande passo à frente em 1862, quando W.V. Adams patenteou linguetas ajustáveis, que permitiam um ajuste confortável e seguro para cativos tanto de pulsos finos quanto de pulsos grossos. Mas Elliott Kimball, em "Origin and evolution of G. Lestrade — 2. A matter of mancinism", nos informa que algemas que se fechavam automaticamente, do tipo que Holmes mostra aqui, não estavam disponíveis antes de 1896, e conclui que as peças em questão foram uma invenção mecânica exclusiva do próprio Holmes. Mas Kimball parece estar incorreto. Havia de fato numerosas variedades de algemas de fecho automático em uso, e o principal problema enfrentado pelo policial que fazia a captura era muitas vezes *impedir* que elas se fechassem antes de serem aplicadas no prisioneiro. Este problema foi tratado com elegância em 1882, quando E.D. Bean patenteou suas primeiras algemas dotadas de um singular botão obturador para resolver o problema do trancamento prematuro. Em sua solicitação da patente, datada de 1º de setembro de 1882, Bean afimou:

> Muitas vezes ocorre, na tentativa de um policial de deter e algemar um infrator, que a algema se feche e se tranque acidentalmente na luta, antes que ele consiga pô-la em volta do punho de seu prisioneiro, e quando isso ocorre é uma questão de tempo e dificuldade destrancar o instrumento, e mais chance é dada ao infrator de escapar do controle do policial. O objetivo desta invenção é evitar o trancamento acidental ou prematuro de uma algema, equipando-a com um fecho que contém um obstáculo controlado por um botão facilmente acessível, por meio do qual a garra ou lingueta do fecho é impedida de se encaixar na fenda até que o oficial a libere, pressionando o mencionado botão.

As algemas de Holmes podem ter sido um aperfeiçoamento de um modelo entre as dúzias então disponíveis.

182. A afirmação um tanto desdenhosa de Lestrade podia ser indicativa da ambivalência dos policiais com relação ao uso de algemas. Maurice Moser, o ex-inspetor da Scotland Yard mencionado na nota anterior, escreveu em 1894: "Minha experiência pessoal com algemas é pequena, porque não as aprecio, pois, além de serem incômodas, sei que quando ponho minhas mãos sobre um homem ele terá dificuldade em escapar. ... Com relação a algemas em geral, na minha opinião nenhuma das invenções que mencionei hoje em uso é de aplicação suficientemente fácil."

PARTE II

A terra dos Santos[183]

I. Na Grande Planície Alcalina[184]

Na parte central do grande continente norte-americano situa-se um deserto árido e inóspito, que por longos anos foi uma barreira contra o avanço da civilização. De Sierra Nevada ao Nebraska, e do rio Yellowstone, no norte, até o Colorado, no sul, estende-se uma zona de desolação e silêncio. Tampouco a Natureza está sempre com o mesmo humor em todo esse soturno território. Ela abrange altas montanhas com picos nevados e vales profundos e sombrios. Há rios impetuosos que se arremessam por cânions recortados; há planícies enormes que no inverno ficam brancas com a neve e no verão são cinzentas com a poeira salina de álcali. Em tudo isso se preservam, contudo, as características comuns da esterilidade, da inospitalidade e da miséria.

Não há habitantes nessa terra de desesperança. Um bando de pawnees ou de *blackfeet* pode atravessá-la vez por outra para chegar a outras áreas de caça, mas os mais intrépidos dos bravos ficam felizes ao perder de vista essas planícies aterradoras e encontrar-se uma vez mais em suas pradarias. O coiote espreita em meio à vegetação enfezada, o busardo bate as asas pesadamente pelo ar e o urso caminha desajeitado pelas ravinas escuras, colhendo seu sustento como pode em meio às rochas. São esses os únicos habitantes do deserto.

Não há no mundo todo panorama mais desolado que o que se divisa da encosta norte da Sierra Blanco.[185] Até onde a vista alcança, estende-se a grande e chata planície, toda salpicada de manchas de álcali e cortada por trechos de chaparral. No limite extremo do horizonte, ergue-se uma longa cadeia de cumes montanhosos, com seus picos irregulares salpicados de neve. Nesse grande território não se vê um sinal de vida, nem coisa alguma que pertença à vida. Não se vê nenhuma ave no céu cor de aço, nenhum movimento sobre a terra fosca, cinzenta — acima de tudo, reina absoluto silêncio. Por mais que se agucem os ouvidos, não há sombra de som em todo esse enorme deserto; nada senão silêncio — silêncio completo e opressivo.

Foi dito que não há nada que pertença à vida na vasta planície. Não é verdade. Olhando-se de Sierra Blanco, vê-se um caminho traçado através do deserto, que serpenteia e se perde na extrema distância. Está sulcado por rodas e pisoteado por muitos aventureiros. Aqui e ali se espalham objetos brancos que brilham ao sol, destacando-se contra o depósito fosco de álcali. Aproxime-se e examine-os! São ossadas; algumas grandes e grosseiras, outras menores e mais delicadas. As primeiras pertenceram a bois, as últimas a homens. Ao longo de dois mil e quatrocentos quilômetros é possível rastrear essa rota macabra de caravanas por esses vestígios dispersos dos que tombaram à beira do caminho.

No dia 4 de maio de 1847, um viajante solitário contemplava exatamente esse cenário. Sua aparência era tal que podia ser o próprio gênio ou o demônio da região. Um observador teria tido dificuldade em dizer se estava mais perto dos quarenta ou dos sessenta anos. Seu rosto era magro e abatido, e a pele morena rugosa como um pergaminho esticava-se sobre os ossos salientes; a barba e o cabelo castanhos e compridos estavam raiados de branco; os olhos, fundos nas órbitas, ardiam com um brilho anormal; ao passo que a mão que agarrava a carabina não tinha muito mais carne que a de um esqueleto. Enquanto ali ficava, apoiou-se em sua arma para se manter em pé, mas sua figura alta e o arcabouço sólido dos ossos sugeriam uma constituição forte e vigorosa. A face macilenta, contudo, e as roupas que pendiam tão frouxas sobre os membros engelhados proclamavam o que lhe dava aquela aparência senil e decrépita. O homem estava morrendo — morrendo de fome e de sede.

Havia descido penosamente a ravina e prosseguira até essa pequena elevação, na vã esperança de avistar algum sinal de água. Agora a grande planície de sal estendia-se diante de seus olhos, e o cinturão distante de montanhas inóspitas, sem um sinal em parte alguma de planta ou árvore que pudesse indicar a presença de umidade. Em toda essa vasta paisagem não havia um lampejo de esperança. Norte, leste e oeste, ele olhou com olhos desvairados, indagadores, e depois se deu conta de que sua perambulação chegara ao fim, e que ali, naquele penhasco estéril, estava prestes a morrer. "Por que não aqui, tão bem quanto num leito de plumas daqui a vinte anos?" murmurou, sentando-se ao abrigo de um penedo.

"Morrendo de fome." [Geo. Hutchinson, *A Study in Scarlet*, Londres, Ward, Lock Bowden, and Co., 1891]

Antes de se sentar, depositara no chão sua carabina inútil e também um grande fardo embrulhado num xale cinza, que vinha carregando a tiracolo sobre o ombro direito. Parecia um pouco pesado demais para suas forças, pois quando o baixava ele caiu no solo com alguma violência. Imediatamente irrompeu um gemido do embrulho cinza, e dele surgiu um rostinho assustado, com olhos castanhos muito brilhantes e dois pequenos punhos cheios de covinhas.

"Você me machucou!" disse uma vozinha infantil, em tom de repreensão.

"Foi mesmo?" respondeu o homem, condoído. "Não foi por querer." Enquanto falava, abriu o xale cinza e libertou uma linda menina de cerca de cinco anos, cujos sapatos delicados e o primoroso vestido cor-de-rosa com seu aventalzinho de linho revelavam todos os cuidados de uma mãe. A criança estava pálida e abatida, mas seus braços e pernas saudáveis mostravam que havia sofrido menos que seu companheiro.

"Melhorou?" perguntou ele aflito, porque ela continuava esfregando os cachos dourados que lhe cobriam a nuca.

"Dê um beijo para sarar", disse ela, muito séria, estendendo-lhe o lugar dolorido. "Era assim que a mamãe fazia. Onde está a mamãe?"

"Sua mãe foi embora. Acho que você não vai demorar muito a vê-la de novo."

"Embora?" disse a menininha. "Engraçado, não me disse até logo; ela sempre dizia, mesmo que fosse só tomar um chá com a titia, e agora faz três dias que está longe. Mas está muito seco, não é? Não há um pouco de água, nem nada para a gente comer?"

"Não, não há nada, meu bem. Você só precisa ter um pouco de paciência, depois ficará tudo bem. Encoste a cabeça em mim, assim, e se sentirá mais valente. Não é fácil falar quando os lábios parecem couro, mas acho que é melhor lhe dizer a quantas andamos. Que tem aí?"

"Coisas bonitas! Lindas!" exclamou a menina com entusiasmo, segurando dois resplandecentes fragmentos de mica. "Quando a gente voltar para casa vou dá-las para o meu irmão Bob."

"Logo verá coisas mais bonitas que essas", disse o homem, convicto. "Espere só um pouco. Mas eu ia lhe contar... lembra-se de quando deixamos o rio?"

"Lembro, sim."

"Bem, a gente contava chegar logo a um outro rio, entende. Mas alguma coisa deu errado; a bússola, ou o mapa, sei lá, e o rio não apareceu. A água acabou. Só sobraram umas gotinhas para crianças como você e... e..."

"E você não pôde nem se lavar", interrompeu sua companheira gravemente, contemplando seu rosto enfarruscado.

"Não, nem beber. E Mr. Bender, ele foi o primeiro a partir, depois o índio Pete, depois Mrs. McGregor e depois Johnny Hones, e depois, querida, foi a sua mãe."

"Então mamãe morreu também", exclamou a menina, escondendo o rosto no avental e soluçando amargamente.

"Sim, foram todos embora, a não ser você e eu. Então achei que havia alguma possibilidade de encontrar água nesta direção, e vim me arrastando com você no ombro. Mas parece que a situação não melhorou. Só nos resta uma chance muito pequena agora!"

"Quer dizer que vamos morrer também?" perguntou a criança, contendo os soluços e erguendo o rosto molhado.

"Acho que sim."

"Por que não disse antes?" disse ela, rindo alegremente. "Você me deu um susto! Ora, já que vamos morrer, é claro que vamos encontrar a mamãe de novo."

"Sim, você vai, querida."

"E você também. Vou contar para ela como você foi bom. Aposto que ela vai esperar a gente na porta do Céu, com uma grande bilha d'água, e uma porção de bolinhos quentes, tostados dos dois lados como eu e o Bob gostávamos. Quanto tempo vai demorar?"

"Não sei... não muito tempo." Os olhos do homem estavam fixos no horizonte norte. Na abóbada azul do céu haviam aparecido três pontinhos que cresciam a cada instante, tão rapidamente se aproximavam. Logo se definiram em três grandes aves marrons que voaram em círculo sobre as cabeças dos dois caminhantes, e depois pousaram sobre algumas rochas acima deles. Eram busardos, os abutres do Oeste, cuja chegada é precursora da morte.

"Galinhas!" exclamou a menina, apontando para suas formas agourentas, e batendo as mãos para enxotá-los. "Diga, foi mesmo Deus que fez este lugar?"

"Claro que foi", disse seu companheiro, um tanto surpreso com essa pergunta inesperada.

"Ele fez a terra de Illinois, e fez o Missouri", continuou a menina. "Mas acho que outra pessoa fez estas terras daqui, porque não é tão bem-feito. Esqueceram a água e as árvores."

"Que acha da ideia de rezar?" perguntou o homem timidamente.

"Ainda não é de noite", retrucou ela.

"Não faz mal. Não é muito comum, mas Ele não se importará, pode acreditar. Diga aquelas orações que costumava dizer toda noite no carroção, quando estávamos nas Planícies."

"Você também não vai rezar?" perguntou a menina, admirada.

"Esqueci como se reza", respondeu. "Nunca mais rezei desde que tinha a metade da altura desta arma. Mas acho que nunca é tarde demais. Você reza, eu fico ao lado e me junto a você nos estribilhos."

"Nesse caso, precisa se ajoelhar, e eu também", disse ela, estendendo o xale no chão para esse fim. "Tem que erguer as mãos assim. Isso faz a gente se sentir bem."

Teria sido um estranho espetáculo, se houvesse ali alguém além dos busardos para contemplá-lo. Os dois caminhantes ajoelharam-se lado a lado sobre o xale estreito, a menina tagarela e o aventureiro afoito e calejado. O rosto rechonchudo e o semblante abatido e anguloso voltaram-se ambos para o céu sem nuvens numa sentida súplica àquele terrível Ser com quem estavam face a face, enquanto as duas vozes — uma fina e clara, a outra grave e áspera — se uniam num rogo de misericórdia e perdão. A prece terminou e eles voltaram a se sentar à sombra do penedo, até que a menina adormeceu, aninhando-se no peito largo do seu protetor. Ele velou o sono dela por algum tempo, mas a Natureza provou-se forte demais para ele. Durante três dias e três noites não se permitira trégua nem repouso. Pouco a pouco as pálpebras caíram sobre os olhos cansados, e a cabeça tombou cada vez mais sobre o peito, até que a barba grisalha do homem se misturou aos cachos de ouro de sua companheira, e os dois mergulharam no mesmo sono profundo e sem sonhos.

"Tem que erguer as mãos assim.
Isso faz a gente se sentir bem."
[Richard Gutschmidt, *Späte Rache*, Stuttgart, Robert Lutz Verlag, 1902]

Tivesse o caminhante permanecido acordado por mais meia hora, seus olhos teriam se deparado com uma estranha visão. Muito longe, no limite extremo na planície alcalina, surgiu um borrifo de poeira; de início era muito tênue, quase indistinguível da névoa da distância, mas pouco a pouco ficou mais alto e mais largo, até formar uma nuvem sólida e bem definida. Essa nuvem conti-

"Os dois caminhantes ajoelharam-se lado a lado sobre o xale estreito."
[Geo. Hutchinson, *A Study in Scarlet*, Londres, Ward, Lock Bowden, and Co., 1891]

nuou a crescer até se tornar evidente que só podia ser levantada por uma grande multidão de criaturas em movimento. Em lugares mais férteis o observador teria chegado à conclusão de que uma daquelas grandes manadas de bisões que pastam pela pradaria se aproximava. Naqueles ermos áridos, isso era obviamente impossível. À medida que o turbilhão de poeira se aproximava do penhasco solitário onde os dois párias repousavam, os dosséis cobertos de lona dos carroções e as figuras de cavaleiros armados começaram a despontar através da névoa, e a aparição revelou ser uma grande caravana a caminho do Oeste. Mas que caravana! Quando sua frente chegara à base das montanhas, a retaguarda ainda não era visível no horizonte. Cortando a imensa planície, estendia-se o cortejo disperso, carroções e carretas, homens a cavalo e homens a pé. Incontáveis mulheres que cambaleavam sob fardos, e crianças que caminhavam hesitantes ao lado dos carroções ou espiavam por sob as coberturas brancas. Esse não era evidentemente um grupo comum de imigrantes, mas algum povo nômade compelido pela força das circunstâncias a buscar uma nova terra para si. Através do ar límpido, elevava-se um vozerio confuso dessa grande massa humana, junto com o ranger das rodas e o relinchar dos cavalos. Mas, por alto que fosse, o barulho não bastou para despertar os dois cansados viandantes acima deles.

À testa da coluna cavalgava uma vintena ou mais de homens graves, de semblantes duros, vestidos em roupas simples e escuras e armados com carabinas. Ao chegar à base do penhasco, pararam e mantiveram um breve conselho entre si.

"Os poços ficam à direita, meus irmãos", disse um deles, um homem de cabelo grisalho, barba feita e lábios duros.

"À direita de Sierra Blanco... assim chegaremos ao Rio Grande", disse um outro.

"Não temam a falta de água", exclamou um terceiro. "Aquele que a fez brotar das rochas não abandonará agora o seu povo escolhido."

"Amém! Amém!" respondeu todo o grupo.

Estavam prestes a recomeçar a viagem quando um dos mais jovens e de visão mais aguçada lançou uma exclamação e apontou para o penhasco tortuoso acima deles. Lá no alto, esvoaçava um pequeno tufo cor-de-rosa, destacando-se nítida e vivamente contra as rochas cinzentas atrás. Àquela visão, cavalos foram refreados e armas empunhadas, enquanto novos cavaleiros acorriam galopando para reforçar a vanguarda. A palavra "peles-vermelhas" estava em todos os lábios.

"Não pode haver nenhum índio aqui", disse o ancião que parecia estar no comando. "Deixamos para trás os pawnees, e não há outras tribos até cruzarmos as grandes montanhas."[186]

"Devo avançar para ver, irmão Stangerson?" perguntou um do bando.

"Eu também", "Eu também", gritaram muitas vozes.

"Deixem seus cavalos embaixo e vamos esperá-los aqui", respondeu o ancião. Num instante os jovens haviam apeado, amarrado seus cavalos e escalavam a encosta íngreme que levava ao objeto que lhes excitara a curiosidade. Avançavam rápida e silenciosamente, com a confiança e a destreza de batedores experientes. Os que observavam da planície podiam vê-los saltar de rocha em rocha até que suas silhuetas se recortaram contra a linha do horizonte. O rapaz que primeiro dera o alarme os liderava. De repente seus seguidores o viram erguer as mãos para o céu, como se dominado pelo espanto, e, alcançando-o, ficaram igualmente impressionados com a visão com que se depararam.

"Na saliência da rocha acima desse estranho par, estavam pousados três busardos solenes." [Charles Doyle, *A Study in Scarlet*, Londres/Nova York, Ward, Lock & Co., 1888]

No pequeno platô que coroava o monte estéril via-se um único penedo gigantesco, e contra ele estava deitado um homem alto, de barba comprida e traços duros, mas de uma excessiva magreza. Seu semblante plácido e a respiração regular mostravam que dormia profundamente. Junto dele estendia-se uma criança, seus bracinhos brancos e roliços envolvendo-lhe o pescoço queimado e vigoroso, a cabeça loura pousada sobre o peito de sua túnica de belbutina. Os lábios rosados da menina, entreabertos, mostravam uma linha regular de dentes muito brancos, e um sorriso maroto brincava sobre seus traços infantis. As perninhas rechonchudas e brancas, terminando em meias brancas e sapatos elegantes com fivelas reluzentes, ofereciam um estranho contraste com os membros compridos, e engelhados do companheiro. Na saliência da rocha acima desse estranho par, estavam pousados três busardos solenes, que, à visão dos recém-chegados, soltaram gritos roucos de desapontamento e levantaram voo soturnamente.

Os gritos das aves imundas despertaram os adormecidos, que olharam atônitos à sua volta. O homem se levantou cambaleando e contemplou lá embaixo a planície, tão desolada quando o sono o vencera, e agora atravessada por aquela enorme massa de homens e animais. Com uma expressão de incredulidade no rosto, passou sua mão ossuda sobre os olhos. "Deve ser isto que chamam de delírio, com certeza", murmurou. A criança, de pé a seu lado, segurando-lhe a aba do paletó, nada dizia, mas passeava em torno de si o olhar assombrado e inquisitivo da infância.

O grupo de resgate não demorou a convencer os dois párias de que sua aparição não era nenhum delírio. Um deles recolheu a menina e empoleirou-a sobre o ombro, enquanto os outros amparavam seu macilento companheiro, ajudando-o a chegar aos carroções.

"Um deles recolheu a menina e empoleirou-a sobre o ombro." [Geo. Hutchinson, *A Study in Scarlet*, Londres, Ward, Lock Bowden, and Co., 1891]

"Meu nome é John Ferrier", o viajante explicou; "eu e essa pequena somos os únicos que sobraram de vinte e uma pessoas. Os outros morreram todos de sede e de forme pelas bandas do sul."

"Ela é sua filha?" perguntou alguém.

"Acho que agora é", exclamou o outro, desafiadoramente; "é minha, porque a salvei. Nenhum homem a tirará de mim. De hoje em diante ela é Lucy Ferrier. Mas quem são vocês?" continuou, olhando com curiosidade para seus salvadores vigorosos e queimados de sol. "Parece que são uma infinidade de gente."

"Quase dez mil",[187] disse um dos rapazes, "somos os filhos perseguidos de Deus... os escolhidos do anjo Moroni."[188]

"Nunca ouvi falar dele", disse o viajante. "Parece ter escolhido uma multidão enorme."

"Um deles recolheu a menina e empoleirou-a sobre o ombro." [Richard Gutschmidt, *Späte Rache*, Stuttgart, Robert Lutz Verlag, 1902]

"Não graceje com o que é sagrado", disse o outro, severamente. "Somos daqueles que creem naqueles escritos sagrados, gravados em letras egípcias em lâminas de ouro batido, entregues ao santo Joseph Smith[189] em Palmyra. Viemos de Nauvoo,[190] no estado de Illinois, onde tínhamos fundado nosso templo. Viemos em busca de refúgio dos homens violentos e dos ímpios, mesmo que seja no coração do deserto."

O nome Nauvoo evidentemente trouxe lembranças a John Ferrier. "Entendo", disse, "vocês são os mórmons."

"Somos os mórmons", responderam seus companheiros a uma só voz.

"E para onde vão?"

"Não sabemos.[191] A mão de Deus nos guia sob a pessoa que é nosso Profeta. Vamos levá-lo à sua presença. Ele dirá o que deve ser feito com você."

A essa altura, haviam chegado à base do monte e estavam cercados por multidões de peregrinos — mulheres pálidas de ar humilde, crianças fortes e risonhas, e homens preocupados de olhar sério. Muitos foram os gritos de espanto e comiseração que brotaram deles quando perceberam a juventude de um dos estranhos e a miséria do outro. Mas sua escolta não se deteve, seguindo em frente,

"Um deles recolheu a menina e empoleirou-a sobre o ombro." [W.M.R. Quick (possivelmente Quick foi o gravador; o artista, D.H. Friston), *Beeton's Christmas Annual*, 1887]

acompanhada por um grande grupo de mórmons, até chegar a um carroção que se destacava pelo grande tamanho e o aspecto vistoso e elegante. Seis cavalos estavam atrelados a ele, ao passo que os outros tinham apenas dois, ou no máximo quatro cada um. Junto do cocheiro sentava-se um homem que não podia ter mais de trinta anos,[192] mas cuja cabeça grande[193] e expressão resoluta o assinalavam como um chefe. Lia um volume de capa marrom, mas quando a multidão se aproximou deixou-o de lado e ouviu com atenção um relato do episódio. Em seguida voltou-se para os dois párias.

"Só poderemos levá-los conosco", disse, com palavras solenes, "como crentes em nosso credo. Não teremos nenhum lobo em nosso aprisco. Seria muito melhor que seus ossos alvejassem neste deserto do que virem vocês a provar serem aquela manchinha de degradação que com o tempo corrompe todo o fruto. Querem vir conosco nestes termos?"

"Acho que irei com vocês em quaisquer termos", disse Ferrier, com tal ênfase que os graves anciãos não puderam conter um sorriso. Apenas o chefe conservou sua expressão severa, impressionante.

"Leve-o, irmão Stangerson", disse ele, "dê-lhe de comer e de beber, e à criança também. Encarregue-se ainda de ensinar-lhe nosso santo credo. Já nos atrasamos demais. Avante! Rumemos para o Sião!"

"Rumemos para o Sião!" bradou a multidão de mórmons, e as palavras ondularam pela longa caravana, passando de boca em boca até morrer num murmúrio surdo à distância. Com um estalar de chicotes e um ranger de rodas os grandes carroções puseram-se em movimento, e logo toda a caravana serpenteava novamente. O ancião a cujos cuidados os dois proscritos haviam sido confiados levou-os para seu carroção, onde uma refeição já os esperava.

"Ficarão aqui", disse-lhes. "Em poucos dias terão se recuperado de suas fadigas. Nesse meio-tempo, lembrem-se de que pertencem agora e para sempre à nossa religião.[194] Assim disse Brigham Young,[195] e ele falou com a voz de Joseph Smith, que é a voz de Deus."

Notas

183. Na obra definitiva de Jack Tracy, *Conan Doyle and the Latter-Day Saints* (doravante referidos como *Saints*), Tracy compara as descrições nos capítulos que se seguem com as realidades da cultura mórmon em Utah de 1846 a 1860. Há interminável especulação sobre quem poderia ter escrito a "Parte II: A terra dos Santos", que claramente não é narrada (nem escrita) por Watson. Tracy, de sua parte, conclui que o autor foi Arthur Conan Doyle. Ver nota 221.

184. Embora a Grande Planície Alcalina seja um nome geográfico inventado, o *Atlas* de Carey e Lee, de 1827, localizava o "Grande Deserto Americano" como um domínio indefinido nas áreas que se tornaram o Colorado, o Kansas, o Nebraska, o Território Indígena e o Texas. O *Atlas* de Bradford (1838) mencionava um grande deserto que se estendia do Território de Arkansas ao Colorado e ao Wyoming, incluindo a Dakota do Sul e partes do Nebraska e do Kansas. Segundo outros, o deserto compreendia uma área de 800km de largura, situada imediatamente a leste das Montanhas Rochosas e estendendo-se da fronteira norte dos Estados Unidos ao Rio Grande. A seção mostrada pelas várias geografias ficou menor a cada ano, até que, em 1912, um enciclopedista pôde escrever: "A biblioteca gratuita, o telégrafo, o telefone, a entrega de correspondência na zona rural e todas as complexidades dos tempos modernos empurraram na realidade o Grande Deserto Americano do mapa para a terra da fantasia de onde veio" (*Kansas: A Cyclopedia Of State History, Embracing Events, Institutions, Industries, Counties, Cities, Towns, Prominent Persons etc.*). Os remanescentes do que foi outrora chamado o Grande Deserto Americano são agora conhecidos em geral como as Grandes Planícies.

185. A *Encyclopaedia Sherlockiana* de Jack Tracy identifica Sierra Blanca como o nome de um pico de montanha isolado no Novo México e uma pequena cadeia de montanhas no Colorado, mas admite que nenhum deles fica próximo da trilha histórica dos mórmons rumo a Utah. Wayne Melander, em "Sierra Blanco — found (?)", reconstitui cuidadosamente a trajetória dos mórmons e identifica o pico em questão como Oregon Buttes, perto de South Pass, Wyoming, atribuindo o gramaticalmente incorreto "Sierra Blanco" ao fato de os viajantes terem ouvido mal o seu guia.

186. Os pawnees, originários do Texas, estabeleceram-se no vale meridional do rio Platte, no Nebraska, em meados do século XVI. Na altura em que *Um estudo em vermelho* foi publicado, o Grande Deserto Americano devia estar vazio de pawnees, pois eles haviam cedido suas terras do Nebraska ao governo em 1875 e sido transferidos para uma reserva em Oklahoma. Se esses viajantes tivessem cruzado com algum membro da tribo, certamente teriam encontrado pouca ou nenhuma resistência; as relações entre os pawnees e os colonos brancos eram cordiais, e alguns deles chegavam a trabalhar para o Exército dos EUA como patrulheiros de fronteira.

187. O registro da viagem dos mórmons para o Great Salt Lake Valley, feito pelo próprio Brigham Young, em 1847, menciona apenas 143 homens, três mulheres e duas crianças.

188. Isto aparece incorretamente como "the Angel Merona" no *Beeton's* e no texto inglês em livro. Segundo Joseph Smith (1805-44), o fundador do mormonismo, o anjo Moroni lhe apareceu três vezes na noite de 21 de setembro de 1823, dizendo ao menino de 14 anos que uma dádiva divina estava enterrada perto de sua casa no oeste do estado de Nova York. Em 1827, Smith voltou ao ponto indicado, onde segundo ele o anjo lhe teria presenteado com uma caixa de pedra contendo um volume de finas lâminas de ouro. (Segundo outros relatos, Smith desenterrou as lâminas onde o anjo indicou.) Nessas lâminas estava gravada a história de um grupo de hebreus que havia viajado de Jerusalém para a América do Norte seis séculos antes de Cristo. Esse texto sagrado havia sido resumido de lâminas anteriores, escritas pelo profeta Mórmon 1.400 anos antes que Smith as recebesse. Moroni era filho de Mórmon. Os conteúdos das lâminas de ouro, que posteriormente desapareceram, foram traduzidos por Smith do "egípcio reformado" e publicados em 1830 como *O livro de Mórmon*. (James Strang, que tentou se tornar o sucessor de Smith, mas perdeu para Brigham Young, também afirmou ter encontrado lâminas metálicas enterradas, mas em Voree [Burlington], Wisconsin.)

189. A família de Smith estabeleceu-se inicialmente em Palmyra, Nova York, mas mudou-se quatro anos depois para Manchester, a cerca de dez quilômetros de distância. Foi em Manchester que Smith teve suas visões do anjo Moroni. Outras revelações, que o proclamavam "vidente, tradutor, profeta, apóstolo de Jesus Cristo e ancião da Igreja", o levaram a fundar sua própria Igreja, oficialmente conhecida como Igreja de Jesus Cristo dos Santos dos Últimos Dias, que realizou sua primeira conferência em 6 de abril de 1830, em Fayette, Nova York. Smith e seus seguidores procuravam praticar o cristianismo em sua antiga e "verdadeira" forma — isto é, a religião como foi outrora, antes que suas várias seitas a tivessem supostamente desencaminhado.

190. Em 1831, Smith mudou-se com seus seguidores, agora em número de 30, para Kirtland, Ohio, onde deveria se erguer a Nova Jerusalém. Um grande templo foi consagrado em Kirtland em 1836, e os devotados missionários de Smith começaram a levar seus ensinamentos para outros estados americanos, bem como para a Inglaterra. (O ministério de Orson Hyde e Heber C. Kimball alcançou grande sucesso entre os operários em Manchester, Liverpool, Birmingham, Leeds e Glasgow, e nos distritos mineiros de Gales do Sul.) Mas em Kirtland e no oeste do Missouri, onde Smith havia estabelecido uma outra comunidade, desconfianças contra os mórmons tornaram suas vidas cada vez mais difíceis. Não só suas crenças não ortodoxas e sua vida comunal eram de difícil compreensão para estranhos, como Smith e outros praticavam a poligamia (ver nota 197). A constante perseguição aos mórmons incluía assassinatos e a queima de propriedades.

Em 1839, depois que Smith e outros líderes mórmons foram presos para aguardar julgamento por muitas acusações, entre elas traição, 15.000 dos seguidores de Smith deixaram o Missouri pelo Illinois e se estabeleceram perto de Commerce, em Hancock County. Smith fugiu da prisão e se reuniu à seita ali. Tendo obtido do governo uma carta que lhes concedia substancial grau de autonomia, os mórmons fundaram a cidade de Nauvoo, com Smith como prefeito. Convertidos vindos de todas as partes dos Estados Unidos foram se juntar a eles, e Nauvoo logo se tornou a maior cidade do Illinois.

191. O êxodo dos mórmons realmente não foi planejado, pelo menos de início. Em fevereiro de 1884, Smith, tendo se tornado uma das figuras mais poderosas do Oeste, declarou sua candidatura à presidência dos Estados Unidos. Membros dissidentes da Igreja, descontentes com a ambição de Smith e seu incentivo à poligamia, aproveitaram a ocasião para atacar o líder mórmon em seu jornal de oposição, o *Expositor*. Quando Smith fechou o jornal, a violência irrompeu. Smith convocou a milícia de Nauvoo para proteger a cidade e foi preso por traição, juntamente com seu irmão Hyrum, e levado para uma prisão em Carthage. Uma multidão enfurecida invadiu a prisão e matou os dois homens em 27 de junho de 1844.

Joseph Smith tornou-se rapidamente um mártir, e na confusão que se seguiu à sua morte, Brigham Young (1801-77), um membro veterano do Conselho dos Doze Apóstolos, tornou-se o presidente da Igreja. Quando a Assembleia Legislativa do Illinois revogou a Carta de Nauvoo em 1845, Brigham conduziu os mórmons para fora do Illinois, viajando 1.800km através do deserto em direção a Utah em 1846-47. Young, com um grupo avançado de cerca de 170 colonos, chegou ao Great Salt Lake Valley em julho de 1847, e ali fundou Salt Lake City, até hoje a sede espiritual e teocrática do mormonismo.

192. De fato, Brigham Young tinha 45 ou 46 anos na época da migração.

193. O princípio "cabeça grande, cérebro grande, grande inteligência", uma decorrência da ciência vitoriana da frenologia, tinha muitos seguidores vitorianos. Foi esposado pela primeira vez pelo médico vienense Franz Joseph Gall, que expôs sua teoria numa carta de 1º de outubro de 1798 a Joseph von Retzer, explicando — provavelmente com uma pontinha de sarcasmo: "Um homem como você possui mais que o dobro da quantidade de cérebro de um fanático estúpido; e pelo menos um sexto mais que o mais sábio ou mais sagaz dos elefantes." A ideia era que, quanto maior o crânio, maior o cérebro sob ele e maior a capacidade desse cérebro. Gall e seus sucessores acreditavam também que traços de personalidade como autoestima e sagacidade, bem como talento para música ou matemática, eram determinados por 35 "órgãos", entre os quais o cérebro. Era possível, portanto, discernir as características de uma pessoa observando que partes de seu crânio pareciam relativamente grandes ou pequenas.

A frenologia poderia ter permanecido um campo de debate científico e intelectual, não tivesse sido pelos irmãos americanos Lorenzo e Orson Fowler, que fundaram o *American Phrenological Journal* em 1838 e começaram a realizar "leituras de cabeças", palestras e cursos em Nova York e na Inglaterra (Lorenzo inaugurou o Fowler Institute em Londres em 1863). Frenologistas mais antigos viam os Fowler, reconhecidamente práticos, como mascates, mas o público afeiçoou-se avidamente a essa nova "ciência" — com resultados certamente confusos. A conceituada jornalista e abolicionista britânica Harriet Martineau, em sua *Autobiography* de 1877, expressou suas reservas diante do fenômeno, contando como, depois que um frenologista leu a cabeça de um certo Sydney Smith e o proclamou um naturalista nato, Mr. Smith replicou, espantado: "Não distingo um peixe de uma ave"; e também como sua própria leitura determinara que ela "jamais conseguiria realizar coisa alguma, em razão de [sua] notável deficiência tanto no físico quanto em força moral". Ambrose Bierce, em sua obra satírica *The Devil's Dictionary* (1911; publicada primeiro como *The Cynic's World Book* em 1906), resumiu seu próprio ceticismo definindo a frenologia, em parte, como "a ciência de bater a carteira através do couro cabeludo".

Madeleine Stern sugere, em *The Game's a Head*, que o próprio Holmes pode de fato ter estudado com Lorenzo Fowler em Londres, e aponta muitos campos de interesse comum para os dois eruditos. Talvez por insistência de Holmes, Arthur Conan Doyle submeteu-se a uma análise frenológica no Institute em 1896.

194. Tracy observa em *Saints*: "[A] sugestão de que os Ferrier foram obrigados a se converter para serem salvos é uma patente deturpação da generosidade muitas vezes demonstrada dos mórmons para com outros viajantes. ... É um fato pouco conhecido que nem todos os membros do [grupo de peregrinos] eram mórmons em absoluto. [Ver *Wilford Woodruff Journal* para 24 de maio de 1847, citado em B.H. Roberts, *A Comprehensive History of the Church of Jesus Christ of Latter-Day Saints* (Salt Lake City: Church of Jesus Christ of Latter-Day Saints, 6 vols., 1930.]"

195. Em 1850, o presidente dos EUA Millard Fillmore criou o Território de Utah e nomeou Brigham Young seu governador. Este foi nomeado para um segundo mandato em 1854, mas atritos entre os mórmons e o Judiciário federal levaram o presidente James Buchanan a substituir Young em 1857, momento em que o Exército dos EUA foi enviado para sufocar uma pretensa "rebelião" e estabelecer a autoridade do governo federal em Utah. Young nunca voltou a exercer cargos políticos, mas continuou a servir como presidente da Igreja Mórmon até a morte.

II. A flor de Utah

Este não é o lugar para celebrar as provações e privações sofridas pelos emigrantes mórmons antes de chegarem a seu refúgio final. Das margens do Mississipi até as vertentes ocidentais das Montanhas Rochosas, eles haviam lutado com uma constância quase sem paralelo na história. O homem selvagem e o animal selvagem, a fome, a sede, a fadiga e a doença — cada obstáculo que a Natureza pôs no seu caminho foi transposto com tenacidade anglo-saxã.[196] Contudo, a longa viagem e os terrores acumulados haviam abalado os corações dos mais corajosos deles. Não houve um que não tivesse caído de joelhos numa prece sentida quando divisaram a seus pés o amplo vale de Utah banhado de sol, e souberam por seu chefe que aquela era a terra prometida e que aquelas terras virgens deveriam ser deles para todo o sempre.

Young logo se provou um hábil administrador, bem como um chefe decidido. Foram traçados mapas e projetos que esboçavam a futura cidade. Em toda a sua volta, fazendas foram demarcadas e distribuídas segundo a posição de cada indivíduo. O comerciante foi encaminhado para seu negócio e o artesão para seu ofício. Na cidade, ruas e praças brotavam como num passe de mágica. No campo drenava-se e cercava-se, plantava-se e limpava-se, até que o verão seguinte viu toda a região dourada com os trigais. Tudo prosperava na estranha colônia. Acima de tudo, o grande templo que eles erguiam no centro da cidade ficava cada vez mais alto e maior. Desde os primeiros alvores da aurora até o fim do crepúsculo, o tinido do martelo e o som áspero da serra nunca estavam ausentes do monumento que os imigrantes erigiram Àquele que os guiara em segurança em meio a tantos perigos.

Os dois párias, John Ferrier e a menininha que havia partilhado sua sorte e sido adotada como sua filha, acompanharam os mórmons até o fim de sua grande peregrinação. A pequena Lucy Ferrier foi conduzida de maneira bastante confortável no carroção do ancião Stangerson, um abrigo que ela partilhava com as três esposas[197] do mórmon e seu filho, um menino voluntarioso e atrevido de doze anos. Tendo se refeito, com a elasticidade da infância, do choque causado pela morte da mãe, ela logo se tornou a queridinha das mulheres e se resignou à sua nova vida nessa casa móvel coberta de lona. Nesse meio-tempo, Ferrier, tendo se recuperado de suas privações, distinguiu-se como um guia útil e um incansável caçador. Ganhou tão rapidamente a estima de seus novos companheiros que, quando chegaram ao fim de suas perambulações, foi decidido por unanimidade que ele devia receber um trato de terra tão grande e fértil quanto qualquer dos colonos, com exceção do próprio Young e de Stangerson, Kemball,[198] Johnston[199] e Drebber, que eram os principais anciãos.

Na fazenda assim adquirida, John Ferrier construiu uma sólida casa de troncos, que recebeu tantos acréscimos em anos subsequentes que se transformou numa espaçosa vivenda. Era um homem de mentalidade prática, arguto nos negócios e habilidoso com as mãos. Sua constituição de ferro lhe permitia trabalhar da manhã à noite na melhoria e no cultivo de suas terras. Ocorreu, assim, que sua fazenda e tudo que lhe pertencia prosperaram barbaramente. Em três anos estava em situação melhor que seus vizinhos. Em seis estava abastado, em nove estava rico, e em doze não havia meia dúzia de homens em toda Salt Lake City que se lhe comparasse. Do grande mar interior até as distantes Montanhas Wasatch,[200] não havia nome mais conhecido que o de John Ferrier.

Havia um ponto, e apenas um, em que ele ofendia as suscetibilidades de seus correligionários. Nenhum argumento ou persuasão pôde jamais induzi-lo a fundar um harém, à maneira de seus companheiros. Nunca deu razões para sua persistente recusa, contentando-se em prosseguir resoluta e inflexivelmente em sua determinação. Alguns o acusavam de indiferença à religião que adotara, outros atribuíam aquilo à cobiça por riquezas e à relutância em incorrer em gastos. Outros ainda falavam de algum caso de amor da juventude, e de uma moça loura que definhara à margem do Atlântico. Fosse qual fosse a razão, Ferrier permanecia estritamente celibatário. Em todos os demais aspectos, conformava-se à religião da jovem colônia e ganhou fama de ser um homem reto e ortodoxo.

Lucy Ferrier cresceu na casa de troncos e ajudava seu pai adotivo em todos os seus empreendimentos. O ar vivo da montanha e o odor balsâmico dos pinheiros foram a ama e a mãe da menina. Ano após ano, ela foi ficando cada vez mais alta e forte, as faces mais coradas e o passo mais elástico. Muitos dos que passavam pela estrada principal que cortava a fazenda de Ferrier sentiam reviver em suas mentes pensamentos esquecidos havia muito quando viam a figurinha da menina saltitando pelos trigais, ou a encontravam montada no arisco cavalo do pai, conduzindo-o com toda a facilidade e graça de uma verdadeira filha do Oeste. Assim o botão transformou-se numa flor, e o ano que viu seu pai como o mais rico dos fazendeiros fez dela o mais lindo espécime de jovem americana que podia ser encontrado em toda a costa do Pacífico.

Não foi o pai, contudo, quem primeiro descobriu que a criança se transformara na mulher. Isso raramente acontece nesses casos. Essa mudança misteriosa é demasiado sutil e gradual para ser medida por datas. A própria donzela dá-se ainda menos conta disso, até que o tom de uma voz ou o toque de uma mão lhe deixe o coração palpitando no peito, e ela aprenda, com um misto de orgulho e medo, que uma nova e mais ampla natureza despertou dentro de si. São poucas as que não conseguem se lembrar desse dia e recordar aquele pequeno incidente que anunciou a aurora de uma nova vida. No caso de Lucy Ferrier, a ocasião foi bastante séria em si mesma, independentemente de sua futura influência em seu destino e no de muitos outros.

Era uma manhã quente de junho, e os Santos dos Últimos Dias estavam atarefados como as abelhas, cuja colmeia haviam escolhido como emblema. Nos campos e nas ruas elevava-se o mesmo zumbido de indústria humana. Pelas estradas empoeiradas desfilavam longas fileiras de burros pesadamente carregados, todos rumando para o Oeste, pois a febre do ouro começara na

Califórnia[201] e a rota terrestre passava pela Cidade do Eleito. Viam-se também nelas rebanhos de ovelhas e bois vindo das pastagens distantes e cortejos de imigrantes cansados, homens e cavalos, igualmente fatigados após sua interminável jornada. Através dessa aglomeração multicor, abrindo caminho com a habilidade de uma amazona consumada, galopava Lucy Ferrier, o rosto claro corado com o exercício e os longos cabelos castanhos flutuando atrás de si. O pai lhe dera uma incumbência na cidade, e corria como fizera muitas vezes antes, com todo destemor da juventude, pensando apenas em sua tarefa e em como devia ser desempenhada. Os aventureiros empoeirados contemplavam-na com espanto, e até os índios impassíveis, viajando com suas peles, emergiam de seu costumeiro estoicismo, maravilhando-se com a beleza da jovem cara-pálida.

"Pelas estradas empoeiradas desfilavam longas fileiras de burros pesadamente carregados." [Geo. Hutchinson, *A Study in Scarlet*, Londres, Ward, Lock Bowden, and Co., 1891]

Lucy chegara aos arredores da cidade quando viu a estrada bloqueada por um grande rebanho de gado, conduzido por meia dúzia de vaqueiros rudes vindos das planícies. Em sua impaciência, tentou transpor esse obstáculo empurrando seu cavalo no que lhe pareceu uma brecha. Mal entrara nela, porém, os animais se juntaram atrás de si, e ela viu-se completamente mergulhada naquela torrente de bois de chifres compridos e olhos ferozes. Acostumada como estava a lidar com gado, não ficou alarmada com a situação, tirando proveito de todas as oportunidades para impelir seu cavalo, na esperança de abrir caminho. Infelizmente os chifres de uma das criaturas, por acidente ou desígnio, espetaram com força a ilharga do cavalo, deixando-o enlouquecido. Incontinente, o animal empinou-se sobre as patas traseiras com um bufar de fúria e pôs-se a pinotear de tal maneira que teria lançado fora da sela qualquer cavaleiro menos hábil. A situação era perigosíssima. Cada arremetida do cavalo excitado o jogava novamente contra os chifres, e mais o enfurecia. Só o que a moça podia fazer era se manter na

"Uma mão morena e vigorosa agarrou o cavalo assustado pelo freio." [Geo. Hutchinson, *A Study in Scarlet*, Londres, Ward, Lock Bowden, and Co., 1891]

sela, mas um escorregão significaria uma morte terrível sob as patas dos pesados e apavorados animais. Pouco acostumada a emergências repentinas, sua cabeça começava a girar e sua mão afrouxava na rédea. Sufocada pela nuvem de poeira que se levantava e pelo fedor dos animais que se debatiam, ela poderia ter se desesperado, não tivesse sido uma voz amiga a seu lado que lhe prometeu ajuda. No mesmo instante uma mão morena e vigorosa agarrou o cavalo assustado pelo freio e, abrindo caminho à força através do rebanho, logo a levou para fora.

"Não está ferida, eu espero, senhorita", disse respeitosamente o salvador. Ela fitou-lhe o semblante sombrio e intenso e não pôde conter o riso. "Estou terrivelmente assustada", disse ingenuamente; "quem diria que Poncho teria tanto medo de um bando de vacas?"

"Uma mão morena e vigorosa agarrou o cavalo assustado pelo freio." [Richard Gutschmidt, *Späte Rache*, Stuttgart, Robert Lutz Verlag, 1902]

"Graças a Deus manteve-se firme na sela", disse o outro gravemente. Era um rapaz alto, de aspecto rude, montado num vigoroso ruano, com o traje grosseiro de um caçador e uma comprida carabina a tiracolo. "Creio que é a filha de John Ferrier", observou ele. "Eu a vi sair da casa dele. Quando o vir, pergunte se ainda se lembra dos Jefferson Hopes de Saint Louis. Se for o mesmo Ferrier, meu pai e ele foram muito amigos."

"Não seria melhor o senhor mesmo ir indagar?" perguntou ela timidamente.

O rapaz pareceu gostar da sugestão e seus olhos escuros cintilaram de satisfação. "Farei isso", disse. "Passamos dois meses na montanha e não estamos lá muito apresentáveis para uma visita. Ele terá de nos aceitar como estamos."

"Ele tem muito a lhe agradecer, e eu também", respondeu ela, "ele gosta muito de mim. Se uma dessas vacas tivesse pulado sobre mim, ele nunca mais se recuperaria."

"Nem eu", disse seu companheiro.

"O senhor! Bem, não vejo por que isso o afetaria muito. Não é nem mesmo um amigo nosso."

A face sombria do jovem caçador ficou tão triste a essa observação que Lucy Ferrier pôs-se a rir.

"Ouça, não foi isso que quis dizer", falou; "claro que agora é um amigo. Deve ir nos visitar. Bem, mas preciso ir andando, ou meu pai nunca mais me confiará uma missão. Adeus!"

"Adeus", respondeu ele, levantando seu largo sombreiro e curvando-se sobre a mãozinha da moça. Ela rodou seu cavalo, fustigou-o com seu chicote e disparou pela larga estrada em meio a uma nuvem de poeira.

O jovem Jefferson Hope seguiu em frente com seus companheiros, desalentado e taciturno. Eles haviam estado nas montanhas de Nevada procurando prata e voltavam para Salt Lake City na esperança de levantar capital suficiente para explorar alguns veios que tinham descoberto. Ele estivera tão entusiasmado quanto qualquer um deles com o negócio até que esse súbito incidente desviara seus pensamentos para outro canal. A visão da bela jovem, franca e saudável como as brisas da Sierra, agitara as profundezas do seu vulcânico e indômito coração. Quando ela desapareceu de sua vista, ele percebeu que chegara a um momento crítico em sua vida, e que nem especulações com prata nem quaisquer outras questões poderiam jamais ser tão importantes para ele como esse novo e absorvente sentimento. O amor que brotara em seu coração não era o capricho súbito e mutável de um menino, mas a paixão arrebatada e ardente de um homem de vontade forte e temperamento impetuoso. Estava acostumado a ser bem-sucedido em tudo que empreendia. Jurou em seu coração que, no que dependesse de esforço e perseverança humana, dessa vez não fracassaria.

Fez uma visita a John Ferrier aquela noite, e voltou muitas vezes, até que seu rosto se tornou familiar na fazenda. John, isolado no vale e absorto em seu trabalho, tivera pouca oportunidade de ter notícias do mundo exterior durante os últimos doze anos. Jefferson Hope podia lhe contar tudo isso, num estilo que interessava tanto a ele quanto a Lucy. Ele fora um pioneiro na Califórnia e podia narrar muitos casos estranhos de fortunas feitas e perdidas naqueles dias belos e turbulentos. Fora também batedor, caçador, mineiro e vaqueiro. Onde quer que aventuras arrebatadoras tivessem se oferecido, Jefferson Hope lá estivera à procura delas. Logo se tornou o predileto do velho fazendeiro, que falava com eloquência de suas virtudes. Nessas ocasiões, Lucy se calava, mas suas faces ruborizadas e seus olhos brilhantes e felizes mostravam muito claramente que seu jovem coração já não lhe pertencia. Seu honrado pai talvez não tivesse notado esses sintomas, mas eles certamente não passavam despercebidos ao homem que lhe conquistara a afeição.

Era uma tarde de verão quando ele veio galopando pela estrada e parou junto à porteira. Ela estava à porta e desceu para encontrá-lo. Ele jogou a rédea sobre a cerca e tomou a trilha.

"Numa tarde de verão, ele veio galopando pela estrada."
[Geo. Hutchinson, *A Study in Scarlet*, Londres, Ward, Lock Bowden, and Co., 1891]

“Estou de partida, Lucy”, disse, tomando-lhe as duas mãos nas suas e fitando-lhe ternamente o rosto; “não vou lhe pedir que venha comigo agora, mas estará disposta a partir comigo quando eu voltar?”

“E quando será isso?” perguntou ela, corando e rindo.

“Passarei uns dois meses fora. Mas voltarei para buscá-la, minha querida. Ninguém poderá se interpor entre nós.”

“E quanto a meu pai?”

“Ele deu seu consentimento, contanto que ponhamos essas minas em boas condições de funcionamento. Não tenho nenhum temor por esse lado.”

"Então está decidido. Quanto mais eu ficar, mais difícil será partir." [Richard Gutschmidt, *Späte Rache*, Stuttgart, Robert Lutz Verlag, 1902]

“Ah, bem; é claro, se você e meu pai já acertaram tudo, não há mais nada a dizer”, sussurrou ela, a face contra o peito largo do rapaz.

“Graças a Deus!” disse ele, com voz rouca, inclinando-se para beijá-la. “Então está decidido. Quanto mais eu ficar, mais difícil será partir. Estão à minha espera no cânion. Adeus, minha querida... adeus. Em dois meses você me verá.”

Desvencilhou-se dela enquanto falava e, jogando-se sobre o cavalo, partiu num galope furioso, sem olhar sequer para o lado, como se temendo fraquejar em sua resolução se relanceasse o que deixava. Ela ficou junto à porteira, fitando-o até que ele sumiu de vista. Depois caminhou de volta para casa, a moça mais feliz de todo o Utah.

Notas

196. De fato, no final de 1830 os 200 a 500 conversos que Smith atraíra chegaram da Pensilvânia, de Nova York e Ohio (Dean L. May, "A demographic portrait of the mormons, 1830-1890", em *After 150 Years: The Latter-Day Saints in Sesquicentenial Perspective*, organizado por Thomas G. Alexander e Jessie L. Embry [Provo, Utah: Charles Redd Center of Western Studies, 1883]).

197. Em 12 de julho de 1843, Joseph Smith anunciou que recebera uma revelação divina aprovando a poligamia. (O termo mais preciso, de fato, é poliginia, em que um homem se casa com várias mulheres.) Conhecida como a Lei de Abraão, a poligamia foi aceita e estimulada dentro da Igreja, embora não reconhecida publicamente até 1852. A prática foi declarada ilegal pelo governo dos EUA em 1871, mas a Igreja não renunciou formalmente a ela até 1890, como uma condição para a elevação de Utah à condição de estado. Mesmo depois disso, alguns grupos fundamentalistas em Utah e no norte do Arizona continuaram a praticar casamentos plurais, embora isso lhes valesse a excomunhão.

Brigham Young foi um defensor tão fervoroso da poligamia quanto Joseph Smith, se não mais. Young estava na presidência da Igreja quando a poligamia era uma prática declarada. Na obra dos mórmons *Journal of Discourses*, vol. 11 (1866), as seguintes palavras de Young são citadas: "Os únicos homens que se tornam Deuses, mesmo os Filhos de Deus, são aqueles que praticam a poligamia. Os demais atingem uma glória e podem até ser admitidos à presença do Pai e do Filho; mas não podem reinar como reis em glória, porque bênçãos lhes foram oferecidas e eles se recusaram a aceitá-las." Registros públicos mostram que ao morrer, em 1877, Brigham deixou sua fortuna de mais de dois milhões de dólares para suas 17 esposas e 56 filhos, embora segundo alguns as mulheres somassem 55.

198. Isto é, Heber C. Kimball (1801-68), a eminente autoridade e missionário que acompanhou Brigham Young a Utah, tornando-se pouco depois seu primeiro conselheiro. O nome está invariavelmente escrito de maneira errada em várias edições.

199. Luke S. Johnson (1807-61) foi um membro do grupo pioneiro que teve um papel pequeno na Igreja posteriormente.

200. Incorretamente chamadas Montanhas "Wahsatch" no *Beeton's* e nos textos ingleses.

201. A primeira "febre do ouro" teve início em 1848, quando se descobriu ouro perto de Sacramento, na Califórnia, na serraria inacabada do criador de gado John Sutter. Em 24 de janeiro, o carpinteiro de Sutter, James Marshall, descobriu várias pepitas de ouro do tamanho de ervilhas no local da construção. Levou-as para Sutter, e os dois homens decidiram manter a descoberta de Marshall em sigilo. Mas o segredo não demorou a vir à luz, espalhado em parte por Sam Branan, um pregador mórmon e empresário que percorreu as ruas de São Francisco segurando uma garrafa de ouro em pó e gritando: "Ouro! Ouro no rio Americano!" (Branan, de fato, não tinha nenhum interesse no ouro em si, mas em vender as pás que os caçadores de ouro precisariam comprar.) Garimpeiros potenciais afluíram à Califórnia, e no fim de 1849 cerca de 80.000 homens, os chamados "*forty-niners*", haviam chegado em busca da fortuna.

A maior parte do ouro próximo da Serraria de Sutter havia se esgotado em meados de 1849, mas os sonhos dos mineiros demoravam a morrer, e novas descobertas mantiveram vivas as suas esperanças. Em 1855, outro frenesi irrompeu mais ao sul, quando se encontrou ouro ao longo do alto rio Kern, em Kern County; em 1858 a corrida do ouro do rio Frazer na Colúmbia Britânica viu mineiros desiludidos arrumando sua bagagem e debandando para o norte. Mas muitos dos que fizeram a viagem para o rio Frazer viriam a se arrepender. No início da década de 1860, a corrida do rio Frazer e a corrida do Cariboo que a seguiu estavam terminadas, e a Colúmbia Britânica caiu numa recessão. Aparentemente é à corrida do rio Fraser, que levou os garimpeiros a *deixar* a Califórnia, que o texto alude como a "febre do ouro ... na Califórnia".

III. John Ferrier fala com o profeta

Três semanas haviam se passado desde que Jefferson Hope e seus camaradas tinham partido de Salt Lake City. John Ferrier ficava de coração apertado quando pensava no retorno do rapaz e na perda iminente de sua filha adotiva. O rosto luminoso e feliz da jovem, contudo, o reconciliava com a combinação mais do que qualquer argumento o teria feito. Ele decidira havia muito, no fundo de seu coração resoluto, que nada jamais o induziria a permitir que a filha se casasse com um mórmon. A seu ver semelhante união simplesmente não era um casamento, mas uma vergonha e uma desonra. O que quer que pensasse sobre as doutrinas mórmons, nesse ponto era inflexível. Mas era obrigado a se calar acerca do assunto, pois exprimir uma opinião não ortodoxa era perigoso naqueles dias na terra dos Santos.

Sim, perigoso... tão perigoso que mesmo os mais piedosos mal ousavam sussurrar suas opiniões religiosas, temendo que lhes saísse dos lábios algo que pudesse ser mal interpretado e lhes valer uma punição sumária. As vítimas de perseguição haviam agora se transformado em perseguidores, e da pior espécie. Nem a Inquisição de Sevilha,[202] nem os Vehmgerichte[203] alemães, nem as sociedades secretas da Itália[204] jamais foram capazes de pôr em movimento máquina mais formidável que aquela que projetava uma sombra sobre o estado de Utah.

Sua invisibilidade, e o mistério que lhe era associado, tornava sua organização duplamente terrível. Ela parecia onisciente e onipresente, e no entanto não era vista nem ouvida. O homem que se opunha à Igreja desaparecia, sem que ninguém soubesse para onde fora ou o que lhe acontecera. Sua mulher e seus filhos o esperavam em casa, mas nenhum pai jamais retornou para lhes contar como passara nas mãos de seus juízes secretos. Uma palavra ousada ou um ato precipitado eram seguidos por eliminação, e no entanto ninguém sabia qual podia ser a natureza desse terrível poder que pairava sobre eles. Não era de espantar que os homens andassem trêmulos de medo, e que mesmo no coração do deserto não ousassem murmurar as dúvidas que os oprimiam.

De início esse poder vago e terrível havia se exercido apenas sobre os recalcitrantes que, tendo abraçado a fé mórmon, desejaram depois pervertê-la ou abandoná-la. Logo, contudo, assumiu um alcance maior. A provisão de mulheres adultas estava se esgotando, e poligamia sem uma população feminina a que recorrer era de fato uma doutrina estéril. Rumores estranhos começaram a circular... rumores sobre imigrantes assassinados e acampamentos saqueados em regiões onde índios nunca haviam sido vistos. Apareciam novas mulheres nos haréns dos anciãos — mulheres que definhavam e choravam, exibindo em seus semblantes os traços de um horror inextinguível. Viajantes que se atrasavam nas montanhas falavam de bandos de homens armados e mascarados, que passavam furtiva e silenciosamente por eles na escuridão. Essas histórias e rumores ganharam substância e forma, e foram muitas vezes corroboradas, até se cristalizarem num nome definido. Até hoje, nos ranchos solitários do Oeste, o nome do Bando Danita,[205] ou os Anjos Vingadores, continua sinistro e de mau agouro.[206]

"Homens armados e mascarados passavam furtiva e silenciosamente."
[Geo. Hutchinson, *A Study in Scarlet*, Londres, Ward, Lock Bowden, and Co., 1891]

Um maior conhecimento da organização que produzia esses terríveis resultados serviu para aumentar, em vez de reduzir, o horror que ela inspirava na mente dos homens. Ninguém sabia quem pertencia a essa implacável sociedade. Os nomes dos que participavam dos atos de sangue e violência cometidos em nome da religião eram mantidos em profundo segredo. O próprio amigo a quem você comunicava seus receios em relação ao profeta e sua missão podia ser um daqueles que apareceriam à noite para arrancar a ferro e fogo uma terrível reparação. Assim, todo homem tinha medo de seu vizinho e ninguém falava de seus sentimentos mais vivos.

Numa bela manhã, John Ferrier estava prestes a sair para seus trigais quando ouviu um estalo do trinco e, olhando pela janela, viu um homem de meia-idade,[207] corpulento e grisalho, subindo pela trilha. Sentiu o coração na boca, porque se tratava de ninguém menos que o grande Brigham Young em pessoa. Alarmado — pois sabia que essa visita não prometia nada de bom —, Ferrier correu para abrir a porta e cumprimentar o chefe mórmon. Este, contudo, recebeu sua saudação friamente e acompanhou-o com uma fisionomia severa até a sala de estar.

"Irmão Ferrier", disse, sentando-se e lançando um olhar penetrante para o fazendeiro de sob suas pestanas claras, "os verdadeiros crentes têm sido bons amigos seus. Nós o acolhemos quando morria de fome no deserto, partilhamos com você nossa comida, o levamos em segurança para o Vale Escolhido, demos-lhe um bom quinhão de terra e lhe permitimos enriquecer sob nossa proteção. Não é?"

"É verdade", respondeu John Ferrier.

"Em troca de tudo isso impusemos uma única condição: que abraçasse a verdadeira fé e se conformasse em todos os aspectos a seus costumes. Foi o que você prometeu fazer, e foi o que, se o que todos dizem é verdade, você descuidou."

"Descuidei como?" perguntou John Ferrier, erguendo as mãos em protesto. "Não contribuí para o fundo comum? Não frequentei o Templo? Não..."

"Onde estão suas esposas?" perguntou Young, olhando à sua volta. "Chame-as para que eu possa cumprimentá-las."

"É verdade que não me casei", respondeu Ferrier. "Mas as mulheres eram poucas, e muitos tinham mais direitos que eu. Não era um homem sozinho: tinha minha filha para me ajudar."

"É sobre essa filha que gostaria de lhe falar," disse o líder dos mórmons. "Ela se transformou na flor do Utah e agrada aos olhos de muitos homens grados daqui."

John Ferrier gemeu internamente.

"Correm histórias sobre ela em que eu gostaria de não acreditar... histórias de que está comprometida com um gentio. Deve ser um mexerico de línguas ociosas. Qual é a décima terceira regra no código do são Joseph Smith? 'Que toda donzela da verdadeira fé despose um dos eleitos; pois casando-se com um gentio comete um grave pecado.' Sendo assim, é impossível que você, que professa o santo credo, tolere que sua filha o viole."

Sem nada responder, John Ferrier pôs-se a brincar nervosamente com seu chicote.

"Nesse único ponto toda a sua fé será posta à prova... essa foi a decisão do Sacro Conselho dos Quatro. Sua filha é jovem,[208] e não gostaríamos que se casasse de cabeça grisalha, nem a privaríamos de uma escolha. Nós os anciãos temos muitas novilhas,[209] mas nossos filhos também precisam ter as suas. Stangerson tem um rapaz, Drebber tem outro, qualquer dos dois receberia sua filha de bom grado em sua casa. Que ela escolha entre eles. São jovens e ricos, e verdadeiros crentes. Que me diz disso?"

Ferrier continuou em silêncio por alguns instantes, as sobrancelhas franzidas.

"Dê-nos tempo", disse por fim. "Minha filha é muito nova... mal chegou à idade de se casar."

"Ela terá um mês para escolher", disse Young, levantando-se. "Ao fim desse prazo, terá de dar sua resposta."

Quando passava pela porta, virou-se, o rosto afogueado e os olhos cintilantes. "Seria melhor para vocês, John Ferrier", bradou,

"Quando passava pela porta, virou-se, o rosto afogueado e os olhos cintilantes." [Geo. Hutchinson, *A Study in Scarlet*, Londres, Ward, Lock Bowden, and Co., 1891]

“que os dois fossem agora esqueletos alvacentos caídos na Sierra Blanco do que virem a opor suas débeis vontades às ordens dos Santos Quatro!”[210]

"'Seria melhor para vocês, John Ferrier', bradou, 'que os dois fossem agora esqueletos alvacentos caídos na Sierra Blanco do que virem a opor suas débeis vontades às ordens dos Santos Quatro!'" [Richard Gutschmidt, *Späte Rache*, Stuttgart, Robert Lutz Verlag, 1902]

Com um gesto ameaçador, deu as costas à porta e Ferrier ouviu seus passos pesados esmagando a trilha de seixos.

Continuava sentado, os cotovelos nos joelhos, considerando como abordaria o assunto com a filha, quando uma mão suave pousou sobre seu ombro e, levantando os olhos, ele a viu a seu lado. Uma olhadela em seu rosto pálido, assustado, mostrou-lhe que ela ouvira o que se passara.

“Não pude evitar”, disse ela em resposta ao seu olhar. “A voz dele ressoou por toda a casa. “Ah, pai, pai, que haveremos de fazer?”

“Não se assuste”, respondeu ele, puxando-a para si e acariciando-lhe o cabelo castanho com sua mão grande e áspera. “Resolveremos isso de uma maneira ou de outra. Você não sente sua inclinação por esse rapaz diminuir, não é?”

Um soluço e um aperto de mão foram sua única resposta.

“Não; claro que não. Não gostaria de ouvi-la dizer que sim. Ele é um bom rapaz, e cristão, o que é mais do que se pode dizer desta gente daqui, apesar de todas as suas rezas e pregações. Há um grupo de partida para Nevada amanhã, e darei um jeito de enviar uma mensagem para ele, contando-lhe o apuro em que estamos. Se sei alguma coisa sobre esse rapaz, ele estará aqui de volta com a rapidez de um telegrama.”

Lucy riu por entre as lágrimas da comparação do pai.

“Quando ele chegar, nos aconselhará da melhor maneira. Mas é por você que estou assustada, meu querido. Ouvimos... testemunhamos histórias tão horríveis sobre os que se opõem ao profeta... algo terrível sempre lhes acontece.”

“Mas ainda não nos opusemos a ele”, respondeu o pai. “Teremos de estar preparados para a borrasca quando o fizermos. Mas temos um mês inteiro pela frente; ao fim desse prazo, imagino que o melhor a fazer é fugir de Utah."

"Deixar Utah!"

"Não vejo outra saída."

"Mas e a fazenda?"

"Vamos levantar tudo que pudermos em dinheiro e abandonar o resto. Para lhe dizer a verdade, Lucy, não é a primeira vez que penso em fazer isso. Não gosto de me submeter a nenhum homem, como essa gente com seu maldito profeta. Sou um americano nascido livre, e tudo isso é novo para mim. Acho que estou velho demais para aprender. Se ele vier rondar esta fazenda, corre o risco de topar com uma carga de chumbo grosso viajando na direção oposta."

"Continuava sentado, os cotovelos no joelho." [Geo. Hutchinson, *A Study in Scarlet*, Londres, Ward, Lock Bowden, and Co., 1891]

"Mas não nos deixarão partir", objetou a moça.

"Espere até Jefferson chegar, e encontraremos um jeito. Nesse meio-tempo, não se exaspere, meu bem, e não faça seus olhos incharem, ou ele acabará comigo quando a vir. Não há nada a temer, não corremos nenhum perigo."

John Ferrier pronunciou essas palavras de consolo num tom muito confiante, mas a filha não pôde deixar de observar que ele trancou as portas com inusitado cuidado aquela noite e limpou e carregou cuidadosamente a velha e enferrujada espingarda que ficava pendurada na parede de seu quarto.

Notas

202. A Inquisição espanhola, um tribunal destinado a julgar acusados de heresia da Igreja Católica Romana, foi estabelecida em 1478 por Fernando e Isabel. O papa da época, Sisto IV, havia dado aos soberanos espanhóis sua aprovação papal; não tardou, porém, a lamentar ter concedido tão amplos poderes eclesiásticos à corte real, que não precisava prestar contas a Roma com relação a seus procedimentos secretos e ao uso da tortura. Os réus não tinham direito a advogados, e os que eram condenados à execução tinham suas propriedades confiscadas e distribuídas entre membros da coroa, a Igreja e os acusadores. Embora o tribunal tenha sido instituído originalmente para investigar judeus que haviam se convertido à fé (*conversos*), com o tempo se estendeu a muçulmanos convertidos, protestantes e pessoas acusadas de outros crimes. Somente na Espanha, até 1809, mais de 340.000 pessoas foram mortas por um método ou outro em nome da Inquisição.

203. Ver nota 158.

204. Ver nota 160.

205. Durante o período da colonização mórmon no Missouri, a liderança previamente inconteste de Smith começou a mostrar fissuras, e ele passou a ser criticado fora da comunidade e, na surdina, dentro de suas próprias fileiras. A *Encyclopaedia Britannica* de 1888 (9ª ed.) relatou que "sua flagrante devassidão havia repelido muitos de seus principais adeptos e gerado dissensões internas, enquanto seus confrades eram importunados e ameaçados a partir de fora pela hostilidade crescente dos missourianos nativos".

Os seguidores mais devotados de Smith uniram-se em sua defesa. Os danitas, ou filhos de Dã, eram uma sociedade secreta organizada no Missouri em 1838 pelo Dr. Samson Avard, um convertido recente à Igreja. (A tribo de Dã original foi um dos 12 grupos de israelitas que mais tarde se tornariam o povo judaico. Dã foi o quinto filho de Jacó.) Embora a organização jurasse vingança contra todos os que se opusessem à Igreja, tinha também ambições mais amplas. Seu propósito, segundo a *Britannica*, era apoiar Smith "sob quaisquer riscos, sustentar a autoridade de sua revelação e de seus decretos como superiores à lei da terra, e ajudá-lo a se apossar, primeiro do estado, depois dos Estados Unidos e finalmente do mundo".

O próprio Smith não se mostrava muito propenso a tolerar esse tipo de "apoio". Ao saber da existência dos danitas, dispersou o grupo e excomungou Avard antes que quaisquer atos de vingança pudessem ser levados a cabo. "Apesar disso", escreve Tracy em *Saints*, "as depredações do 'Bando Danita, ou os Anjos Vingadores' figuraram na literatura antimórmon por mais 50 anos após sua abolição". Tracy assegura que não existe nenhuma evidência de que a sociedade tenha se envolvido em quaisquer atividades em Utah.

206. Michael Harrison, em *In the Footsteps of Sherlock Holmes*, explica que o inglês vitoriano médio via os mórmons como "traficantes de escravas brancas", que raptavam mocinhas que trabalhavam como criadas e as levavam para Utah. "Houve tumultos por causa dos mórmons, especialmente quando as criadas [que comparavam] sua sorte como domésticas com as perspectivas oferecidas pela vida num estado que nunca conhecera o desemprego, ... partiam voluntariamente e em massa. ... Ao registrar o caso de *Um estudo em vermelho*, Watson deve ter reforçado em muitos dos britânicos mais tradicionais a ideia de que não havia nada mais perverso que um mórmon."

207. Os fatos que se seguem revelam que se estava em 1860, quando Brigham Young tinha 49 anos.

208. Lucy, que tinha quatro anos em 1847, tinha de fato 18 em 1860.

209. As edições em livro inglesas e americanas incluem aqui a seguinte nota de rodapé (provavelmente acrescentada por Arthur Conan Doyle): "Heber C. Kemball, em um de seus sermões, alude às suas cem esposas com esse afetuoso epíteto."

210. De fato, os "Santos Quatro" foi uma invenção literária. Após a morte de Smith, a Igreja votou por depositar a autoridade suprema nas mãos do "*Quorum* dos Doze", ou os "Doze Apóstolos", encabeçados por Brigham Young.

IV. Fuga desesperada

Na manhã que se seguiu à sua conversa com o profeta mórmon, John Ferrier foi a Salt Lake City e, tendo encontrado seu conhecido que estava de partida para as montanhas de Nevada, confiou-lhe sua mensagem para Jefferson Hope. Nela, contava ao rapaz o iminente perigo que os ameaçava e dizia-lhe o quanto seu retorno era necessário. Isso feito, sentiu-se mais tranquilo e voltou para casa com o coração mais leve.

Ao se aproximar de sua fazenda, teve a surpresa de ver um cavalo amarrado em cada um dos mourões da porteira. Mais surpreso ainda ficou quando, ao entrar, deparou com dois rapazes instalados na sala de estar. Um, com um rosto pálido e comprido, estava recostado na cadeira de balanço, os pés sobre o fogão. O outro, um jovem de pescoço taurino e traços inchados e grosseiros, estava de pé em frente à janela, as mãos nos bolsos, assobiando um hino popular. Ambos cumprimentaram Ferrier com a cabeça quando ele entrou, e o que estava na cadeira de balanço iniciou a conversa.

"Talvez não nos conheça", disse. "Este é o filho de Elder Drebber e eu sou Joseph Stangerson, que viajou com o senhor no deserto quando o Senhor estendeu Sua mão e o recolheu ao verdadeiro aprisco."

"Como fará com todas as nações quando Lhe aprouver", disse o outro com uma voz nasalada. "Ele mói devagar, mas a farinha é finíssima."

John Ferrier assentiu com a cabeça friamente. Adivinhara quem eram seus visitantes.

"Viemos", continuou Stangerson, "a conselho de nossos pais para pedir a mão de sua filha para aquele de nós que possa parecer bom ao senhor e a ela. Como tenho apenas quatro mulheres e o irmão Drebber aqui tem sete, parece-me que tenho mais direito."

"Não, não, irmão Stangerson", exclamou o outro; "a questão não é quantas esposas temos, mas quantas podemos sustentar. Meu pai acaba de me dar seus moinhos, e sou o mais rico."

"Mas minhas perspectivas são melhores", contestou o outro vivamente. "Quando o Senhor levar meu pai, terei seu curtume e sua fábrica de couro. Depois, sou o mais velho e tenho posição mais elevada na Igreja."

"Caberá à donzela decidir", replicou o jovem Drebber, sorrindo para seu próprio reflexo no espelho. "Entreguemos a ela a decisão."

Durante esse diálogo, John Ferrier permanecera junto à porta, furioso, tentando se conter para não estalar o chicote nas costas de seus dois visitantes.

"Ouçam", disse por fim, caminhando na direção deles, "quando minha filha os chamar, poderão vir, mas até lá não quero ver suas caras de novo."

Os dois jovens mórmons olharam-no espantados. A seu ver, a competição entre eles pela mão da donzela era a mais elevada das honrarias tanto para ela quanto para o pai.

"Há duas maneiras de sair desta sala", exclamou Ferrier; "há a porta e há a janela. Qual preferem usar?"

Seu rosto moreno parecia tão furioso, e suas mãos descarnadas tão ameaçadoras, que os visitantes se levantaram de um salto e saíram às pressas. O velho fazendeiro seguiu-os até a porta.

"Avisem-me quando tiverem decidido qual dos dois será o noivo", disse sardonicamente.

"Você pagará por isto!" gritou Stangerson, branco de raiva. "Desafiou o profeta e o Conselho dos Quatro. Há de se arrepender até o fim de seus dias."

"A mão do Senhor pesará sobre a sua cabeça", gritou o jovem Drebber; "Ele se erguerá e o destruirá!"

"Então começo eu a destruição", exclamou Ferrier, furioso, e teria corrido ao andar superior para pegar sua espingarda se Lucy não o tivesse agarrado pelo braço e contido. Antes que ele conseguisse escapar dela, o tropel das

"'Você pagará por isto!' gritou Stangerson, branco de raiva." [Geo. Hutchinson, *A Study in Scarlet*, Londres, Ward, Lock Bowden, and Co., 1891]

patas dos cavalos lhe disse que eles estavam fora de seu alcance.

"Esses velhacos hipócritas!" exclamou, enxugando o suor da testa. "Prefiro vê-la morta, minha menina, a vê-la casada com qualquer dos dois."

"Eu também prefiro a morte, pai", respondeu ela vivamente; "mas Jefferson logo estará aqui."

"Sim. Não irá demorar a chegar. Quanto antes melhor, pois não sabemos qual poderá ser a próxima jogada deles."

Já era hora, de fato, de que alguém capaz de aconselhar viesse em socorro do velho e resoluto fazendeiro e sua filha adotiva. Em toda a história da colônia, nunca houvera um caso semelhante de flagrante desobediência à autoridade dos anciãos. Se erros menores eram punidos tão severamente, qual poderia ser o destino desse arquirrebelde? Ferrier sabia que sua fortuna e posição de nada lhe valeriam. Outros tão bem reputados e ricos quanto ele haviam sido raptados antes e seus bens dados à Igreja. Era um homem corajoso, mas tremia ante os terrores vagos e incertos que pairavam sobre si. Poderia enfrentar qualquer perigo conhecido com destemor, mas esse suspense era enervante. Ocultou seus medos da filha, porém, e fingiu fazer pouco de tudo aquilo, embora ela, com os olhos argutos do amor, visse claramente que ele estava aflito.

Ele esperava receber alguma mensagem ou advertência de Young com relação à sua conduta, e não estava enganado, embora ela tenha vindo de maneira inesperada.

"Um quadradinho de papel espetado na coberta de sua cama." [Geo. Hutchinson, *A Study in Scarlet*, Londres, Ward, Lock Bowden, and Co., 1891]

Ao se levantar na manhã seguinte, encontrou, para sua surpresa, um quadradinho de papel espetado na coberta de sua cama, bem em cima de seu peito. Nele se lia, em letras de forma nítidas e apartadas:

Você tem vinte e nove dias para se corrigir; depois...

As reticências eram mais amedrontadoras do que qualquer ameaça poderia ter sido. Como esse aviso chegara ao seu quarto deixou John Ferrier terrivelmente intrigado, pois seus criados dormiam num anexo e todas as portas e janelas haviam sido bem fechadas. Ele amassou o papel e nada disse à filha, mas o incidente lhe gelou o sangue nas veias. Os vinte e nove dias eram evidentemente o que restava do mês que Young prometera. Que força ou coragem poderia valer contra um inimigo armado de tão misteriosos poderes? A mão que espetara aquele alfinete poderia tê-lo atingido no coração, e ele jamais saberia quem o matara.

Ficou ainda mais abalado na manhã seguinte. Haviam sentado para o desjejum quando Lucy, com um grito de surpresa, apontou para cima. No centro do teto estava rabiscado, aparentemente com um tição apagado, o nº28. Para sua filha isso pareceu ininteligível, e ele não a esclareceu. Nessa noite ele ficou de vigília com sua arma. Não viu nem ouviu nada, mas de manhã havia um grande 27 pintado do lado de fora de sua porta.

"No centro do teto estava rabiscado, aparentemente com um tição apagado, o nº28." [Charles Doyle, *A Study in Scarlet*, Londres/Nova York, Ward, Lock & Co., 1888]

Assim foi, dia após dia; e, tão infalivelmente quanto a chegada da manhã, ele descobria que seus inimigos invisíveis haviam mantido seu registro, e marcado em algum lugar bem patente quantos dias anda lhe restavam do mês de graça. Por vezes os números fatais apareciam nas paredes, outras vezes nos assoalhos, ocasionalmente estavam em pequenos cartazes presos no portão do jardim ou nas grades. Com toda a sua vigilância, John Ferrier não conseguiu descobrir de onde esses avisos diários provinham. Era tomado por um horror quase supersticioso à vista deles. Ficou abatido e agitado, e seus olhos tinham a expressão perturbada de um animal acossado. Só lhe restava agora uma esperança na vida, a chegada do jovem caçador de Nevada.

Vinte transformara-se em quinze e quinze em dez, mas não havia notícias do ausente. Um a um os números diminuíam, e continuava não havendo nem sinal dele. Sempre que um cavaleiro galopava pela estrada, ou um cocheiro gritava com sua parelha, o velho fazendeiro corria à porteira, pensando que a ajuda finalmente chegara. Por fim, quando viu cinco dar lugar a quatro, e quatro a três, esmoreceu, e abandonou toda esperança de fuga. Sem ajuda, e com seu limitado conhecimento das montanhas que cercavam a colônia, sabia-se impotente. As estradas mais frequentadas eram rigorosamente vigiadas e guardadas, e ninguém podia transitar por elas sem uma autorização do Conselho. Para onde quer que se virasse, parecia não haver como evitar o golpe que pairava sobre ele. O velho, entretanto, nunca vacilou em sua resolução de renunciar à própria vida antes de consentir no que via como a desonra da filha.

Uma noite, estava sentado sozinho refletindo profundamente sobre suas tribulações, e procurando em vão algum meio de contorná-las. Essa manhã mostrara o no2 na parece de sua casa e o dia seguinte seria o último do tempo concedido. O que aconteceria então? Todo tipo de fantasias vagas e terríveis invadia-lhe a imaginação. E sua filha... que seria dela depois que ele tivesse partido? Não haveria nenhuma saída da rede invisível lançada sobre eles? Baixando a cabeça sobre a mesa, soluçou à ideia de sua própria impotência.

O que era aquilo? No silêncio, ouviu um leve rumor de madeira arranhada... baixo, mas muito nítido na quietude da noite. Vinha da porta da casa. Ferrier esgueirou-se até o vestíbulo e ouviu atentamente. Após alguns instantes de pausa, o som baixo e insidioso recomeçou. Alguém estava evidentemente batendo muito de leve sobre os painéis da porta. Seria algum assassino da meia-noite que viera levar a cabo as ordens homicidas do tribunal secreto? Ou algum agente assinalando que o último dia de graça havia chegado? Pareceu a John Ferrier que uma morte imediata seria melhor que o suspense que lhe abalava os nervos e gelava o sangue. Dando um salto, puxou o ferrolho e abriu a porta.

Lá fora tudo estava calmo e silencioso. Era uma bela noite e as estrelas brilhavam no céu. O pequeno jardim fronteiro estendia-se diante dos olhos do fazendeiro, limitado pela cerca e a porteira, mas nem ali nem na estrada havia vivalma. Com um suspiro de alívio, Ferrier olhou para a direita e a esquerda, até que, baixando os olhos por acaso para os próprios pés, viu, para seu espanto, um homem deitado de bruços no chão, braços e pernas abertos.

"Viu, para seu espanto, um homem deitado de bruços no chão." [Richard Gutschmidt, *Späte Rache*, Stuttgart, Robert Lutz Verlag, 1902]

Ficou tão perturbado a essa visão que se encostou na parede com a mão na garganta para sufocar o impulso de gritar. Seu primeiro pensamento foi que a figura prostrada era um homem ferido ou moribundo, mas, ao observá-lo, viu que se retorcia pelo chão e entrava no vestíbulo com a rapidez e o silêncio de uma serpente. Uma vez dentro da casa, o homem levantou-se de um salto, fechou a porta, e revelou ao espantado fazendeiro o semblante arrebatado e resoluto de Jefferson Hope.

"Viu, para seu espanto, um homem deitado de bruços no chão." [Geo. Hutchinson, *A Study in Scarlet*, Londres, Ward, Lock Bowden, and Co., 1891]

"Meu Deus!" disse Ferrier com voz entrecortada. "Que susto você me deu! Por que entrou dessa maneira?"

"Dê-me comida", respondeu o outro com voz rouca. "Não tive tempo para comer ou beber há quarenta e oito horas." Jogou-se sobre a carne fria e o pão que ainda estavam sobre a mesa, do jantar do anfitrião, e devorou-os vorazmente. "Lucy está suportando bem a situação?" perguntou depois de saciado.

"Está. Ela ignora o perigo", respondeu o pai.

"Ao observá-lo, viu que se retorcia pelo chão."
[D.H. Friston, *Beeton's Christmas Annual*, 1887]

"Isso é bom. A casa está sendo vigiada por todos os lados. Foi por isso que entrei me arrastando. Eles podem ser muito espertos, mas não o bastante para apanhar um caçador washoe."[211]

John Ferrier sentiu-se outro homem, agora que sabia ter um aliado devotado. Tomou a mão rija do homem e apertou-a cordialmente. "Orgulho-me de você", disse. "Não são muitos que viriam partilhar nosso perigo e nossas tribulações."

"Isso mesmo, companheiro", respondeu o jovem caçador. "Tenho respeito por você, mas, se eu estivesse sozinho nesse negócio, pensaria duas vezes antes de enfiar a cabeça nesse vespeiro. Foi Lucy quem me trouxe aqui, e, antes que algum mal lhe aconteça, haverá um a menos da família Hope em Utah."

"Que devemos fazer?"

"Amanhã é seu último dia, e a menos que aja esta noite, está perdido. Tenho um burro e dois cavalos esperando no cânion da Águia. Quanto dinheiro você tem?"

"Dois mil dólares em ouro e cinco em notas."[212]

"Será o bastante. Tenho outro tanto para acrescentar a isso. Temos que seguir para Carson City[213] através das montanhas. É melhor acordar Lucy. Ainda bem que os criados não dormem na casa."

Enquanto Ferrier estava ausente, preparando a filha para a viagem iminente, Jefferson arrumou todos os alimentos que conseguiu encontrar num pequeno embrulho e encheu uma jarra de louça de água, pois sabia por experiência que na montanha os poços eram raros. Mal concluíra seus arranjos quando o fazendeiro voltou com a filha já vestida e pronta para partir. O cumprimento dos namorados foi cálido, mas breve, porque os minutos eram preciosos e havia muito a fazer.

"Temos de partir imediatamente", disse Jefferson Hope, falando baixo, mas num tom resoluto, como alguém que compreende a extensão do perigo, mas revestiu-se de coragem para enfrentá-lo. "As entradas da frente e dos fundos estão sendo vigiadas, mas com cuidado podemos sair pela janela lateral e atravessar os campos. Chegando à estrada, estaremos a apenas pouco mais de três quilômetros da ravina onde os cavalos esperam. Ao raiar do dia estaremos a meio caminho, nas montanhas."

"E se formos detidos?" perguntou Ferrier.

Hope deu uma batida no cabo do revólver que se projetava da frente de sua túnica. "Se eles forem numerosos demais para nós, levaremos dois ou três conosco", disse com um sorriso sinistro.

Todas as luzes dentro da casa haviam sido apagadas, e da janela escura Ferrier espreitou os campos que haviam sido seus e que agora estava prestes a abandonar. Mas há muito tomara coragem para o sacrifício, e a ideia da honra e felicidade da filha compensava qualquer pesar pela virada de sua sorte. Tudo parecia tão sossegado e feliz, as árvores farfalhantes e os campos silenciosos, que era difícil acreditar que ali se emboscava uma ameaça de morte.

Ferrier levava o saco de ouro e notas, Jefferson Hope, as escassas provisões e a água, enquanto Lucy carregava uma trouxinha com alguns de seus pertences mais estimados. Abrindo a janela com muito vagar e cuidado, esperaram que uma nuvem obscurecesse um pouco a noite e então, um por um, saltaram no pequeno jardim. Atravessaram-no aos tropeços, agachados e contendo a respiração, e ganharam o abrigo da sebe, que margearam até chegarem à abertura que dava para o milharal. Haviam acabado de chegar a esse ponto quando o rapaz agarrou os dois companheiros e puxou-os para a sombra, onde ficaram quietos e trêmulos.

Era uma sorte que o aprendizado na pradaria tivesse dado a Jefferson Hope ouvidos de lince. Ele e os amigos haviam se agachado ao ouvir o pio melancólico de uma coruja da montanha a poucos metros de si, imediatamente respondido por outro pio a pouca distância. No mesmo instante um vulto indistinto emergiu da abertura para onde se dirigiam e lançou de novo o grito queixoso; a esse sinal, um segundo homem apareceu na obscuridade.

"Amanhã à meia-noite", disse o primeiro, que parecia estar no comando, "quando o bacurau gritar três vezes."

"Está bem", retrucou o outro. "Devo contar ao irmão Drebber?"

"Conte a ele, e ele que conte aos outros. Nove por sete!"

"Sete por cinco!" repetiu o outro; e os dois vultos afastaram-se rapidamente em direções diferentes. Suas últimas palavras haviam sido evidentemente alguma forma de senha e contrassenha.[214] Quando o ruído de seus passos desapareceu na distância, Jefferson se levantou, e, após ajudar seus companheiros a passar pela abertura, guiou-os através dos campos o mais rápido que pôde, apoiando e quase carregando a moça quando as forças pareciam lhe faltar.

"Depressa! Depressa!" dizia vez por outra, ofegante. "Atravessamos a linha das sentinelas. Tudo depende da rapidez. Depressa!"

Após alcançar a estrada, avançaram rapidamente. Só uma vez encontraram alguém, mas conseguiram escapulir para um campo e assim evitar que os reconhecessem. Antes de chegar à cidade o caçador desviou-se por uma trilha acidentada e estreita que levava às montanhas. Dois picos escuros e recortados assomavam acima deles através da escuridão e o desfiladeiro que os separava era o cânion da Águia, onde os cavalos os esperavam. Com instinto certeiro, Jefferson Hope encontrava o caminho por entre os grandes penedos e pelo leito de um ribeirão seco, até chegar ao canto retirado, protegido por rochas, onde os fiéis animais haviam sido amarrados. A moça foi posta sobre o burro e o velho Ferrier sobre um dos cavalos, com seu saco de dinheiro, enquanto Jefferson Hope conduzia o outro pelo caminho íngreme e perigoso.

Era um caminho desnorteante para quem quer que não estivesse acostumado a enfrentar a Natureza em seu ânimo mais enfurecido. De um lado um grande penhasco elevava-se a trezentos metros ou mais, negro, inexorável e ameaçador, com longas colunas basálticas sobre sua áspera superfície como as costelas de um monstro petrificado. Do outro lado, um caos de matacões e escombros tornava todo avanço impossível. Entre os dois corria a trilha irregular, tão estreita em alguns lugares que eles tinham de viajar em fila indiana, e tão acidentada que só os mais experientes cavaleiros teriam podido percorrê-la. Contudo, apesar de todos os perigos e dificuldades, os fugitivos avançavam com o coração leve, porque cada passo aumentava a distância que os separava do terrível despotismo de que fugiam.

Logo tiveram uma prova, porém, de que ainda estavam na jurisdição dos Santos. Haviam alcançado a parte mais árdua e desolada do passo quando a moça apontou para a frente com um grito assustado. Sobre uma rocha a sobranceiro do caminho, destacando-se escura e nítida contra o céu, postava-se uma solitária sentinela. O homem os viu assim que eles o notaram e sua interpelação militar de "Quem vem lá?" ecoou pela grota silenciosa.

"Viajantes a caminho de Nevada", respondeu Jefferson Hope, a mão na carabina que lhe pendia da sela.

Puderam ver o vigilante solitário manuseando sua arma e examinando-os como se insatisfeito com sua resposta.

"Com permissão de quem?" perguntou.

"Dos Santos Quatro", respondeu Ferrier. Sua experiência com os mórmons lhe ensinara que essa era a mais elevada autoridade a que podia se referir.

"'Nove por sete', gritou a sentinela."
[Richard Gutschmidt, *Späte Rache*, Stuttgart, Robert Lutz Verlag, 1902]

"Nove por sete", gritou a sentinela.

"Sete por cinco", respondeu Jefferson Hope prontamente, lembrando-se da contrassenha que ouvira no jardim.[215]

"Passem, e que Deus os acompanhe", disse a voz do alto. Além de seu posto o caminho se alargava, e os cavalos puderam seguir a trote. Olhando para trás, puderam ver o vigilante solitário apoiado sobre sua arma, e sabiam que haviam transposto o último posto do povo escolhido e que a liberdade se estendia diante de si.

Notas

211. A cadeia de montanhas Washoe é parte das Montanhas Virginia no noroeste de Nevada. O nome é partilhado pela tribo Washoe da área próxima ao lago Tahoe, mas com "caçador *Washoe*" Hope está sem dúvida se referindo a si próprio.

212. A. Carson Simpson em "A very treasury of coin of divers realms", conjectura que os "dois mil dólares em ouro" de Ferrier consistiam em "moedas de ouro privadamente cunhadas — na realidade fichas — usadas nessa época no faroeste; são frequentemente referidas como ouro 'de pioneiro' ou 'territorial'". Simpson acrescenta que o tesouro devia incluir também fichas cunhadas pelos próprios mórmons. Estas foram emitidas pela primeira vez em 1849.

213. A cidade, assim chamada em homenagem ao explorador Kit Carson, foi fundada em 1858 e feita capital de Nevada quando o território se tornou um estado em 1864. Embora sua população oficial em 1880 fosse de apenas 4.229 pessoas, Carson City representava o coração da região de mineração de prata na época. A mais rica jazida de prata do estado foi descoberta em 1859 no Comstock Lode, a cerca de 25km de distância; copiosas quantidades de prata eram levadas ao rio Carson, tratadas e vendidas na cidade. Para cunhar a prata, o governo federal fundou uma casa da moeda em Carson City.

Mark Twain, que viveu e trabalhou em Carson City e arredores no final dos anos 1870 e início dos anos 1880, descreveu suas paisagens em *Roughing It* (1891), chamando Carson City de "uma cidade 'inexpressiva'. ... A rua principal consistia de quatro ou cinco quarteirões de lojinhas de vigamento branco, altas demais para que alguém se sentasse sobre elas, mas não altas demais para vários outros fins; de fato, mal eram altas o bastante. Comprimiam-se umas contra as outras, lado a lado, como se faltasse espaço naquela enorme planície."

214. Ben Vizoskie, em "Who wrote the American chapters of *A Study in Scarlet*?", faz a engenhosa sugestão de que "sete por cinco" é uma referência abreviada ao Livro de Mosias, do *Livro do Mórmon*, cap.7, versículo 25: "Mas maldito seja aquele que tem a lei dada, sim, que tem todos os mandamentos de Deus, como a nós, e que os transgrediu e desperdiçou os dias de sua provação, pois horrível é seu estado" — uma frase que parece realmente adequada em se tratando de John Ferrier. Vizoskie afirma também que "nove por sete" refere-se ao cap.9, versículo 27, do Livro de Nephi: "Pois se esse povo não tivesse caído em transgressão, o Senhor não teria tolerado que esse grande mal lhes sobreviesse", o que poderia se aplicar aos vingadores mórmons. As citações completas teriam sido inapropriadas como senhas, explica Vizoskie, por isso as referências eram usadas em seu lugar. Anos mais tarde, Hope só conseguiu se lembrar dos números e omitiu as referências aos Livros.

Em discussões com este editor, Vizoskie agora corrige sua sugestão: as referências eram à versão secreta, *inédita*, do *Livro do Mórmon*, conhecida unicamente pelos anciãos e seus agentes. O *Livro do Mórmon* não foi publicado com referências de capítulo e versículo até a edição de 1879 organizada por Orson Pratt. Para uma fascinante história bibliográfica dessa importante obra, ver, de Thomas W. Mackay, "Mormon as editor: A study in colophons, headers and source indicators".

215. No *Beeton's* e nas edições inglesas em livro, a senha e contrassenha são dadas como "nove *de* sete" e "sete *de* cinco".

V. Os Anjos Vingadores

Durante toda a noite seu trajeto se estendeu através de desfiladeiros intricados e caminhos irregulares semeados de pedras. Perderam-se mais de uma vez, mas o profundo conhecimento que Hope tinha das montanhas lhes permitiu reencontrar de novo a pista. Quando a manhã rompeu, um cenário de maravilhosa beleza, ainda que selvagem, abria-se à sua frente. Por todas as direções os grandes picos nevados os acuavam, espreitando, sobre os ombros uns dos outros, o horizonte longínquo. Tão escarpadas eram as encostas rochosas de cada lado deles que o lariço e o pinheiro pareciam suspensos sobre suas cabeças, precisando de apenas uma lufada de vento para despencar sobre eles. Esse medo não era de todo ilusório, pois o vale estéril estava juncado de árvores e penedos que haviam tombado de maneira similar. No momento mesmo em que passavam, uma grande pedra veio abaixo e caiu com um estrépito rouco que ecoou nas gargantas silenciosas e assustou os cavalos fatigados, que se puseram a galopar.

Quando o sol se levantou lentamente acima do horizonte leste, os picos das grande montanhas se iluminaram um após outro, como as lanternas de uma festa, até estarem todos vermelhos e fulgurantes. O magnífico espetáculo alegrou os corações dos três fugitivos e lhes deu novas forças. Junto a uma torrente impetuosa que se precipitava de uma ravina, fizeram uma parada e deram água aos cavalos, enquanto partilharam um apressado desjejum. Lucy e o pai teriam preferido descansar mais, mas Jefferson Hope foi inexorável. "A esta altura, já devem estar no nosso encalço", disse. "Tudo depende de nossa rapidez. Depois de chegar ilesos a Carson, poderemos descansar pelo resto de nossas vidas."

Durante todo aquele dia, lutaram através dos desfiladeiros, e à tarde calcularam que estavam a quase cinquenta quilômetros dos inimigos. Durante a noite, escolheram a base de um penhasco saliente, onde as pedras ofereciam alguma proteção contra o vento gélido e ali, aconchegados uns aos outros para se aquecer, gozaram de algumas horas de sono. Antes do romper do dia, contudo, estavam novamente de pé e a caminho. Não haviam visto nenhum sinal de perseguidores, e Jefferson Hope começou a pensar que estavam de fato fora do alcance da organização em cuja inimizade haviam incorrido. Mal sabia quão longe aquela mão de ferro podia alcançar, ou o quanto estava próxima de se fechar sobre eles e esmagá-los.

Por volta da metade do segundo dia de sua fuga, suas escassas provisões começaram a acabar. Isso não preocupou muito o caçador, porém, porque não faltava caça nas montanhas e muitas vezes antes ele tivera de depender de sua carabina para sobreviver. Escolhendo um canto abrigado, empilhou alguns galhos secos e fez uma bela fogueira, junto à qual seus companheiros puderam se aquecer, porque estavam agora a quase mil e quinhentos metros acima do nível do mar e o ar era ríspido e cortante. Depois de amarrar os cavalos e se despedir de Lucy, ele jogou a carabina sobre o ombro e partiu em busca do que quer que a sorte lançasse em seu caminho. Olhando para trás, viu o velho e a moça agachados junto ao fogo, enquanto os três animais permaneciam imóveis ao fundo. Depois as rochas os ocultaram de sua visão.

Caminhou por alguns quilômetros por um barranco atrás de outro sem nada encontrar, embora pelas marcas na casca das árvores e outros indícios concluísse que havia muitos ursos nas vizinhanças. Finalmente, após duas ou três horas de busca infrutífera, estava pensando em voltar, desalentado, quando, erguendo os olhos, teve uma visão que lhe deixou o coração extasiado. Na borda de um pináculo saliente, cerca de cem metros acima dele, havia um animal que se assemelhava um pouco a um carneiro, mas era dotado de um par de chifres gigantescos. O carneiro selvagem —

pois assim ele é chamado — estava agindo, provavelmente, como guardião para um rebanho invisível para o caçador; felizmente, porém, estava virado na direção oposta e não o percebera. Deitando de bruços, ele apoiou a carabina numa rocha e mirou com muita calma e firmeza antes de puxar o gatilho. O animal deu um salto no ar, cambaleou por algum tempo na beira do precipício, e caiu estrondosamente no vale a seus pés.

Como a criatura era pesada demais para ser erguida, o caçador se contentou em cortar-lhe uma coxa e parte do flanco. Com esse troféu sobre o ombro, apressou-se em voltar sobre seus passos, pois a tarde já findava. Mal se pusera a caminho, porém, percebeu a dificuldade que enfrentava. Em sua animação, deixara muito para trás as ravinas que lhe eram conhecidas, e não era fácil descobrir por que caminho viera. O vale em que se encontrava se dividia e subdividia em muitas gargantas, tão parecidas entre si que era impossível distingui-las. Seguiu por quase dois quilômetros, até que chegou a uma torrente que tinha certeza de nunca ter visto antes. Convencido de que tomara o desvio errado, tentou outro, mas com o mesmo resultado. A noite caía rapidamente, e estava quase escuro quando ele finalmente se viu num desfiladeiro que lhe era familiar. Mesmo então não foi fácil manter o sendeiro certo, porque a lua ainda não surgira,[216] e os altos rochedos dos dois lados tornavam a escuridão mais profunda. Oprimido por seu fardo, e exaurido pelo esforço, avançou aos tropeços, animando-se com a ideia de que cada passo o aproximava de Lucy e de que carregava consigo o suficiente para alimentá-los pelo resto da viagem.

Chegara agora à boca daquele mesmo desfiladeiro em que os deixara. Mesmo nas trevas podia reconhecer o perfil dos rochedos que o delineavam. Eles deviam, pensou, estar ansiosos à sua espera, pois passara quase cinco horas ausente. Em sua alegria, levou as mãos à boca e emitiu um brado forte que ecoou pelo vale, para avisar que estava chegando. Fez uma pausa à espera de resposta. Não ouviu nenhuma, senão seu próprio grito, que ressoava pelas lúgubres ravinas e era trazido de volta a seus ouvidos em incontáveis repetições. Gritou de novo, mais alto que antes, e novamente não lhe chegou sequer um sussurro dos amigos que deixara havia tão pouco tempo. Tomado por um terror vago, sem nome, saiu numa corrida desabalada, deixando a preciosa carga cair em sua agitação.

Quando transpôs a curva, viu de cheio o lugar onde a fogueira ardera. Ainda havia ali um monte incandescente de cinzas, mas o fogo evidentemente não havia sido alimentado desde a sua partida. O mesmo silêncio absoluto ainda reinava nas cercanias. Com seus temores transformados em convicção, avançou. Não havia nenhum ser vivo perto dos restos da fogueira: animais, homem, donzela, todos haviam desaparecido. Era patente que um desastre súbito e terrível ocorrera durante a sua ausência — um desastre que os envolvera a todos e não deixara vestígios.

Aturdido pelo golpe, Jefferson Hope sentiu a cabeça girar, e teve de se apoiar sobre a carabina para não cair. Mas era essencialmente um homem de ação, e recuperou-se rapidamente de sua impotência temporária. Passando a mão num pedaço de madeira semiconsumido na fogueira latente, soprou-o até inflamá-lo e com ele pôs-se a examinar o pequeno acampamento. O solo estava todo marcado por patas de cavalo, mostrando que um grande grupo de cavaleiros surpreendera os fugitivos, e a direção dessas marcas mostrava que em seguida eles haviam voltado para Salt Lake City. Teriam levado consigo seus dois companheiros? Jefferson Hope havia quase se convencido disso quando seus olhos caíram sobre um objeto que fez cada nervo de seu corpo formigar. Um pouco adiante, de um lado do acampamento, havia um monte achatado de terra avermelhada que certamente não estava ali antes. Tratava-se inconfundivelmente de um túmulo recém-cavado. Ao se aproximar, o jovem caçador percebeu que nele fora fincada uma vareta, com uma folha de papel espetada na forquilha. Os dizeres no papel eram breves, mas precisos:

"Os dizeres no papel eram breves, mas precisos." [Geo. Hutchinson, *A Study in Scarlet*, Londres, Ward, Lock Bowden, and Co., 1891]

JOHN FERRIER,
QUE VIVEU EM SALT LAKE CITY
Faleceu em 4 de agosto de 1860

Então o velho vigoroso, que ele deixara havia tão pouco, estava morto, e esse era seu único epitáfio. Em desespero, Jefferson Hope olhou à sua volta para ver se havia um segundo túmulo, mas não viu nenhum sinal disso. Lucy fora levada de volta por seus terríveis perseguidores para cumprir seu destino original, ingressando no harém do filho de um ancião. Quando o rapaz compreendeu a inexorabilidade desse destino, e sua própria impotência para evitá-lo, desejou estar, também ele, jazendo com o velho fazendeiro em sua última e silenciosa morada.

"John Ferrier, que viveu em Salt Lake City. Faleceu a 4 de agosto de 1860."
[Richard Gutschmidt, *Späte Rache*, Stuttgart, Robert Lutz Verlag, 1902]

Mais uma vez, no entanto, seu espírito enérgico sacudiu a letargia que brota da desesperança. Se nada mais lhe restava, podia ao menos devotar sua vida à vingança. Além de indômita paciência e perseverança, Jefferson Hope possuía também uma disposição implacavelmente vingativa que talvez tivesse assimilado dos índios em cujo meio vivera. De pé junto à fogueira desolada, sentiu que a única coisa que poderia mitigar sua dor seria a total e completa desforra imposta por suas próprias mãos aos inimigos. Sua vontade forte e energia incansável seriam, decidiu, dedicadas a esse único fim. Com um sorriso, o semblante lívido, ele voltou sobre seus passos até onde deixara cair a comida e, tendo atiçado o fogo, cozinhou o bastante para lhe durar por alguns dias. Arrumou tudo numa trouxa e, por cansado que estivesse, pôs-se a caminhar de volta através das montanhas no rastro dos Anjos Vingadores.

Durante cinco dias arrastou-se penosamente, exausto e com os pés doloridos, através dos desfiladeiros que já percorrera a cavalo. À noite deitava-se entre as rochas e furtava algumas horas de sono; antes do romper do dia, porém, estava sempre a caminho. No sexto dia chegou ao cânion da Águia, onde haviam começado sua malfadada fuga. Dali podia contemplar lá embaixo a terra dos Santos. Esgotado, apoiou-se na carabina e sacudiu furiosamente a mão descarnada sobre a cidade silenciosa esparramada a seus pés. Olhando-a, notou que havia bandeiras em algumas das ruas principais e outros sinais de festividade. Ainda perguntava a si mesmo o que isso podia significar quando ouviu o ruído de cascos de cavalo e viu um cavaleiro vindo em sua direção. Quando ele se aproximou, reconheceu um mórmon chamado Cowper, a quem prestara serviços algumas vezes. Abordou-o, assim, no intuito de descobrir qual havia sido o destino de Lucy Ferrier.

"Sou Jefferson Hope", disse. "Deve se lembrar de mim."

O mórmon olhou-o com indisfarçado espanto — de fato, era difícil reconhecer naquele vagabundo sujo e andrajoso, de rosto cadavérico e olhos esgazeados, o jovem e elegante caçador de outrora. Mas finalmente o homem se certificou da identidade do interlocutor, e sua surpresa transformou-se em consternação.

"Está louco de vir aqui", exclamou. "Corro risco de vida se formos visto conversando. Os Santos Quatro expediram um mandado de prisão contra o senhor por auxiliar os Ferrier a fugir."

"Não tenho medo deles, nem do seu mandado", disse Hope com convicção. "Deve saber alguma coisa sobre esse assunto, Cowper. Rogo-lhe por tudo que lhe é mais sagrado que me responda a algumas perguntas. Sempre fomos amigos. Pelo amor de Deus, não se negue a me responder."

"Do que se trata?" perguntou o mórmon, constrangido. "Seja rápido. Até as pedras têm ouvidos e as árvores, olhos."

"Que foi feito de Lucy Ferrier?"

"Casou-se ontem com o jovem Drebber. Aguente firme, homem, aguente firme, parece que vai morrer."

"Não se importe comigo", disse Hope debilmente. Até seus lábios estavam brancos e ele se deixou cair sobre a pedra em que estivera apoiado. "Casou-se, o senhor disse?"

"Casou-se ontem... é por isso que se veem essas bandeiras na Casa da Dotação.[217] Houve alguma altercação entre o jovem Drebber e o jovem Stangerson sobre quem ficaria com ela. Ambos haviam feito parte do grupo que os seguira, e Stangerson atirara no pai da moça, o que parecia lhe dar mais direitos; mas quando o caso foi levado ao conselho, a defesa de Drebber foi mais forte e o profeta a deu para ele. Mas nenhum dos dois a terá por muito tempo, porque vi a morte em seu semblante ontem. Ela mais parece um fantasma que uma mulher. Está de partida, então?"

"Sim, estou de partida", respondeu Jefferson Hope, que se levantara. Seu rosto poderia ter sido cinzelado em mármore, tão dura e resoluta era sua expressão, enquanto os olhos brilhavam com uma luz maligna.

"Para onde vai?"

"Não é da sua conta", respondeu; e jogando a arma sobre o ombro afastou-se pelo desfiladeiro abaixo, mergulhando no coração das montanhas, o covil dos animais selvagens. Entre eles não havia nenhum tão feroz e tão perigoso quanto ele próprio.

A predição do mórmon não tardou a se cumprir. Fosse a morte terrível de seu pai ou os efeitos do odioso casamento que lhe fora imposto, a pobre Lucy nunca mais levantou a cabeça, mas definhou e morreu dali a um mês. Seu bruto marido, que a desposara de olho sobretudo na propriedade de John Ferrier, não simulou nenhum pesar pela perda; suas outras mulheres, porém, prantearam-na e velaram-na na noite anterior ao enterro, como é costume entre os mórmons.[218] Elas estavam reunidas em torno do caixão nas primeiras horas da madrugada, quando, para seu inexprimível medo e espanto, a porta se abriu com violência e entrou na sala um homem de aparência selvagem, castigado pelas intempéries e coberto de andrajos. Sem um olhar ou uma palavra para as mulheres encolhidas de medo, aproximou-se da figura silenciosa e branca que outrora contivera a alma pura de Lucy Ferrier. Inclinando-se sobre ela, pressionou os lábios reverentemente contra sua fronte fria e em seguida, agarrando-lhe a mão, tirou a aliança de seu dedo. "Ela não será enterrada com isto", exclamou num rosnado feroz, e, antes que qualquer alarme pudesse ser dado, desceu a escada aos saltos e sumiu. Tão estranho e breve foi o episódio que as mulheres talvez tenham tido dificuldade em acreditar nele ou em convencer outras pessoas, não tivesse sido o fato inegável de o aro de ouro que a apontava como ex-noiva ter desaparecido.

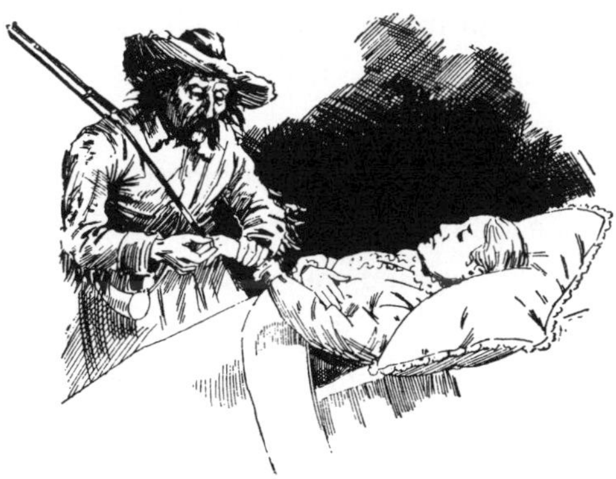

"Agarrando-lhe a mão, tirou a aliança de seu dedo." [Geo. Hutchinson, *A Study in Scarlet*, Londres, Ward, Lock Bowden, and Co., 1891]

Durante alguns meses Jefferson Hope deixou-se ficar entre

"Um grande penedo despencou sobre ele." [Geo. Hutchinson, *A Study in Scarlet*, Londres, Ward, Lock Bowden, and Co., 1891]

as montanhas, levando uma vida estranha e selvagem e acalentando em seu coração o ardente desejo de vingança que o possuía. Corriam em Salt Lake City histórias sobre a esquisita figura, que era vista andando a esmo pelos arrabaldes e que assombrava as gargantas solitárias das montanhas. Uma vez uma bala atravessou zunindo a janela de Stangerson e foi se achatar contra a parede a poucos centímetros dele. Em outra ocasião, quando Drebber passava sob um penhasco, um grande penedo despencou sobre ele, que só escapou de uma morte terrível jogando-se de bruços no chão. Os dois jovens mórmons não demoraram a descobrir a razão desses atentados contra suas vidas e empreenderam repetidas expedições às montanhas na esperança de capturar ou matar seu inimigo, mas sempre sem sucesso. Depois adotaram o cuidado de nunca sair sozinhos ou após o anoitecer, e de manter suas casas vigiadas. Passado algum tempo, puderam relaxar essas medidas, porque não havia nenhuma notícia de seu adversário, e tiveram a esperança de que o tempo tivesse amainado sua sede de vingança.

Se ele tivera algum efeito, porém, fora o de aumentá-la. O espírito do caçador era de uma natureza dura, obstinada, e a ideia predominante de vingança tomara posse dele tão completamente que não havia ali lugar para nenhuma outra emoção. Ele era, contudo, acima de tudo prático. Logo se deu conta de que nem mesmo sua constituição de ferro podia suportar os esforços incessantes que ele lhe impunha. A exposição e a falta de alimentos saudáveis o estavam consumindo. Se morresse como um cão em meio às montanhas, que seria de sua vingança? No entanto essa morte certamente lhe sobreviveria se persistisse. Sentiu que isso era fazer o jogo do inimigo e, com relutância, voltou às velhas minas de Nevada, para ali se restabelecer e juntar dinheiro suficiente para lhe permitir perseguir seu objetivo sem privações.

Sua intenção fora ausentar-se por no máximo um ano, mas uma combinação de circunstâncias imprevistas o impediu de deixar as minas por quase cinco.[219] Ao fim desse tempo, contudo, sua lembrança das afrontas recebidas e seu anseio por vingança permaneciam tão agudos quanto naquela noite memorável em que se postara junto ao túmulo de John Ferrier. Disfarçado, e sob um nome falso, voltou a Salt Lake City, indiferente à própria sorte, contanto que conseguisse o que sabia ser justo. Ali, más notícias o esperavam. Houvera um cisma entre o Povo Escolhido uns meses antes, alguns dos membros mais jovens da Igreja tendo se rebelado contra a autoridade dos anciãos, e o resultado fora a secessão de certo número de descontentes, que haviam deixado Utah e se tornado gentios.[220] Entre eles estavam Drebber e Stangerson, e ninguém sabia para onde tinham ido. Segundo rumores, Drebber havia conseguido converter grande parte de sua propriedade em dinheiro e partira como um homem rico, ao passo que seu companheiro, Stangerson, estava comparativamente pobre. Não havia, contudo, absolutamente nenhuma pista de seu paradeiro.

Muitos homens, por vingativos que fossem, teriam abandonado todo pensamento de vingança diante de semelhante dificuldade, mas Jefferson Hope nunca vacilou um momento que fosse. Com os parcos recursos que possuía, amealhados a duras penas com os trabalhos que conseguia, viajou de cidade em cidade pelos Estados Unidos à procura de seus inimigos. Um ano dava lugar a outro, seu cabelo preto ficava grisalho, mas ele continuava vagando, um sabujo humano, o espírito inteiramente fixado no único objetivo a que devotara sua vida. Finalmente sua perseverança foi recompensada. Não foi mais que o vislumbre de um rosto numa janela, mas esse vislumbre lhe disse que o homem que perseguia encontrava-se em Cleveland, Ohio. Voltou para seu quarto miserável com um plano de vingança articulado. Ocorre, contudo, que Drebber, olhando por sua janela, reconhecera o vagabundo na rua e lera homicídio em seus olhos. Na companhia de Stangerson, que se tornara seu secretário particular, correu a um juiz de paz e declarou que suas vidas estavam ameaçadas pelo ciúme e o ódio de um antigo rival. Naquela tarde Jefferson Hope foi preso, e, não tendo quem pagasse sua fiança, passou algumas semanas detido. Quando finalmente se viu livre, descobriu que Drebber abandonara sua casa e partira com seu secretário para a Europa.

Mais uma vez o vingador fora despistado, e mais uma vez seu ódio concentrado o impeliu a levar adiante a perseguição. Faltavam-lhe fundos, porém, e durante algum tempo teve de voltar a trabalhar, economizando cada dólar para a viagem que se aproximava. Por fim, tendo reunido o bastante para garantir-lhe a subsistência, partiu para a Europa e seguiu a pista dos inimigos de cidade em cidade, aceitando qualquer serviço subalterno para continuar vivendo, mas nunca alcançando os fugitivos. Quando chegou a São Petersburgo, eles haviam partido para Paris; e quando os seguiu até ali, soube que haviam acabado de ir embora para Copenhague. Na capital dinamarquesa, novamente se viu com alguns dias de atraso, pois eles haviam viajado para Londres, onde por fim conseguiu alcançá-los. Quanto ao que aconteceu ali, o melhor que podemos fazer é citar o relato do velho caçador, tal como devidamente registrado no Diário do Dr. Watson, a que já devemos tanto.[221]

Notas

216. Comentando as dificuldades recorrentes do Dr. Watson com a lua, Jay Finley Christ escreve, em "An adventure in the lower criticism, part II: Dr. Watson and the moon": "Quando Hope voltou a seu acampamento estava 'escuro', porque 'a lua ainda não surgira'. A lua estivera cheia no dia 1º de agosto; no dia 4 o sol se pôs às 19h41min e a lua surgiu às 20h21min. O crepúsculo terminou oficialmente às 21h, segundo o Almanaque Americano. Talvez estivesse escuro nos cânions."

217. Esse era o nome dado a um antigo prédio de dois andares em Salt Lake City usado pela Igreja mórmon para rituais de ordenação, ou dotação, em certas ordens sacerdotais. Segundo a *Encyclopaedia Sherlockiana* de Tracy, "a confirmação de maridos e mulheres em eterno matrimônio era uma parte da cerimônia, e exigia-se que todos os casamentos poligâmicos fossem ali realizados". Não há nenhum indício, contudo, de que o hasteamento de bandeiras fosse uma prática mórmon.

218. Novamente, não há nenhum indício de tal costume mórmon.

219. Isto é, até entre meados e o fim de 1865. Jack Tracy, em *Saints*, sugere que as "circunstâncias imprevistas" foram os eventos da Guerra Civil Americana.

220. Nenhum grupo de "descontentes" corresponde a esta descrição, mas houve pelo menos duas defecções significativas nesse período, ambas baseadas numa desconfiança da autoridade de Brigham Young. Em 1861, membros do movimento morrisita — assim chamado por causa de Joseph Morris (1817-62), que havia recebido diversas revelações e se proclamava o sétimo anjo do apocalipse — separaram-se da Igreja e mudaram-se para South Weber, alegando que Morris era um verdadeiro profeta, e Brigham Young não. No ano seguinte, depois de prender alguns membros desgostosos que tentavam deixar a seita, Morris foi instruído pelas autoridades de Utah a libertar seus prisioneiros. Quando Morris, acreditando estar, com seus seguidores, acima da lei, se recusou a fazê-lo, um pelotão de 200 homens chegou para levá-lo a Salt Lake City. No cerco que se seguiu, Morris e alguns outros foram mortos. Os demais morrisitas se renderam, e, após um julgamento e um perdão coletivo, dispersaram-se em estados circundantes.

Outro cisma foi instigado pelo grupo que veio a ser conhecido como A Igreja Reorganizada dos Santos dos Últimos Dias (hoje a Comunidade de Cristo). Seus adeptos opunham-se à poligamia, que afirmavam ter sido aprovada não por Joseph Smith, mas por Young. Optando por continuar em Nauvoo em vez de seguir Young para Utah, elegeram o filho de Smith, Joseph Smith III, como seu presidente em 1860 e desde então até 1996 todos os seus presidentes foram descendentes de Smith. A Igreja Reorganizada dos Santos dos Últimos Dias enviou uma missão a Utah e conseguiu converter alguns mórmons para sua causa.

221. Quem escreveu estas palavras? Não pode ter sido Jefferson Hope, já que mais tarde, quando Lestrade colhe seu depoimento, ele explica seus motivos dizendo meramente: "Não lhes importa muito por que eu odiava esses homens..." E como poderia ele ter conhecimento da parte anterior da história, da salvação no deserto em diante?

D. Martin Dakin conclui que foi Arthur Conan Doyle que acrescentou estas frases: "A menos que Watson esteja adotando deliberadamente um alheamento cesariano", explica ele, "esta frase deve provir de uma terceira mão, que dificilmente poderia ser outra senão a daquele que preparou as narrativas de Watson para publicação, referido pelos sherlockianos como o Agente Literário." Esta ideia é apoiada por Jack Tracy em *Saints*, e na *Encyclopaedia Sherlockiana* ele descreve a autoria de Conan Doyle de toda a seção "A terra dos Santos" como "geralmente admitida". Charles A. Meyer, em "A computer analysis of autorship in *A Study in Scarlet*", chega à mesma conclusão.

Mas "geralmente admitida" parece ser um exagero. O próprio Dakin afirma que Watson escreveu o material baseado na narrativa de Hope, o que deve ter incluído o relato da história do próprio Ferrier. (Hope não poderia ter conservado uma história *escrita* preparada por Ferrier, a menos que, por coincidência, a tivesse levado consigo em sua última expedição de caça antes da morte de Ferrier.) Parece estranho a Dakin, no entanto, que a narrativa verbal de Hope tivesse preservado tantos detalhes exatos. "Seríamos nós compelidos à chocante suspeita de que Watson, tendo tomado conhecimento de um esboço da história, não pôde resistir a enfeitá-la com detalhes de sua própria imaginação?" Ele observa também que o estilo parece watsonesco, em vez de se assemelhar ao estilo abrupto de Hope registrado na caderneta de Lestrade.

Em "Saints and sinners: an appraisal of 'The Country of the Saints'", Peter Horrocks defende a ideia de que Holmes e Conan Doyle escreveram o interlúdio juntos. John L. Benton, em "Who was Dr. Watson's 'good authority'?", sugere que Holmes forneceu as informações básicas a Watson, ao passo que W.E. Edwards afirma: "A única resposta possível pareceria provir do único confidente que Hope sabidamente possuía: seu jovem amigo ator cujo desempenho como Mrs. Sawyer foi tão bem-sucedido."

Quanto ao próprio "Diário", Bernard Davies escreve,

> todos os indícios são contrários a qualquer coisa semelhante à manutenção de um registro meticuloso, dia a dia, num delgado volume de capa de couro. Anotações avulsas no verso de envelopes usados ou de bilhetes de aposta parecem muito mais prováveis. A passagem soa como um caso de impostura editorial, destinado, na melhor das hipóteses, a estimular os sentimentos do autor aprendiz [o Dr. Watson] que estava fazendo consideráveis esforços para impressionar [seus leitores com sua sofisticação]...

Em suma, conclui Davies, "O 'Diário' ... é uma fantasia, tanto quanto as *Reminiscências*". (Ver nota 4)

VI. Continuação das reminiscências do Dr. John H. Watson

A furiosa resistência de nosso prisioneiro claramente não indicava nenhuma ferocidade em sua disposição para conosco, pois ao se ver impotente, sorriu com afabilidade e expressou a esperança de não ter machucado nenhum de nós na briga. "Suponho que vão me levar para o distrito policial", observou para Sherlock Holmes. "Meu carro está à porta. Se soltarem as minhas pernas, caminharei até ele. Já não sou tão leve quanto costumava ser."

Gregson e Lestrade se entreolharam, como se a proposta lhes parecesse atrevida; mas Holmes fez imediatamente o que o prisioneiro pedia, e soltou a toalha com que lhe amarrara os tornozelos. Ele se levantou e esticou as pernas, como se para se assegurar de que elas estavam livres novamente. Lembro que pensei comigo mesmo, ao olhá-lo, que raramente vira um homem de constituição mais forte; e sua face escura, queimada de sol, tinha uma expressão de determinação e energia tão formidável quanto sua força física.

"Se houver uma vaga para chefe da polícia, acredito que o senhor é o homem indicado", disse, fitando meu companheiro de apartamento com indisfarçada admiração. "A maneira como seguiu meu rastro foi notável."

"É melhor virem comigo", disse Holmes aos dois detetives.

"Posso conduzi-los", disse Lestrade.

"Ótimo! E Gregson pode ir dentro comigo. O senhor também, doutor. Interessou-se pelo caso e pode certamente ir conosco."

Assenti com prazer e descemos todos juntos. Nosso prisioneiro não fez nenhuma tentativa de fugir, entrando calmamente no carro que fora seu, seguido por nós. Lestrade subiu na boleia, chicoteou o cavalo e levou-nos num tempo muito curto ao nosso destino. Fomos introduzidos numa saleta onde um inspetor de polícia anotou o nome de nosso prisioneiro e os nomes dos homens de cujo assassinato ele fora acusado. O policial era um sujeito pálido e frio, que se desincumbiu de suas tarefas de uma maneira tediosa, mecânica. "O prisioneiro será levado perante os magistrados no curso da semana", disse; "nesse meio-tempo, Mr. Jefferson Hope, há alguma coisa que deseje dizer? Devo adverti-lo de que suas palavras serão registradas e poderão ser usadas contra o senhor."

"'Tenho muito a dizer', respondeu lentamente nosso prisioneiro." [Richard Gutschmidt, *Späte Rache*, Stuttgart, Robert Lutz Verlag, 1902]

"Tenho muito a dizer", respondeu lentamente nosso prisioneiro. "Quero contar tudo aos cavalheiros."

"Não seria melhor reservar isso para o julgamento?" perguntou o inspetor.

"Talvez eu nunca seja julgado", respondeu ele. "Não precisam se assustar. Não é em suicídio que estou pensando. O senhor é médico?" Virou seus intensos olhos escuros para mim ao fazer essa última pergunta.

"Sim, sou", respondi.

"Então ponha a mão aqui", disse com um sorriso, movendo seus punhos algemados em direção ao peito.

Obedeci, e dei-me conta imediatamente de uma extraordinária palpitação e comoção que tinham lugar ali dentro. As paredes de seu peito pareciam vibrar como o faria um prédio frágil dentro do qual funcionasse um poderoso motor. No silêncio da sala, eu podia ouvir um zunido e um rumorejo surdos[222] que vinham da mesma fonte.

"Ora", exclamei, "o senhor tem um aneurisma da aorta!"[223]

"É o nome que dão a isso", disse ele placidamente. "Consultei um médico semana passada, e ele me disse que vai rebentar fatalmente em poucos dias. Vem piorando há anos. Começou com a superexposição e a subnutrição[224] entre as montanhas de Salt Lake. Agora já fiz meu trabalho, e não me importo com quanto tempo me resta, mas gostaria de deixar um relato do caso. Não quero ser lembrado como um assassino comum."

O inspetor e os dois detetives discutiram brevemente a conveniência de lhe permitir contar sua história.

"Considera que há algum perigo imediato, doutor?" perguntou o primeiro.

"Sem dúvida há", respondi.

"Nesse caso é claramente nosso dever, no interesse da justiça, tomar seu depoimento", disse o inspetor. "Sinta-se livre, senhor, para fazer seu relato, mas volto a adverti-lo de que ele será registrado."

"Se me dão licença, vou me sentar", disse o prisioneiro, juntando o gesto à palavra. "Este meu aneurisma me deixa facilmente cansado e nossa luta meia hora atrás não melhorou as coisas. Estou à beira do túmulo, e não tenho interesse em mentir. Cada uma de minhas palavras será a mais pura verdade e como vão usá-las não tem nenhuma importância para mim."

Com estas palavras, Jefferson Hope recostou-se em seu assento e iniciou o extraordinário relato que se segue. Falava de uma maneira calma e metódica, como se os eventos que narrava fossem muito triviais. Posso dar testemunho da precisão do relato anexo, pois tive acesso à caderneta de Lestrade, em que as palavras do prisioneiro foram registradas exatamente como pronunciadas.

"Não lhes importa muito por que eu odiava esses homens", disse ele; "basta dizer que eram culpados da morte de dois seres humanos — um pai e uma filha — e que haviam, portanto, perdido o direito às próprias vidas. Após o lapso de tempo que transcorreu desde o seu crime, era-me impossível conseguir uma condenação contra eles em algum tribunal. Mas eu sabia que eram culpados, e decidi que deveria ser a um só tempo seu juiz, júri e carrasco. Os senhores teriam feito o mesmo, se tivessem alguma hombridade, se estivessem no meu lugar.

"Essa moça de que falei ia se casar comigo vinte anos atrás.[225] Foi forçada a se casar com aquele mesmo Drebber, o que a matou de desgosto. Tirei a aliança de seu dedo no caixão e jurei que ele morreria olhando para aquele mesmo anel, e que seus últimos pensamentos seriam sobre o crime pelo qual era punido. Levando a aliança sempre comigo, segui Drebber e seu cúmplice por dois continentes, até apanhá-los. Pensaram que me cansariam, mas não conseguiram. Se eu morrer amanhã, como é muito provável, morro sabendo que meu trabalho neste mundo está feito, e bem-feito. Eles morreram, e pelas minhas mãos. Nada mais tenho a esperar ou desejar.

"Sendo eles ricos e eu pobre, não me foi fácil segui-los. Quando cheguei a Londres meu bolso estava quase vazio e vi que tinha de ganhar a vida de algum modo. Como conduzir cavalos e montar sempre foi tão natural para mim quanto andar, procurei o escritório de um proprietário de fiacres e logo consegui um emprego. Tinha de pagar certa soma por semana ao proprietário e qualquer coisa que ganhasse a mais seria minha. Raras vezes houve muito mais, mas consegui ir vivendo. O mais difícil foi aprender a me orientar, pois me parece que de todos os labirintos que já foram concebidos, esta cidade é o mais desnorteante. Mas andava com um mapa e depois de situar os principais hotéis e estações saí-me bastante bem.

"Demorei algum tempo para descobrir onde meus dois cavalheiros estavam morando; mas indaguei incessantemente, até que por fim topei com eles por acaso. Estavam numa pensão em Camberwell,[226] do outro lado do rio. Depois que os descobri, soube que estavam à minha mercê. Eu deixara a barba crescer e não havia possibilidade de me reconhecerem. Eu os rastrearia e perseguiria até encontrar minha oportunidade. Havia decidido que não me escapariam novamente.

"Apesar de tudo, isso quase aconteceu. Onde quer que fossem em Londres, eu estava sempre nos seus calcanhares. Por vezes os seguia no meu carro, por vezes a pé, mas de carro era melhor porque não me podiam escapar. Como era só de manhã bem cedo ou tarde da noite que eu podia ganhar alguma coisa, comecei a ficar em atraso com meu patrão, mas não me importava com isso, contanto que pudesse pôr as mãos nos homens que queria.

"Mas eles eram muito ardilosos. Deviam pensar que havia alguma possibilidade de estarem sendo seguidos, porque nunca saíam sozinhos, e nunca após o cair da noite. Durante duas semanas guiei atrás deles todos os dias, e nunca os vi separados uma só vez. O próprio Drebber estava bêbado a metade do tempo, mas Stangerson não se deixava pegar num cochilo. Eu os vigiava o tempo todo, sem nunca ver a sombra de uma chance; mas não desanimava, porque alguma coisa me dizia que estava chegando a hora. Meu único medo era que esta coisa em meu peito rebentasse um pouco cedo demais e meu trabalho ficasse por fazer.

"Por fim, uma noite, eu andava de um lado para outro em Torquay Terrace, como se chamava a rua em que estavam hospedados, quando vi um fiacre parar à porta da pensão. Pouco depois que algumas bagagens foram levadas, Drebber e Stangerson apareceram e partiram. Chicoteei meu cavalo e tentei não perdê-los de vista, sentindo-me muito intranquilo, porque temi que fossem se mudar. Em Euston Station eles desceram, e eu, deixando um menino segurando meu cavalo, segui-os até a plataforma. Ouvi-os perguntar pelo trem de Liverpool e o guarda responder que um acabara de partir e só haveria outro dentro de algumas horas. Stangerson pareceu contrariado com isso, mas Drebber mostrou-se bastante satisfeito. Cheguei tão perto deles no alvoroço que pude ouvir cada palavra que diziam. Drebber disse que tinha um pequeno assunto particular a resolver e que, se o outro pudesse esperá-lo, logo iria a seu encontro. Seu companheiro admoestou-o, lembrando-lhe que haviam decidido se manter juntos. Drebber respondeu que se tratava de um problema delicado e devia ir sozinho. Não consegui ouvir a resposta de Stangerson a isso, mas o outro se pôs a praguejar e lembrou-lhe que não passava de seu criado e não devia se atrever a lhe dar ordens. Diante disso o secretário desistiu e simplesmente combinou com ele que, caso perdesse o último trem, deveria ir ao seu encontro no Halliday's Private Hotel; ao que Drebber respondeu que estaria de volta à plataforma antes das onze, e se dirigiu para fora da estação.

"O momento pelo qual eu tanto havia esperado finalmente chegara, e eu tinha meus inimigos em meu poder. Juntos podiam se proteger um ao outro, mas separados estavam à minha mercê. Meus planos já estavam definidos. Não há nenhuma satisfação na vingança, a menos que o inimigo tenha tempo para perceber quem é que golpeia, e por que a vingança o atingiu. Eu formulara planos que me dariam a oportunidade de fazer o homem que me ofendera compreender que seu velho pecado o condenara. Por acaso, alguns dias antes, um cavalheiro que andara examinando algumas casas na Brixton Road deixara cair a chave de uma delas em meu carro.[227] Ela foi procurada na mesma tarde, e devolvida; mas no intervalo eu fizera um molde dela e providenciara uma duplicata. Através disso tinha acesso a pelo menos um local nesta grande cidade em que estaria certamente a salvo de interrupções. Como levar Drebber até aquela casa era o difícil problema que eu tinha então de resolver.

"Ele desceu a rua e entrou em um ou dois bares, ficando por quase meia hora no último deles. Ao sair, cambaleava e estava evidentemente muito bêbado. Havia um *hamson* bem na minha frente e ele o chamou. Segui-o tão de perto que o focinho do meu cavalo ficou a menos de um metro do seu cocheiro durante todo o percurso. Sacolejamos pela Waterloo Bridge[228] e por quilômetros de ruas, até que, para meu espanto, vimo-nos de volta no Terrace, onde ele se hospedara. Não conseguia atinar com o que pretendia voltando ali, mas segui em frente e parei meu carro a uns cem metros da casa. Ele entrou em seu *hansom* e partiu. Deem-me um copo d'água, por favor. Tenho a boca seca de tanto falar."[229]

Dei-lhe o copo e ele bebeu a água de um trago.

"Agora está melhor", disse. "Bem, esperei por um quarto de hora, ou mais, quando de repente ouvi um rumor de briga dentro da casa. Um instante depois a porta foi aberta num repelão e apareceram dois homens; um deles era Drebber e o outro um rapaz que eu nunca vira antes. Esse sujeito segurava Drebber pelo colarinho, e quando chegaram ao alto da escada deu-lhe um empurrão e um chute que o levaram até o meio da rua. 'Seu patife!', gritou, brandindo sua bengala para ele. 'Vou lhe ensinar a insultar uma moça direita!' Estava tão enfurecido que acho que teria destruído Drebber com seu porrete, se o biltre não tivesse saído cambaleando rua abaixo o mais depressa que podia. Correu até a esquina, e depois, vendo o meu fiacre, chamou-me e entrou. 'Leve-me até o Halliday's Private Hotel', disse.

"Quando o tive bem dentro do meu carro, senti meu coração pular no peito com tal alegria que temi que, nesse último momento, meu aneurisma rebentasse. Dirigi lentamente, ponderando em minha mente o que seria melhor fazer. Poderia levá-lo diretamente para o campo, e ali em alguma vereda deserta ter minha última entrevista com ele. Quase decidira fazer isso quando ele resolveu o problema para mim. A sofreguidão pela bebida tomara conta dele novamente, e ele ordenou que eu parasse próximo a um bar elegante. Entrou, dando-me ordem de esperar. Ali ficou até o estabelecimento fechar, e quando saiu estava tão embriagado que eu sabia que tinha a caça nas mãos.

"Não imaginem que eu pretendia matá-lo friamente. Teria sido apenas estrita justiça se o fizesse, mas eu não teria condições para tanto. Decidira havia muito tempo que ele deveria ter uma chance de salvar sua pele se escolhesse tirar proveito dela. Entre os muitos ofícios que havia exercido nos Estados Unidos durante minha vida errante, fui certa vez zelador e faxineiro do laboratório no York College.[230] Um dia o professor dava aula sobre venenos e mostrou aos alunos um alcaloide, como o chamou, que havia extraído de um veneno para flechas sul-americano,[231] e que era tão poderoso que o menor grão significava morte instantânea. Localizei o frasco em que esse preparado era mantido, e depois que todos haviam ido embora, apossei-me de um pouquinho dele. Sendo um droguista bastante hábil, transformei esse alcaloide em duas pequenas pílulas solúveis e guardei cada uma numa caixa com outra pílula similar feita sem o veneno. Decidi nessa ocasião que, quando tivesse minha chance, meus cavalheiros poderiam escolher uma pílula de uma dessas caixas, enquanto eu engoliria a restante. Seria igualmente mortal e muito menos barulhento que um tiro abafado com um lenço. Desse dia em diante, levara minhas caixinhas de pílula sempre comigo, e agora chegara a hora de usá-las.

"Era quase uma hora de uma noite tenebrosa e fria, ventava forte e chovia aos cântaros. Por desolado que estivesse o tempo, eu me sentia contente por dentro — tão contente que teria gritado de pura alegria. Se algum dos senhores um dia sofreu por alguma coisa e ansiou por ela durante vinte longos anos, e então subitamente a viu a seu alcance, compreende meus sentimentos. Acendi um charuto e fumei-o às baforadas para acalmar meus nervos, mas minhas mãos tremiam e minhas têmporas latejavam de excitação. Enquanto conduzia, podia ver o velho John Ferrier e a doce Lucy olhando para mim da escuridão e sorrindo-me, tão claramente quanto os vejo nesta sala. Ficaram à minha frente o tempo todo, um de cada lado do cavalo, até que parei diante da casa na Brixton Road.

"Não havia vivalma por ali e não se ouvia nenhum som, exceto o da chuva caindo. Ao olhar pela janela, vi Drebber todo encolhido num sono de bêbado. Sacudi-o pelo braço. 'Está na hora de descer', disse-lhe.

"'Certo, cocheiro.'

"Suponho que ele pensou que havia chegado ao hotel que mencionara, pois saiu sem mais uma palavra e me seguiu pelo jardim. Tive de caminhar ao seu lado para ampará-lo, porque cambaleava um pouco. Quando chegamos à porta, abri-a e o conduzi à sala da frente. Dou-lhes minha palavra de que o tempo todo o pai e a filha caminhavam diante de nós.

"'Está horrivelmente escuro', disse ele, tateando com os pés.

"'Logo teremos luz', respondi, riscando um fósforo e acedendo uma vela que trouxera comigo. 'Agora, Enoch Drebber', continuei, virando-me para ele e segurando a vela junto a meu próprio rosto, 'quem sou eu?'

"Ele me fitou com olhos embaçados, bêbados, por um momento; depois vi um horror surgir neles e lhe convulsionar todo o semblante, o que me mostrou que me reconhecia. Cambaleou para trás com o rosto lívido, e vi o suor brotar em sua testa, enquanto seus dentes batiam. A essa visão, encostei-me na porta e ri às gargalhadas. Sempre soubera que a vingança seria doce, mas nunca esperei pelo prazer que então me inundava a alma.

"Quem sou eu?"
[Geo. Hutchinson, *A Study in Scarlet*, Londres, Ward, Lock Bowden, and Co., 1891]

"'Seu patife!'" eu disse; 'segui seu rastro de Salt Lake City a São Petersburgo, e você sempre me escapou. Agora finalmente suas andanças chegaram ao fim, porque um de nós não verá o sol nascer amanhã.' Ele se esquivou ainda mais enquanto eu falava, e pude ver em seu rosto que pensava que eu estava louco. E realmente estava naquele momento. Os pulsos em minhas têmporas batiam como martelos e creio que teria tido algum tipo de ataque se o sangue não tivesse jorrado de meu nariz e me aliviado.

"Ele me fitou com olhos embaçados, bêbados, por um momento; depois vi um horror surgir neles e lhe convulsionar todo o semblante, o que me mostrou que me reconhecia." [Richard Gutschmidt, *Späte Rache*, Stuttgart, Robert Lutz Verlag, 1902]

"'O que pensa de Lucy Ferrier agora?' gritei, trancando a porta e sacudindo a chave em sua cara. 'O castigo demorou a chegar, mas finalmente o alcançou.' Vi seus lábios covardes tremerem enquanto eu falava. Ele teria implorado por sua vida, mas sabia que era inútil.

"'Vai me assassinar!' gaguejou.

"'Não há assassinato nenhum', respondi. 'Quem fala do assassinato de um cachorro louco? Que misericórdia você teve de minha pobre querida quando a arrastou para longe de seu pai trucidado e a levou para seu harém depravado?'

"'Não fui eu que matei o pai dela', exclamou ele.

"Cambaleou para trás... e vi suor brotar em sua testa." [James Greig, *A Study in Scarlet*, sd]

"'Mas foi você que lhe despedaçou o coração', gritei, empurrando a caixa em sua direção. 'Deixemos que Deus julgue entre nós. Escolha uma e engula. Há morte em uma e vida na outra. Engolirei a que você deixar. Vejamos se há justiça sobre a Terra, ou se somos governados pelo acaso.'

Ele se encolheu com gritos desesperados e súplicas por misericórdia, mas puxei minha faca e a mantive junto à sua garganta até que me obedeceu. Em seguida engoli a outra pílula, e ficamos olhando um para o outro em silêncio por um minuto ou mais, esperando para ver quem viveria e quem

"Escolha uma e engula. Há morte em uma e vida na outra." [Charles Doyle, *A Study in Scarlet*, Londres/Nova York, Ward, Lock & Co., 1888]

morreria. Será que algum dia esquecerei a expressão que tomou conta de seu rosto quando as primeiras dores lhe avisaram que o veneno estava em seu sistema? Ri ao vê-la, e segurei a aliança de Lucy diante de seus olhos. Foi só um instante, porque a ação do alcaloide é rápida. Um espasmo de dor contorceu-lhe o semblante; ele jogou as mãos para frente, cambaleou, e depois, com um grito rouco, caiu pesadamente no chão. Virei-o com o pé e pus a mão sobre seu coração. Nenhum movimento. Estava morto!

"O sangue estivera escorrendo de meu nariz, sem que eu me desse conta. Não sei de onde me veio a ideia de escrever na parede com ele. Talvez fosse uma intenção maliciosa de pôr a polícia numa pista falsa, pois me sentia despreocupado e alegre. Lembrei-me de um alemão que fora encontrado em Nova York com a palavra RACHE escrita acima dele, tendo os jornais da época afirmado que aquilo devia ser obra das sociedades secretas. Pensando que o que intrigara os nova-iorquinos intrigaria os londrinos, molhei o dedo em meu próprio sangue e escrevi a palavra num lugar conveniente da parede. Depois caminhei até o meu fiacre e vi que não havia ninguém por perto e que a noite ainda estava muito tempestuosa. Tinha rodado já um certo trecho quando, pondo a mão no bolso em que costumava guardar o anel de Lucy, não o encontrei. Aquilo me

"Ele se encolheu com gritos desesperados e súplicas por misericórdia." [Arthur Twidle, *A Study in Scarlet*, in *Works of Conan Doyle*, Nova York, D. Appleton and Co., 1903]

deixou arrasado, pois era a única lembrança que tinha dela.[232] Pensando que poderia tê-lo deixado cair ao me debruçar sobre o corpo de Drebber, dei meia-volta e, deixando meu fiacre numa rua lateral, segui audaciosamente até a casa — pois estava disposto a correr qualquer risco para não perder o anel. Ao chegar lá, dei de cara com um policial que saía, e só consegui dissipar suas desconfianças fingindo estar irremediavelmente bêbado.

"Ele se encolheu com gritos desesperados e súplicas por misericórdia."
[Geo. Hutchinson, *A Study in Scarlet*, Londres, Ward, Lock Bowden, and Co., 1891]

"Foi assim que Enoch Drebber encontrou o seu fim. Tudo que restava depois era fazer o mesmo com Stangerson, e assim liquidar a dívida de John Ferrier. Eu sabia que ele estava hospedado no Halliday's Private Hotel, e passei o dia todo plantado nas imediações, mas ele não saiu uma vez sequer. Imaginei que ele desconfiava de alguma coisa diante do não aparecimento de Drebber. Era muito esperto, aquele Stangerson, sempre alerta. Mas se pensava que podia me evitar ficando dentro de casa, estava muito enganado. Logo descobri qual era a janela do seu quarto, e cedo na manhã seguinte, usando uma escada abandonada na ruela atrás do hotel, subi até o seu quarto quando mal raiava o dia. Acordei-o e contei-lhe que chegara a hora em que devia responder pela vida que ceifara tanto tempo antes. Descrevi-lhe a morte de Drebber e dei-lhe a mesma escolha entre as pílulas. Em vez de se agarrar à chance que isso lhe oferecia, saltou da cama e voou na minha garganta. Em autodefesa, apunhalei-o no coração. O desenlace teria sido o mesmo em qualquer circunstância, pois a Providência jamais teria permitido que sua mão culpada escolhesse outra pílula que não a venenosa.

"Tenho pouco mais a dizer, felizmente, porque sinto-me exausto. Continuei trabalhando como cocheiro por uns dias, pretendendo continuar até ter poupado o suficiente para me levar de volta aos Estados Unidos.

"Saltou da cama e voou na minha garganta." [Geo. Hutchinson, *A Study in Scarlet*, Londres, Ward, Lock Bowden, and Co., 1891]

Estava parado no pátio[233] quando um garoto maltrapilho perguntou se havia ali um cocheiro chamado Jefferson Hope, acrescentando que meu fiacre estava sendo chamado por um cavalheiro em Baker Street, nº221B. Fui até lá, sem desconfiar de nada,[234] e quando dei por mim este rapaz aqui me algemou, e me imobilizou tão bem como nunca vi na minha vida. Esta é toda a minha história, cavalheiros. Podem me considerar um assassino, mas tenho-me na conta de um agente da justiça, tanto quanto os senhores."

A narrativa do homem fora tão emocionante, e suas maneiras tão impressionantes, que havíamos todos ouvido em absorto silêncio. Até os detetives profissionais, indiferentes como eram a todos os aspectos do crime, pareceram profundamente interessados na história de Jefferson. Quando ele terminou, permanecemos por alguns minutos numa imobilidade só quebrada pelo arranhar do lápis de Lestrade, que dava os toques finais a seu registro taquigráfico.

"Há apenas um ponto sobre o qual eu gostaria de um pouco mais de informação", disse Sherlock Holmes por fim. "Quem era o seu cúmplice que veio à procura do anel quando publiquei o anúncio?"

O prisioneiro deu uma piscadela jocosa para meu amigo. "Posso contar meus próprios segredos", disse, "mas não vou pôr outras pessoas em apuros. Vi seu anúncio e pensei que podia ser um embuste, ou podia ser o anel que eu desejava. Meu amigo se ofereceu para ir verificar.[235] Acho que admitirão que se saiu admiravelmente."

"Sem dúvida alguma", disse Holmes entusiasticamente.

"Agora, cavalheiros", observou o inspetor com gravidade, "é preciso cumprir as formalidades da lei. Quinta-feira o prisioneiro será levado perante os magistrados e o comparecimento dos senhores será exigido. Até lá, serei responsável por ele." Enquanto falava tocou a campainha, e Jefferson Hope foi levado embora por um par de carcereiros, enquanto meu amigo e eu saíamos do distrito e pegávamos um fiacre de volta para Baker Street.

Notas

222. Alguns estudiosos criticam a descrição do som por Watson, considerando-a excessivamente sensacional, mas Helen Simpson escreve, em "Medical career and capacities of Dr. J.H. Watson" que "é preciso lembrar que Watson estava falando como um médico, para quem as implicações de qualquer variação considerável em relação aos batimentos cardíacos normais eram evidentes de imediato; [suas] frases não devem portanto ser tomadas como sua impressão dos sons reais, mas de sons cujo significado como sinais de perigo ele só podia transmitir por algum exagero na fala".

223. Um aneurisma da aorta ocorre quando a pressão do sangue sobre a aorta, a principal artéria que sai do coração, enfraquece. A artéria se dilata ou fica abaulada nesse local enfraquecido e, embora a afecção seja muitas vezes assintomática, uma ruptura súbita pode causar hemorragia e morte.

224. As causas dos aneurismas da aorta são variadas (fumo e colesterol elevado são fatores de risco frequentes), mas podem incluir sífilis e a desordem tecidual congênita conhecida como síndrome de Marfan. Pessoas afligidas pela síndrome de Marfan são muito altas, com membros e dedos longos — muitos supõem que Abraham Lincoln sofria da doença —, e suas paredes arteriais são anormalmente fracas. Alvin Rodin e Jack D. Key, em seu excelente *Medical Case Book of Arthur Conan Doyle*, observam que Jefferson Hope tem mais de 1,80m de altura, e relatam que E.M. Cooperman propôs, em "Marfan's syndrome and Sherlock Holmes", que Hope sofria da doença. Observam também que Watson escreveu *Um estudo em vermelho* dez anos antes que o pediatra francês Antonin-Bernard-Jean Marfan identificasse a síndrome em 1896. D.A. Redmond, por exemplo, em "Marfan's syndrome and Sherlock Holmes", defende a ideia de que Watson merece reconhecimento por ter diagnosticado a síndrome de Marfan antes do próprio Marfan.

Mas Rodin e Key ressaltam também que um aneurisma causado pela síndrome de Marfan não produz o "zunido e o rumorejo" descritos por Watson e geralmente mata suas vítimas dentro de um ano. De fato, o diagnóstico de sífilis é proposto por Helen Simpson e outros, inclusive H.R. Bates (em "Sherlock Holmes and syphilis"), que sugerem que o lapso de memória de Hope que levou à sua captura deveu-se à destruição de seu sistema nervoso por infecção sifilítica.

Fosse qual fosse a verdadeira causa da doença de Hope, parece claro que ela não foi causada pela "superexposição e a subalimentação entre as montanhas de Salt Lake", a menos que ele tivesse estado superexposto ali a um portador de sífilis.

225. Isto é, em 1861; o "noivado" de Hope teve lugar em 1860, e o casamento de Lucy com Drebber aconteceu de fato em 1860.

226. "Topar por acaso" com dois viajantes hospedados em Camberwell, observa Christopher Morley, "seria (para usar Nova York como ilustração) como um motorista de táxi de Manhattan encontrar dois estrangeiros em Flatbush."

227. Edwards sugere que, se Holmes tivesse examinado a fechadura quando viu a cena do crime pela primeira vez, teria observado que ela não fora forçada. Isso o teria levado, acredita Edwards, a interrogar o "cavalheiro que andara examinando algumas casas na Brixton Road", presumivelmente um agente imobiliário. Essa testemunha, por sua vez, teria informado que a chave fora perdida, mas devolvida pelo cocheiro. Dessa maneira, Holmes teria chegado rapidamente ao criminoso. "Todos nós podemos fazer a coisa, depois que ela já foi feita", conclui Edwards, zombando de si mesmo.

228. Construída entre 1811 e 1817 sobre o Tâmisa, ela era conhecida como "Ponte dos Suspiros" pelos numerosos suicidas que saltavam de seus parapeitos. O poema de 1844 de Thomas Hood, "The Bridge of Sighs", pranteia: "Mais uma Infeliz,/ Cansada de respirar,/ Temerariamente pertinaz,/ Partiu para sua morte!" Seu nome original foi Strand Bridge, até ser mudado em 1816 por um Ato do Parlamento.

229. Dados os esforços hercúleos de Hope para escapar, sua grande perda de sangue e seu quase estrangulamento por Lestrade, parece estranho que seu único incômodo físico seja a boca seca. Não deveria ter precisado ao menos de algum tempo para recobrar as forças? "De fato, os únicos que ficaram sem fôlego", escreve Vernon Pennell em seu "Resumé of the medical life of John H. Watson, late of the Army Medical Department", foram seus captores, que se ergueram "sem fôlego e arquejantes". Como Watson o declarou *in extremis* e sujeito a morrer a qualquer momento, é de admirar que a violenta luta já não tivesse precipitado a ruptura do aneurisma que ocorreu mais tarde na relativa tranquilidade da cela da prisão, na noite após sua captura.

230. Christopher Morley identifica o "York College" com a antiga faculdade de medicina da New York University. "Há um York College no Nebraska", explica ele, "mas só foi fundado em 1890." Dave M. Hershey, em "The true York College", propõe o York College da Pensilvânia, então conhecido como o York Collegiate Institute.

231. Hope presumivelmente pensava estar usando curare, mas, como indica Raymond Hendrickson em "De re pharmaca", nenhum dos detalhes da aparência de Drebber corrobora o uso desse veneno. Em vez disso, Hendrickson conclui que o veneno responsável pela morte de Drebber foi nicotina, que, em sua forma pura, é mortífero (um relato de suicídio por nicotina conta como a vítima que bebeu o veneno morreu antes que seu corpo tocasse o chão). F.A. Allen teoriza que o veneno foi um alcaloide derivado da planta tropical florescente *Erythrina*; ele escreve em "Devilish drugs, part 1": "Permitam-nos sugerir que um alcaloide odorante e mais potente que ... a eritroidina, das sementes de *E. corraloides* [sic], ainda está por ser descoberto pelo explorador." Em "The poisons of the Canon", contudo, George B. Koelle expressa sua crença de que Hope deve ter confundido um "veneno de flecha sul-americano" com um "veneno de ordálio sul-africano" — fisostigmina ou eserina. "Este é extremamente potente, rapidamente absorvido quando tomado pela boca, e a vítima permanece consciente quase até o momento da morte; todos estes fatos são compatíveis com o relato de Hope e as deduções de Holmes."

232. O apego de Hope ao anel parece um tanto inadequado, já que foi um presente não de Lucy Ferrer para ele, mas de Drebber para Lucy no dia de seu casamento. (Lembremos que Hope o obteve arrancando-o do dedo da finada Lucy.) "Poderíamos compreender que o guardasse", reflete D. Martin Dakin,

> para brandi-lo na cara de Drebber quando o acusasse de seu crime, como de fato fez; mas, depois disso, por que haveria de conservar alguma estima sentimental (a ponto de pôr em risco a própria liberdade) pela coisa que, mesmo que fosse o memento que lhe restara de Lucy, era o símbolo da união dela com o inimigo odiado que acabara de matar? Seria de esperar que o visse com abominação; e tê-lo deixado com o corpo teria estado mais de acordo com sua ideia de vingança. Ele tinha ... de fato um caráter desconcertante."

233. O "pátio" era onde ficavam recolhidos os carros de aluguel parados, geralmente mantido por seu proprietário, que alugava os veículos aos cocheiros por uma parcela de seus ganhos.

234. É esta declaração ingênua que leva C.B.H. Vaill ("A study in intellects") a qualificar Hope de "O Bobalhão Número Um". "Como Hope havia concluído a essa altura seu segundo assassinato", espanta-se Vaill, "seria razoável supor que sua cautela fosse maior. Mas não; o fato de ter sido distinguido pelo nome entre todos os cocheiros de Londres, e dirigido para um chamado exatamente no endereço que se provara uma armadilha muito pouco tempo antes, não suscitou sequer a 'mais ligeira desconfiança' que Holmes temeu."

Larry Van Gelder propõe que as ações de Hope foram motivadas por um desejo de se suicidar. Reconhecendo o endereço de Holmes, ele se permitiu deliberadamente ser apanhado, na esperança de que seu aneurisma o matasse. "Essa teoria", comenta Edgar W. Smith, "parece muito mais plausível, deve-se admitir, que o incrível sistema de eventos em que Watson nos quer fazer crer."

235. Hope era um forasteiro em Londres. Assim sendo, como podia ter conhecimento de Holmes ou ter um amigo na cidade para ajudá-lo — o qual, convenientemente, era um especialista em disfarçar-se de mulher? Robert R. Pattrick acredita saber quem deve ter sido o "amigo": um empregado da futura nêmesis de Holmes, o professor Moriarty, que Hope contratou por um bom preço. Pattrick supõe que Holmes estava ciente do papel do mentor no caso, escrevendo, em "Moriarty was there": "O agente escapou, e Hope não testemunharia. Mas Holmes percebeu muito bem a significação do agente." Apenas alguns minutos antes, ressalta Pattrick, Holmes havia advertido Gregson e Lestrade: "Estamos às voltas com um homem astuto e desesperado, que é auxiliado, como já tive ocasião de provar, por outro tão esperto quanto ele mesmo. ... sou obrigado a dizer que considero esses homens superiores à força oficial."

Outros sugerem, no entanto, um cúmplice que Hope já conhecia: George R. Stornickel Jr., em "Who was the mysterious Mrs. Sawyer?", defende a ideia de que teria sido o "conhecido [de John Ferrier] que estava de partida para as montanhas de Nevada", ao passo que Brad Keefauver, em "The hundred-year-old mystery of Mrs. Sawyer solved", revela que se tratava de Lucy Ferrier-Drebber.

VII. Conclusão

Todos havíamos sido intimados a comparecer perante os magistrados na quinta-feira; mas, quando esse dia chegou, não houve necessidade do nosso testemunho. Um juiz mais elevado havia tomado o caso em mãos, e Jefferson Hope fora convocado perante um tribunal onde a estrita justiça lhe seria feita. Na própria noite de sua captura o aneurisma se rompeu, e ele foi encontrado de manhã estendido sobre o chão da cela, com um plácido sorriso no rosto, como se tivesse podido, enquanto agonizava, rememorar uma vida útil e um trabalho benfeito.

"Gregson e Lestrade ficarão furiosos com sua morte", comentou Holmes quando conversávamos sobre isso na noite seguinte. "Que será da grande publicidade que esperavam?"

"A meu ver, eles não tiveram muito a ver com a captura dele", respondi.

"O que fazemos neste mundo não importa", retrucou meu companheiro amargamente. "A questão é o que levamos as pessoas a acreditar que fizemos. Não faz mal", continuou num tom mais animado, após uma pausa. "Eu não teria perdido essa investigação por nada. Que eu me lembre, nunca houve caso melhor. Embora simples, comporta vários pontos extremamente instrutivos."

"Simples!" exclamei.

"Bem, de fato, dificilmente poderia ser descrito de outro modo", disse Sherlock Holmes, sorrindo ante minha surpresa. "A prova de sua simplicidade intrínseca é que, sem nenhuma ajuda, afora algumas deduções banais, precisei de apenas três dias para pôr as mãos no criminoso."

"É verdade."

"Já lhe expliquei que em geral o que é fora do comum é um guia, não um obstáculo. Ao resolver um problema desse tipo, o essencial é ser capaz de raciocinar de trás para a frente. Trata-se de uma façanha muito útil, e muito fácil, mas as pessoas não a praticam muito. Nos assuntos cotidianos da vida, é mais útil raciocinar para a frente, e assim a outra maneira passa a ser negligenciada. Há cinquenta pessoas capazes de raciocinar sinteticamente para uma capaz de fazê-lo analiticamente."

"Um juiz mais elevado havia tomado o caso em mãos." [Geo. Hutchinson, *A Study in Scarlet*, Londres: Ward, Lock Bowden, and Co., 1891]

"Confesso", disse eu, "que não o acompanho."

"Não esperava mesmo que o fizesse. Vejamos se posso deixar isso mais claro. A maioria das pessoas, se você lhes descreve uma série de eventos, lhe dirá qual seria o resultado. Elas podem associar esses eventos em suas mentes, e afirmar a partir deles que alguma coisa virá a acontecer. Um pequeno número delas, contudo, se você lhes conta um resultado, serão capazes de derivar de sua própria reflexão os passos que conduziram a ele. É a essa capacidade que me refiro quando falo de raciocinar de trás para a frente, ou analiticamente."

"Compreendo."

"Ora, este era um caso em que nos foi dado o resultado e tínhamos de descobrir tudo o mais por nós mesmos. Agora deixe-me tentar lhe mostrar os diferentes passos de meu raciocínio. Para começar pelo começo, aproximei-me da casa, como sabe, a pé, e com minha mente inteiramente livre de quaisquer impressões. Comecei, naturalmente, examinando a rua, e ali, como já lhe expliquei, vi claramente as marcas de um fiacre, que, como verifiquei mediante indagações, devia ter estado lá durante a noite. Certifiquei-me de que era um fiacre, e não uma carruagem particular, pela pouca distância entre as rodas. Os fiacres em Londres costumam ser bem mais estreitos que o *brougham* de um cavalheiro.[236]

"Esse foi o primeiro ponto que marquei. Em seguida caminhei lentamente pela trilha do jardim, que por acaso era composta de uma terra argilosa, peculiarmente adequada para registrar impressões. Sem dúvida ela lhe pareceu uma mera linha de lama pisoteada, mas para meus olhos treinados cada marca sobre sua superfície tinha um significado. Nenhum ramo da ciência da detecção é tão importante e tão negligenciado quanto a arte de rastrear pegadas.[237] Felizmente, sempre lhe dei grande ênfase, e a prática intensa fez dela uma segunda natureza para mim. Notei as pegadas pesadas dos policiais, mas notei também a pista de dois homens que tinham passado primeiro pelo jardim. Foi fácil determinar que haviam estado ali antes dos outros, porque em alguns lugares suas marcas tinham sido inteiramente obliteradas por outras que tinham passado sobre elas. Formou-se assim meu segundo elo, que me disse que os visitantes noturnos eram dois, um notável pela sua altura (que calculei pelo comprimento de seu passo), e o outro apuradamente vestido, a julgar pela impressão pequena e elegante deixada por suas botas.

"Quando entrei na casa, esta última inferência foi confirmada. Meu homem bem calçado estava caído diante de mim. O alto, portanto, havia cometido o assassinato, se houvera assassinato. Não havia nenhum ferimento no corpo do morto, mas a expressão agitada de seu rosto me assegurou que ele antevira seu destino antes que este o abatesse. Homens que morrem de doença cardíaca, ou de alguma causa natural súbita, nunca exibem agitação em seus semblantes. Cheirando os lábios do morto, detectei um hálito ligeiramente azedo,[238] e cheguei à conclusão de que fora envenenado. Mais uma vez, raciocinei que tomara o veneno à força a partir da expressão de ódio e medo em seu rosto. Havia chegado a essa conclusão pelo método da exclusão, pois nenhuma outra hipótese corresponderia aos fatos. Não imagine que era uma ideia muito extravagante. A administração forçada de veneno não é em absoluto uma novidade nos anais do crime. Os casos de Dolsky em Odessa e de Leturier em Montpellier ocorrem de imediato a qualquer toxicologista.

"E agora vinha a grande questão do porquê. Roubo não fora o objetivo do assassinato, pois nada fora levado. Fora ele político, ou uma mulher? Essa foi a questão com que me confrontei. Tendi desde o início para a última suposição. Assassinos políticos contentam-se em fazer seu trabalho e fugir. Esse assassinato, ao contrário, havia sido extremamente deliberado, e o perpetrador deixara seus rastros pela sala toda, mostrando que estivera lá o tempo todo. Devia ter sido um delito privado, não um político, que exigira vingança tão metódica. Com a descoberta da inscrição na parede, minha opinião ficou mais forte que nunca. Aquilo era evidentemente um despiste. Quando o anel foi encontrado, contudo, ele decidiu a questão. Claramente o assassino o usara para lembrar à sua vítima uma mulher ausente ou morta. Foi nessa altura que perguntei a Gregson se, em seu telegrama para Cleveland, fizera alguma indagação sobre a carreira pregressa de Mr. Drebber. Ele respondeu, como você se lembra, na negativa.

"Em seguida passei a fazer um cuidadoso exame da sala, o que ratificou minha opinião quanto à altura do assassino, e me forneceu os detalhes adicionais sobre o charuto Trichinopoli e o comprimento de suas unhas. Já tinha chegado à conclusão, uma vez que não havia nenhum indício de luta, de que o sangue que cobria o assoalho jorrara do nariz do assassino em sua comoção. Pude perceber que o rastro de sangue coincidia com suas pegadas. Como é raro que um homem, a menos que seja muito pletórico, sangre dessa maneira por força de emoção, arrisquei a opinião de que o criminoso era provavelmente um homem robusto e corado. Os acontecimentos provaram que eu havia julgado corretamente.

"Tendo deixado a casa, tratei de fazer o que Gregson negligenciara. Telegrafei para o chefe de polícia de Cleveland,[239] limitando minhas indagações às circunstâncias associadas ao casamento de Enoch Drebber. A resposta foi conclusiva. Segundo ela, Drebber já pedira a proteção da lei contra um antigo rival num caso de amor, chamado Jefferson Hope, e esse mesmo Hope encontrava-se presentemente na Europa. Agora eu sabia que tinha a chave do mistério na mão, restando apenas prender o assassino.

"Eu já concluíra, por força de reflexão, que o homem que caminhara em direção à casa com Drebber não era outro senão aquele que conduzira o fiacre. As marcas na estrada mostravam-me que o cavalo havia vagado de uma maneira que teria sido impossível se houvesse alguém tomando conta dele. Nesse caso, onde poderia estar o cocheiro, senão dentro da casa? Mais uma vez, é absurdo supor que algum homem em seu perfeito juízo perpetraria um crime deliberado sob os próprios olhos, por assim dizer, de uma terceira pessoa que certamente o denunciaria. Por fim, supondo que um homem desejasse perseguir outro através de Londres, que meio melhor poderia adotar que se transformar em cocheiro? Todas estas considerações levaram-me à irresistível conclusão de que Jefferson Hope seria encontrado entre os cocheiros de fiacre da Metrópole.

"Se ele foi cocheiro, não há nenhuma razão para acreditar que tenha deixado de ser. Ao contrário, de seu ponto de vista, qualquer mudança súbita tenderia a chamar atenção sobre si. Provavelmente, pelo menos por algum tempo, continuaria a fazer seu serviço. Não havia nenhuma razão para suspeitar que usasse um nome falso. Por que adotaria outro nome num país em que ninguém conhecia o original? Assim, organizei meu corpo de detetives de moleques de rua e mandei-os investigar sistematicamente todos os proprietários de fiacre em Londres, até dar com o homem que eu queria. Como eles se saíram bem, e como tirei proveito disso rapidamente, ainda está fresco na sua lembrança. O assassinato de Stangerson foi um incidente inteiramente inesperado, mas que, de todo modo, dificilmente poderia ter sido evitado. Através dele, como você sabe, entrei na posse das pílulas, cuja existência já supusera. Como vê, a coisa toda é uma cadeia de sequências lógicas sem uma ruptura ou falha."

"Pode fazer o que quiser, doutor."
[Geo. Hutchinson, *A Study in Scarlet*, Londres, Ward, Lock Bowden, and Co., 1891]

"É maravilhoso!" exclamei. "Seus méritos deveriam ser publicamente reconhecidos. Deveria publicar um relato do caso. Se não o fizer, eu o farei para você."

"Pode fazer o que quiser, doutor", respondeu ele. "Veja só!" continuou, estendendo-me um jornal. "Dê uma olhada nisto!"

Era o *Echo* do dia, e o parágrafo que ele apontava era dedicado ao caso em questão.

"Veja só! Dê uma olhada nisto!" [Richard Gutschmidt, *Späte Rache*, Stuttgart, Robert Lutz Verlag, 1902]

"O público", lia-se ali, "perdeu uma diversão sensacional com a súbita morte de um tal Hope, suspeito do assassinato de Mr. Enoch Drebber e de Mr. Joseph Stangerson. Os detalhes do caso provavelmente nunca serão conhecidos, embora tenhamos sido informados por fonte segura de que o crime foi resultado de uma antiga desavença romântica, em que amor e mormonismo tiveram um papel. Parece que ambas as vítimas pertenceram, em sua juventude, aos Santos dos Últimos Dias, e Hope, o prisioneiro falecido, também provém de Salt Lake City. Se o caso não tiver nenhum outro efeito, pelo menos põe em relevo da maneira mais admirável a eficiência de nossa força policial de detetives, e servirá para ensinar a todos os estrangeiros que o melhor que fazem é resolver suas desavenças em casa, e não trazê-las para solo britânico. É um segredo de polichinelo que o mérito por essa engenhosa captura pertence inteiramente aos conhecidos policiais da Scotland Yard, Messrs. Lestrade e Gregson. O homem foi capturado, ao que parece, no apartamento de um certo Mr. Sherlock Holmes, que, na condição de amador, revelou ele próprio algum talento na linha da detecção e que, com tais instrutores, pode esperar atingir com o tempo algum grau de sua competência. Espera-se que algum tipo de homenagem seja prestada aos dois policiais, num apropriado reconhecimento por seus serviços."

"Eu não lhe disse quando começamos?" exclamou Sherlock Holmes, rindo. "Esse é o resultado de nosso Um estudo em vermelho — proporcionar-lhes uma homenagem!"

"Não faz mal", respondi. "Tenho todos os fatos em meu diário, e o público haverá de conhecê-los. Nesse meio-tempo, você deve se contentar com a consciência do sucesso, como o avarento romano...

Populus me sibilat, at mihi plaudo
Ipse domi simul ac nummos contemplar in arca."[240]

Notas

236. O *brougham* foi originalmente projetado (*c.* 1838) por Henry Peter Brougham, futuro barão e ex-lorde chanceler da Inglaterra. Uma carruagem coberta de quatro rodas era puxada por um cavalo e tinha uma boleia aberta na frente.

237. Holmes considerava este assunto tão importante que acabou escrevendo uma monografia a respeito. Em *O signo dos quatro*, ele fala de seu trabalho intitulado "Sobre o rastreamento de pegadas, com algumas observações sobre o uso de gesso para preservar impressões".

238. Uma façanha notável, levando-se em conta a quantidade de gim consumida por Drebber.

239. Ralph Mendelson, em "Hero neglected, a true account", identifica esta pessoa como Jacob W. Schmitt, o superintendente da polícia de Cleveland de 1871 a 1893. Embora o relato de Watson não lhe dê grande destaque, o eficiente Schmitt merece sua própria parcela de mérito no sucesso da carreira de Holmes, pelo menos segundo Mendelson. "Se o superintendente Schmitt não tivesse agido prontamente e fornecido até mais informações do que Holmes solicitara", observa ele, "Holmes teria ficado desacreditado aos olhos da Scotland Yard. Pior ainda, teria ficado desacreditado aos olhos do Dr. Watson ..... E, sem Watson para admirá-lo e estimular sua carreira, Holmes teria continuado a ser o consultor desconhecido que era quando o médico o conheceu."

240. O costume de Holmes de encerrar seus primeiros casos com uma citação ou um ditado, aqui atribuído a Watson, imita os casos relatados "daquele sujeito inferior", M. Dupin. (Ver nota 80.) A citação, da *Primeira sátira* de Horácio, pode ser assim traduzida: "Vaiam-me na rua, mas eu em casa me aplaudo ao contemplar com afeto o meu dinheiro no cofre."

Holmes exibe desdém pela publicidade em muitos casos. Como ele diz em "A ponte Thor": "Talvez o surpreenda saber que prefiro trabalhar anonimamente, e que é o problema em si que exerce atração sobre mim." Mais tarde ele deprecia os relatos que Watson faz de seus casos como arruinando "o que poderia ter sido uma série instrutiva e até clássica de demonstrações" ("A Granja da Abadia"). No entanto o crescimento de sua clientela ocorreu em grande parte graças às publicações de Watson. O tema da ambivalência de Holmes em relação à publicidade é considerado em maior detalhe no artigo deste editor, "What do we really know about Sherlock Holmes and John H. Watson?"

Anexo

"Mr. Sherlock Holmes"

Dr. Joseph Bell[241]

Não é um sinal de todo mau deste século fatigado e gasto que, nesta sua última década, até o povinho das ruas esteja começando, como dizem as amas, a observar. Uma curiosidade insaciável e em geral pruriente quanto às ações da classe imediatamente acima de nós é alcovitada pelas revistas da sociedade e estimulada até pelos jornais. Essa informação é intelectualmente sem valor e tende à degradação moral; não exercita nenhum dos sentidos e empobrece a imaginação. Celebridades em casa, entrevistas ilustradas, escândalo na sociedade em todos os níveis apenas titilam o ouvido ansioso do mexerico. Memórias, recordações, anedotas da Ordem dos Advogados ou da Academia são muito mais interessantes, e podem ser valiosas ao fornecer informações subsidiárias sobre a história, mas ainda assim apenas divertem e ajudam a matar o tempo, cujo valor esquecemos. Nos últimos anos, porém, tem havido nítida demanda por livros que, em certa medida limitada, encorajam o pensamento e estimulam a observação. Toda a série Gamekeeper at Home[242] e suas imitações abriram os olhos dos citadinos, que haviam esquecido ou nunca conhecido White de Selborne,[243] para as deliciosas visões e sons que eram a colheita dos olhos e dos ouvidos abertos. O mesmo tipo de interesse é dedicado à "horrível rua da cidade apinhada" pela sugestão de crime e aventura, de curiosidade e sua gratificação, que encontramos escrita com maior ou menor habilidade na enorme massa da chamada literatura policial sob a qual a prensa geme. Toda banca de livros tem seu romance sensacionalista por um xelim, e toda revista que deseja circulação tem de ter sua história de roubo ou assassinato. Em sua maioria, são material bastante pobre; tramas complicadas, que podem ser previstas no primeiro capítulo, coincidências extraordinárias, detetives sobrenaturalmente talentosos, que fazem descobertas mais ou menos inúteis por lampejos de intuição que ninguém mais pode compreender, tornam-se enfadonhas em sua mesmice, e o interesse, de fato, centra-se somente nos resultados e não nos métodos. Podemos admirar Lecocq [sic], mas não nos vermos em seu lugar. O Dr. Conan Doyle obteve um merecido sucesso com suas histórias policiais, e tornou o nome de seu herói amado pelos meninos deste país graças à maravilhosa engenhosidade de seu método. Ele mostra como é fácil, contanto que você seja capaz de observar, descobrir muita coisa sobre as ações de seus amigos inocentes e inconscientes, e, por uma extensão do mesmo método, frustrar o criminoso e desnudar seus procedimentos. Não há nada de novo sob o sol. Voltaire nos ensinou o método de Zadig,[244] e todo bom professor de medicina ou cirurgia exemplifica diariamente em seu ensino e prática o método e seus resultados. O reconhecimento e a apreciação precisa e inteligente de pequenas diferenças são o fator realmente essencial em todo diagnóstico médico bem-sucedido. Transportados para a vida comum, dada a presença de uma curiosidade insaciável e sentidos aguçados, temos Sherlock Holmes a espantar seu amigo um tanto obtuso, Watson; desenvolvido num treinamento especializado, temos Sherlock Holmes, o competente detetive.

A formação do Dr. Conan Doyle como estudante de medicina ensinou-lhe a observar, e sua prática, tanto como clínico geral quanto como especialista, foi um esplêndido treinamento para um homem como ele é, dotado de olhos, memória e imaginação. Olhos e ouvidos capazes de ver e ouvir, memória para registrar de imediato e evocar a seu bel-prazer as impressões dos sentidos, e uma imaginação capaz de tecer uma teoria, emendar uma cadeia rompida ou deslindar uma pista emaranhada — esses são os instrumentos de seu ofício como diagnosticador de sucesso. Se além disso o médico é também um contador de histórias nato, então é mera questão de escolha escrever contos policiais ou poupar suas forças para um notável romance histórico como *A Companhia Branca*.[245] Syme, um dos mais notáveis professores de diagnose cirúrgica que já existiram, tinha uma analogia que, como uma tradição de escola, deixou sua marca no método do Dr. Conan Doyle. "Procure aprender os traços de uma doença ou ferimento tão precisamente como conhece os traços, o andar, os maneirismos de seu amigo mais íntimo." A ele, mesmo numa multidão, você pode reconhecer de imediato; pode ser uma multidão de homens vestidos da mesma maneira, e cada um tendo seu complemento de olhos, nariz, cabelo e membros; em todas as características essenciais eles se parecem uns com os outros, só diferem em insignificâncias; no entanto, conhecendo bem essas insignificâncias, você faz seu diagnóstico ou reconhecimento com facilidade. Assim é com a doença da mente, do corpo ou da moral. Peculiaridades raciais, maneirismos hereditários, sotaque, ocupação ou falta dela, educação, ambiente de todos os tipos, por suas marcas pequenas e triviais moldam ou curvam gradualmente o indivíduo, deixando impressões digitais ou vestígios de cinzel que o especialista pode reconhecer. As características importantes e amplas que podem ser reconhecidas num relance como indicativas de doença cardíaca ou tuberculose, embriaguez crônica ou perda de sangue prolongada, são do conhecimento de qualquer noviço em medicina, ao passo que para mestres de sua arte há miríades de sinais eloquentes e instrutivos, mas que só o olho educado pode detectar. Nos últimos tempos foi escrito um livro de bom tamanho e valioso sobre um sintoma; o pulso; para qualquer um que não seja um médico treinado, ele parece um absurdo tão grande quanto o tratado imortal de Sherlock Holmes sobre as cento e catorze variedades de cinza de tabaco. O maior passo dado nos últimos anos na medicina preventiva e diagnóstica consiste no reconhecimento e diferenciação pela pesquisa bacteriológica daqueles minúsculos organismos que disseminam cólera e febre, tubérculo e antraz. A importância do infinitamente pequeno é incalculável. Envenene um poço em Meca com o bacilo do cólera, e a água sagrada que os peregrinos carregam em suas garrafas infectará um continente, e os andrajos das vítimas da praga aterrorizarão cada porto de mar na Cristandade.

Formado para perceber e apreciar detalhes minúsculos, o Dr. Doyle viu como podia interessar aos seus inteligentes leitores confiando neles e mostrando seu método de trabalho. Criou um homem astuto, de visão rápida, inquisitivo, quase um virtuose, com muito tempo livre, boa memória e talvez o maior de todos os talentos — a capacidade de livrar a mente de toda a carga de tentar lembrar detalhes desnecessários. Holmes diz a Watson: "Um homem deveria manter o pequeno sótão de seu cérebro guarnecido de todos os móveis de que poderá ter necessidade; quanto ao resto, pode depositá-lo no quarto de despejo de sua biblioteca, onde poderá pegá-lo se precisar."[246] Mas para ele os efeitos triviais do ambiente, as assinaturas do trabalho, as manchas do ofício, os incidentes de percurso têm vivo interesse, pois tendem a satisfazer uma curiosidade insaciável, quase desumana, porque impessoal. Ele põe o homem na posição de um detetive amador, e por isso irresponsável, que é consultado em toda espécie de casos, e depois nos deixa ver como ele trabalha. Mostra-o explicando ao bom Watson os elos triviais, ou aparentemente triviais, em sua cadeia de indícios. Quando explicados, estes são de imediato tão óbvios, e tão fáceis, uma vez que os conhecemos, que o leitor ingênuo sente à primeira vista, e diz a si mesmo: eu também poderia fazer isso; a vida, afinal de contas, não é tão tediosa; manterei os olhos abertos e descobrirei coisas. O relógio de ouro, com seu orifício para a chave arranhado e as marcas deixadas pelo penhorista, contaram uma história transparente sobre o irmão de Watson.[247] O velho e empoeirado chapéu-coco revelou que seu dono passara a beber alguns anos antes e cortara o cabelo ontem.[248] A minúscula marca de espinho e a alarmante pegada do ser que não era nem criança nem macaco permitiu a Holmes identificar e capturar o ilhéu andamanês.[249] No entanto, no fim das contas, você diz, não há nada maravilhoso; todos nós poderíamos fazer o mesmo.

Todos os dias o médico experiente e o cirurgião treinado, em seu exame dos mais humildes pacientes, têm de desenvolver um processo similar de raciocínio, rápido ou lento segundo as equações pessoais de cada um, quase automático no homem tarimbado, laborioso e muitas vezes errático no aprendiz, exigindo contudo os mesmos requisitos simples: sentidos para perceber os fatos, e educação e inteligência para aplicá-los. Mera agudeza dos sentidos não é suficiente. Seu rastreador índio lhe dirá que a pegada sobre as folhas não é de um pele-vermelha, mas de um cara-pálida, porque indicou um sapato, mas só um especialista em couros de calçado pode dizer onde o sapato foi fabricado. Um detetive de olhar aguçado pode observar a marca do polegar de uma mão encardida ou ensanguentada no veludo ou no espelho, mas é preciso ter todo o conhecimento científico de um Galton[250] para tornar as estrias e sulcos da mancha visíveis e permanentes e em seguida identificar por sua assinatura o ladrão ou assassino presumível. Sherlock Holmes tem sentidos aguçados, e a educação e informação especiais que os tornam valiosos; e pode se dar ao luxo de nos introduzir aos segredos de seu método. Mas, além da criação de seu herói, o Dr. Conan Doyle provou-se nessa notável série de aventuras um contador de histórias nato. Teve a sagacidade de arquitetar tramas excelentes, complicações interessantes; narra-as num honesto inglês saxônio de maneira direta e vigorosa; e, acima de todos os seus outros méritos, suas histórias são absolutamente livres de palavreado desnecessário. Ele sabe como a concisão é deliciosa, como tudo tende a ser longo demais, e nos deu histórias que podemos ler num fôlego entre o jantar e o café, sem ter oportunidade de esquecer o início antes de chegar ao fim. A história policial comum, de Gaboriau[251] ou Boisgobey[252] até o mais recente sensacionalista, requer de fato um esforço de memória inteiramente descabido para manter as circunstâncias dos crimes e todas as pistas erradas dos vários intrusos diante do fatigado leitor. O Dr. Doyle nunca nos dá uma chance de esquecer um incidente ou não captar uma questão.

Notas

241. O ensaio do Dr. Bell foi publicado pela primeira vez em *The Bookman* (Londres) de dezembro de 1892 sob o título "The adventures of Sherlock Holmes" e reproduzido na edição de 1893 de Ward, Lock & Bowden Ltd. de *A Study in Scarlet*.

242. John Richard Jeffries (1848-87) foi um naturalista, ensaísta e romancista cujos 20 livros incluíram muitas histórias de caráter místico sobre a natureza. Seu verbete na *Encyclopaedia Britannica* o descreve como alguém cuja "visão profética não foi devidamente apreciada em sua própria era vitoriana .... . Combinando observação detalhada com uma apreensão mística da natureza, foi um mestre tanto de um estilo descritivo claro como de uma prosa sensual, poética." Originalmente repórter do *North Wilts Herald*, Jeffries conseguiu talvez sua maior oportunidade quando o *Times* publicou sua carta de 4.000 palavras sobre o lavrador do Wiltshire. *The Gamekeeper at Home*, um trabalho não ficcional contendo suas reflexões sobre a vida no campo e a natureza, foi publicado em fascículos na *Pall Mall Gazette* em 1878 e na forma de livro em 1887. Apesar de ser um escritor prolífico, Jeffries tinha problemas de saúde e morreu de tuberculose aos 38 anos, ainda muito pouco reconhecido no mundo literário.

243. Gilbert White (1720-93), de Selborne, Inglaterra, foi um naturalista, poeta e clérigo. É mais conhecido por sua grande obra *The Natural History and Antiquities of Selborne* (1789), uma coletânea de cartas escritas para seus amigos Thomas Pennant e Daines

Barrington ao longo de 20 anos. *The Cambridge History of English and American Literature* (1907-21) o chama de "o clássico solitário da história natural. Não é fácil dar, em poucas palavras, uma razão para seu notável sucesso. Trata-se menos, de fato, de um livro logicamente organizado e sistemático que de um inestimável registro da vida de trabalho de um homem simples e refinado que conseguia descrever tão bem a si mesmo quanto àquilo que via."

244. A novela de Voltaire *Zadig Memnon* (1747) é geralmente considerada um dos mais antigos exemplos de dedução "sherlockiana". Na novela, Zadig é um jovem babilônio que sofre privações semelhantes às de Jó ao aprender que o bem e o mal estão inexoravelmente entrelaçados e que a felicidade só pode chegar após grande sofrimento. O que Bell entende pelo "método de Zadig" é sua tendência a observar as coisas atentamente e — bastante como Holmes — extrair conclusões do que vê. Quando o cavalo do rei e o cão da rainha são furtados, Zadig é interrogado, e, embora afirme não ter visto os animais desaparecidos, é capaz de descrevê-los em minúcias. É imediatamente preso pelo furto, mas libertado quando os animais furtados são encontrados. Zadig é então multado por ter mentido que vira os animais. Ele se defende, contudo, explicando como "observou as marcas das ferraduras de um cavalo, todas a distâncias iguais. ... Isso deve ser um cavalo, pensei com meus botões, que galopa excelentemente. A poeira nas árvores na estrada que tinha apenas dois metros de largura sofrera roçadelas, à distância de um metro do meio da estrada. 'Esse cavalo', disse eu, 'tem uma cauda de um metro de comprimento, que se sacudia à direita e à esquerda...'" Ele faz também observações semelhantes sobre o cão. Finalmente sua multa lhe é restituída, mas tem de pagar quase a mesma quantia a seus advogados. Mais tarde, quando um prisioneiro foge, Zadig o observa por uma janela; decide não se envolver, mas é multado por não relatar o que viu. "'Santo Deus!' disse a si mesmo. 'Que infortúnio é andar numa mata em que o *spaniel* da rainha ou o cavalo do rei passaram! E como é difícil ser feliz nesta vida!'" Felizmente Holmes não partilhava as conclusões de Zadig.

245. O excelente romance de Conan Doyle *The White Company* foi publicado em 1891 (Londres: Smith, Elder & Co.). A história de cavaleiros, belas damas, guerra, bravura e honra é situada no reinado de Eduardo III (1312-77) e contém uma opulência de descrições historicamente precisas.

246. "As cinco sementes de laranja". Holmes faz um comentário semelhante em *Um estudo em vermelho*.

247. *O signo dos quatro*, em que Holmes deduz a existência do irmão de Watson e sua queda no alcoolismo a partir de arranhões no relógio que Watson acaba de obter.

248. "O Carbúnculo Azul". Aqui, num *tour de force*, Holmes faz uma série de deduções sobre o infeliz Henry Baker a partir de seu chapéu perdido, provando estar 100% correto quando se encontram mais tarde.

249. Bell refere-se ao pigmeu Tonga e a sua zarabatana característica (*O signo dos quatro*).

250. O antropólogo Francis Galton (1822-1911), primo de Charles Darwin, é amplamente considerado o pai da ciência das impressões digitais. Em 1892, após explorar a pesquisa de Sir William Herschel e do Dr. Henry Faulds, publicou o livro *Finger Prints*, que não só estabelecia que não há duas pessoas com impressões digitais iguais como também introduziu um sistema de classificação que analisava o padrão de curvas, arcos e estrias. Esse sistema foi aperfeiçoado por Edward R. Henry, futuro comissário da polícia metropolitana de Londres. Em 1893, após o endosso do Comitê Troup (assim chamado por causa de Edward Troup, por muito tempo funcionário público e personalidade do Ministério dos Negócios Interiores, um escocês que foi pioneiro na prática de delegação de responsabilidade no ministério), as impressões digitais foram introduzidas com sucesso na Índia em 1897. Em 1901 a Scotland Yard estabeleceu sua própria agência de impressões digitais usando o chamado sistema Galton-Henry (ou Detalhes de Galton), até hoje o sistema de classificação preferido. Galton foi feito cavaleiro em 1909.

Para mais sobre Galton, Herschel e Faulds, ver "Sherlock Holmes e as impressões digitais" em *A volta de Sherlock Holmes* (volume 3 desta série), p.88.

251. Ver nota 82.

252. Fortuné de Boisgobey (1824-91) foi um escritor francês de ficção. Embora quase esquecido hoje, suas histórias policiais tiveram ampla circulação, e muitas foram traduzidas para o inglês. Entre estas incluem-se *Les mystères du nouveau Paris* (1876), *Le demi-monde sous la Terreur* (1877), *Les nuits de Constantinople* (1882), *Le cri du sang* (1885) e *La main froide* (1889). O romance publicado por Boisgobey em 1878, *La vieillesse de Monsieur Lecoq*, é, como seu título indica, sobre o herói-detetive de Gaboriau.

Bibliografia selecionada

Geral

Ackroyd, Peter. *London: The Biography*. Londres, Chatto & Windus, 2000; Nova York, Doubleday, 2001/ Anchor Books, 2003.

Asher, Richard. "Holmes and the fair sex", *Sherlock Holmes Journal* 2, n.3, verão de 1955, p.15-22.

Baedeker, Karl. *Great Britain: Handbook for Travellers*. Leipzig, Karl Baedeker, Publishers, 1894.

____. *London and its Environs*. Leipzig, Karl Baedeker, Publisher, 1896.

Baring-Gould, William S. "New chronology of Sherlock Holmes and Dr. Watson", *Baker Street Journal* [O.S.] 3, n.2, abr 1948, p.107-25, e 3, n.3, jul 1948, p.238-51.

____. *Annotated Sherlock Holmes*. 2 vols. Nova York, Clarkson N. Potter, 1967.

____. *The Chronological Holmes*. Nova York, ed. particular, 1955.

____. *Sherlock Holmes of Baker Street. A Life of The World's First Consulting Detective*. Nova York, Clarkson N. Potter, 1962.

Bell, H.W. *Sherlock Holmes and Dr. Watson: The Chronology of Their Adventures*. Londres, Constable & Co., 1932.

Bigelow, S. Tupper. *An Irregular Anglo-American Glossary of More or Less Unfamiliar Words, Terms and Phrases in the Sherlock Holmes Saga*. Toronto, Castalotte & Zamba, 1959.

Blakeney, T.S. *Sherlock Holmes: Fact or Fiction?* Londres, John Murray, 1932.

Bradley, C. Alan e William A.S. Sarjeant. *Ms. Holmes of Baker Street: The Truth About Sherlock*. Dubuque, Iowa, Gasogene Press, 1989.

Brend, Gavin. *My Dear Holmes*, Londres, George Allen & Unwin, 1951.

Brewer, E. Cobham. *Dictionary of Phrase and Fable*. Filadélfia, Henry Altemus, 1898.

Butters, Roger. *First Person Singular: A Review of the Life and Work of Mr. Sherlock Holmes, the World's First Consulting Detective, and His Friend and Colleague, Dr. John H. Watson*. Nova York, Vantage Press, 1984.

Campbell, Maurice, O.B.E., D.M., E.R.C.P. *Sherlock Holmes and Dr. Watson: A Medical Digression*. Londres, Ash & Co., 1951.

Christ, Jay Finley. *An Irregular Chronology of Sherlock Holmes of Baker Street*. Ann Arbor, Mich., The Fanlight House, 1947.

Clunn, Harold P. *The Face of London*. Nova York, E.P. Dutton & Company, 1937.

Collier's Cyclopedia of Commercial and Social Information and Treasury of Useful and Entertaining Knowledge, Nugent Robinson (org.). Nova York, P.F. Collier, Publisher, 1890.

Cummings, Carey. *The Biorhythmical Holmes: A Chronological Perspective*. Albany, NY, Altamont's Agents' Press, 1980.

Dakin, D. Martin. *A Sherlock Holmes Commentary*. Newton Abbot, David & Charles, 1972.

Encyclopædia Britannica: A Dictionary of Arts, Sciences Literature. 9ª ed. The R.S. Peale Reprint. Chicago, The Werner Company, 1893.

Encyclopædia Britannica: A Dictionary of Arts, Sciences, Literature and General Information Nova York The Encyclopædia Britannica Company, 11ª ed., 1911.

Encyclopædia Britannica CD. Versão 97. Encyclopædia Britannica, 1997.

Folsom, Henry T. *Through the Years at Baker Street. A Chronology of Sherlock Holmes*. Washington, NJ, ed. particular, 1963.

____. *Through The Years at Baker Street. A Chronology of Sherlock Holmes*. Ed. revista. Washington, NJ, ed. particular, 1964.

Gascoigne, Bamber. *Encyclopedia of Britain*. Londres, Macmillan, 1994.

Gill, William H. "Some notable sherlockian buildings." *Sherlock Holmes Journal* 4, n.4, abr 1952, p.124-6.

Hall, John. *"I Remember the Date Very Well": A Chronology of the Sherlock Holmes Stories of Arthur Conan Doyle*. Essex, Inglaterra, Ian Henry Publications, 1993.

____. *Sidelights on Holmes*. Ashcroft, British Columbia, Calabash Press, 1998.

Hare, Augustus J.C. *Walks in London*. Nova York, George Routledge and Sons, 1884, 2 vols. em 1.

Harrison, Michael. *In the Footsteps of Sherlock Holmes*. Newton Abbot, David & Charles, 1971.

____. *The London of Sherlock Holmes*. Newton Abbot, David & Charles, 1972.

____. *The World of Sherlock Holmes*. Plymouth, Inglaterra, Frederick Muller Limited, 1973.

Hotten, John Camden. *The Slang Dictionary, or, the Vulgar Words, Street Phrases, and "Fast Expressions" of High and Low Society*. Londres, John Camden Hotten, Piccadilly, 1865.

Hughes, Thomas. *Tom Brown's School Days*. Thomas Nelson ed. por Gil Jaysmith, 1857/1905.

Jones, Kelvin I. *A Sherlock Holmes Dictionary*. Nova York, Magico Magazine, 1988.

Klinefelter, Walter. "The writings of Mr. Sherlock Holmes." *Baker Street Journal* [O.S.] 1, n.4, 1946, p.409-16.

Klinger, Leslie S. "On Sherlock Holmes's money." *New Baker Street Pillar Box* 22, primavera 1995, p.26-8.

La Cour, Tage. Ex *Bibliotheca Holmesiana: The First Editions of the Writings of Sherlock Holmes*. Copenhagen, The Danish Baker Street Irregulars, 1951.

Malec, Andrew. "Frederic Dorr Steele and the limited editions Club Edition of the Canon: Six elusive original drawings rediscovered". John Bergquist (org.). *The Norwegian Explorers of Minnesota Christmas Annual 2003*. Minneapolis, Minn., The Norwegian Explorers of Minnesota, 2003, p.7-42

McQueen, Ian. *Sherlock Holmes Detected: The Problems of the Long Stories*. Newton Abbot, Londres, e Vancouver: David & Charles, 1974.

Miles, Alfred H. *The Household Oracle*. Londres, Hutchinson & Co., 1897.

Morley, Christopher. *Sherlock Holmes and Dr. Watson: A Textbook of Friendship*. Nova York, Harcourt, Brace and Company, 1944.

Park, Orlando. *Sherlock Holmes, Esq. and John H. Watson, M.D.: An Encyclopædia of Their Affairs*. Evanston, III., Northwestern University Press, 1962.

Peck, Andrew Jay e Leslie S. Klinger. *"The Date Being–?": A Compendium of Chronological Data*. Nova York, Magico Magazine, 1996.

Porter, Roy. *London: A Social History*. Cambridge, Mass., Harvard University Press, 2001.

Redmond, Christopher. *In Bed with Sherlock Holmes: Sexual Elements of Arthur Conan Doyle's Stories of the Great Detective*. Toronto, Simon & Pierre, 1984.

Redmond, Donald A. *Sherlock Holmes, a Study in Sources*. Kingston and Montreal, McGill-Queen's University Press, 1982.

Rodin, Alvin E. e Jack D. Key. *The Medical Casebook of Dr. Arthur Conan Doyle*. Malabar, Fla., Robert E. Krieger Publishing Co., 1984.

Schama, Simon. *A History of Britain: The Fate of Empire*, 1776-2000. Nova York, Hyperion, 2002.

Sherlock Holmes: Catalogue of an Exhibition Held at Abbey House, Baker Street, London, May-September 1951. Apresentado no Festival of Britain pelo Public Libraries Committee of the Borough of St. Marylebone.

Starrett, Vincent. *The Private Life of Sherlock Holmes*. Nova York, The Macmillan Company, 1933.

Stern, Madeleine B. *Sherlock Holmes: Rare Book Collector*. Rockville Centre, NY, Paulette Greene, 1981.

Strachey, Lytton. *Eminent Victorians*. Nova York, G.P. Putnam, 1918; Bartleby.com, 2000.

Symons, Julian. *Portrait of an Artist. Conan Doyle*. Londres, Whizzard Press, 1979.

Thomson, June. *Holmes and Watson*. Londres, Constable & Company Ltd., 1995.

Tracy, Jack (org.). *The Encyclopaedia Sherlockiana, or A Universal Dictionary of Sherlock Holmes and His Biographer John H. Watson, M.D*. Nova York, Avon Books, ed. revista e ampliada, 1979.

Vincent, Col. Sir Howard. *Police Code and General Manual of the Criminal Law. Preceded by an Address to the Police on Their Duties by the Lord Brampton (Sir Henry Hawkins)*. Londres, Francis Edwards and Simpkin, Marshall, Hamilton, Kent & Co., 12ª ed., 1904.

Warrack, Guy. *Sherlock Holmes and Music*. Londres, Faber and Faber, 1947.

Williams, Newt e Lillian. Esclarecimentos, comentários e notas manuscritos e inéditos a *The Annotated Sherlock Holmes*, de Baring-Gould (supra), conhecidos como *Annotated "Annotated"*, hoje na biblioteca da Occupants of the Empty House, DuQuoin, Ill., disponibilizados para este editor.

Wilson, A.N. *The Victorians*. Londres, Hutchinson, 2002; Nova York, W.W. Norton, 2003.

Zeisler, Ernest Bloomfield. *Baker Street Chronology: Commentaries on the Sacred Writings of Dr. John H. Watson*. Chicago, Alexander J. Isaacs, 1953.

Um Estudo em Vermelho

Adams, Stephen. "Holmes: A student of London?" *Sherlock Holmes Joumal* 2, n.4, inverno de 1955, p.17-8.

Allen, F.A. "Devilish drugs, part one." *Sherlock Holmes Journal* 3, n.3, outono 1957, p.12-4.

Andrew, Clifton. "That Scotland yarder, Gregson–what a help (?) he was." In J.N. Williamson (org.), *The Illustrious Client's Second Case-Book*. Indianapolis, Ind., The Illustrious Clients, 1949, p.35-9.

Ashton, Ralph A. "The secret weapons of 221B Baker Street." *Baker Street Journal* 9, n.2, 1959, p.99-102.

Austin, Bliss. *Baker Street Christmas Stocking*. Pittsburgh, Pa., Hydraulic Press, 1962.

Axelrad, Arthur M. "Dr. Watson's bull pup: A psycholinguistic solution", *Dispatch Box* 3, 13 out 1982, p.10-1.

Ball, John, Jr. "Early days in Baker Street." *Baker Street Journal* 5, n.4, out 1955, p.211-9.

Ball, John. "The Second Collaboration." *Baker Street Journal* 4, n.2, abr 1954, p.69-74.

Barzun, Jacques. *Simple & Direct. A Rhetoric For Writers*. Nova York, Harper & Row, 1975.

Bates, Hampton R. "Dr. Watson and the jezail bullet", *Virginia Medical Bulletin*, nov 1976, reimpresso em *Buffalo Chips* 9, n.1, fev 1992, p.6-7.

____. "Sherlock Holmes and syphilis", *Canadian Medical Association Journal* 113, 1975, p.815.

Belford, Barbara. *Bram Stoker: A Biography Of The Author Of Dracula*. Nova York, Alfred A. Knopf, 1996.

Bell, H.W. "Three identifications: Lauriston Gardens, Upper Swandam Lane, Saxe-Coburg Square", in Vincent Starrett (org.). *221B: Studies In Sherlock Holmes*. Nova York, The Macmillan Co., 1940, p.59-67.

Bell, Whitfield J., Jr. "Holmes and History." *Baker Street Journal* [O.S.] 2, n.4, out 1947, p.447-56.

Bengis, Nathan. "Sherlock Stays after school", in J.N. Williamson (org.). *The Illustrious Client's Second Case-Book*. Indianapolis, Ind., The Illustrious Clients, 1949, p.72-8.

Benton, John L. "Who was Dr. Watson's 'good authority?'", *Sherlockian Meddler* 9, n.4, dez 1981, p.23-4.

Berg, Emanuel. "For it's greatly to their credit", *Baker Street Journal* 9, n.2, abr 1959, p.90-8.

Black, Stephen M. "Was Watson, Watson?", *Baker Street Journal* 30, n.2, jun 1980, p.86-93.

Blakeney, T.S. "The location of 'the three students'", *Sherlock Holmes Journal* 4, n.1, inverno de 1958, p.14.

Blaustein, Albert P. "Sherlock Holmes as a lawyer", *Baker Street Journal* [O.S.] 3, n.3, jul 1948, p.306-8.

Blegen, Theodore C. "These were hidden fires, indeed!", in E.W. McDiarmid e Theodore C. Blegen (orgs.). *Exploring Sherlock Holmes*. La Crosse, Wisc., Sumac Press, 1957, p.9-26.

Bleiler, E.F. "Marmelahd or marmelade", *Armchair Detective* 13, n.4, outono de 1980, p.334-5.

Bolitho, Hector e Derek Peel. *Without The Crry Wal: An Adventure In London Street-Names North Of The River*, Londres, John Murray, 1952.

Boswell, Rolfe. "Quick, Watson, the fiddle!", *Boker Street Journal* [O.S.] 3, n.4, out 1948, p.435-40.

Boucher, Anthony. "The records of Baker Street", *Baker Street Journal* [O.S.] 4, n.1, jan 1949, p.97-104.
Brain, Peter. "Dr. Watson's war wounds", *The Lancet*, n.7.634, 20 dez 1969, p.1.354-5.
Brend, Gavin. "Was Sherlock Holmes at Westminster?", *Sherlock Holmes Journal* 2, n.1, jul 1954, p.39-41.
Bristowe, W.S. "Oxford or Cambridge?", *Sherlock Holmes Journal* 4, n.2, primavera de 1959, p.75-6.
Bryan-Brown, Freddy. "The influence of Edgar Allan Poe on Doyle and Holmes", *Sherlock Holmes Journal 20*, n.4, verão de 1992, p.124-7.
Carey, Eugene F. "Holmes, Watson and cocaine", *Baker Street Journal* 13, n.3, set 1963, p.176-81, 195.
Christ, Jay Finley. "An adventure in the lower criticism, Part II: Dr. Watson and the moon", *Baker Street Gasogene*, n.4, abr 1962, p.13-9.
____. "Sherlock and the canons", *Baker Street Journal* 3, n.1, jan 1953, p.5-12.
Clarkson, Paul S. "'In the beginning...'", *Baker Street Journal* 8, n.4, out 1958, p.197-209.
Clarkson, Steve. "Another case of identity", *Baker Street Journal* 22, n.2, jun 1972, p.84-6.
Cochran, Leonard. "Sherlock Holmes and logic: The education of a genius", *Baker Street Journal* 17, n.1, mar 1967, p.15-9.
Cole, James. "The curious incident of Holmes's. Doing little in the daytime", *Baker Street Journal* 30, n.3, set 1980, p.170-3.
Connors, Joseph B. "Holmes and the Oxford manner", in Bryce L. Crawford Jr. e Joseph B. Connors (orgs.). *Cultivating Sherlock Holmes*. La Crosse, Wisc., publicado por Sumac Press para o Norwegian Explorers, 1978, p.39-47.
Cooperman, E.M. "Marfan's syndrome and Sherlock Holmes", *Canadian Medical Asociotion Journal* 112, 1975, p.483.
Cross, Melvin. "The lantern of Sherlock Holmes", *Baker Street Journal* [O.S.] 1, n.4, 1946, p.433-42.
Curjel, Harald. "Some further thoughts on canonical weaponry", *Sherlock Holmes Journal* 15, n.3, inverno de 1981, p.82-5.
Curjel, H.E.B. "Young doctor Stamford of barts", *Sherlock Holmes Journal* 11, n.4, outono de 1974, p.131-3.
Cutter, Robert A. "The underground", in J.N. Williamson (org.). *The Illustrious Client's Second Case-Book*. Indianapolis, Ind., The Illustrious Clients, 1949, p.83-7.
Davies, Bernard. "The book of Genesis", *Sherlock Holmes Journal*, Centenary Special, 1987, p.9-37.
Dean, May. "A demographic portrait of the mormons, 1830-1980", in Thomas G. Alexander e Jessie L. Embry (orgs.). *After 150 Years: The Latter-Day Saints In Sesquicentennial Perspective*. Provo, Utah, Charles Rudd Center for Western Studies, 1983.
Dickensheet, Dean W. "Sherlock Holmes–Linguist", *Baker Street Journal* 10, n.3, jul 1960, p.133-42.
Dickman, Marshall Shaw. "On matters surrounding the case of the purloined letter", *Baker Street Miscellanea*, n.34, verão 1983, p.23-31.

Dorwart, Thomas H. "Thoughts concerning certain infamous conclusions: Being a reply to Mr. Jason Rouby", *Baker Street Journal* 16, n.4, dez 1966, p.216-8.
Doyle, Arthur Conan. *A Study In Scarlet*, editado por Owen Dudley Edwards. Oxford e Nova York, Oxford University Press, 1993.
Drazen, Patrick. "An etude in scarlet", *Beeman's Christmas Annual*, 1987, p.7-10.
Dudley, W.E. "Dr. Holmes, I presume", *Baker Street Journal* 24, n.4, dez 1974, p.218-20.
Eaton, Herb. "The H.M.S. Troopship 'Orontes'", *Vermissa Daily Herald* 6, n.1, jan 1972, p.2-6, 8.
Elwin, Verrier. "College life of Sherlock Holmes", *Motley*. Bombaim, Orient Longmans, nov 1954, p.157-63.
Fletcher, George. "Sighting-in on Watson's bull pup", *Baker Street Journal* 21, n.3, set 1971, p.156-7.
Friesland, D.S. *Baker Street Journal* 31, n.2, jun 1981, p.118 (Cartas para Baker Street).
Fusco, Andrew G. "The case against Mr. Holmes", in Michael Harrison (org.). *Beyond Baker Street. A Sherlockian Anthology*. Indianapolis e Nova York, The Bobbs-Merrill Co., 1976, p.95-108.
____. "The final outrage of Enoch Drebber", *Baker Street Journal* 20, n.3, set 1970, p.150-3.
Goodman, Charles. "The dental Holmes", *Baker Street Journal* [O.S.] 2, n.4, out 1947, p.381-93.
Grazebrook, *O.F. Oxford Or Cambridge*. Londres, ed. particular, 1949.
Green, Richard Lancelyn. "The evolution of Sherlock Holmes", *Baker Street Miscellanea*, n.49 primavera de 1987, p.2-9.
Green, Roger Lancelyn. "'At the University': Some thoughts on the academic experience of Mr. Sherlock Holmes", *Sherlock Holmes Journal* 9, n.4, verão 1970, p.123-5.
Griffith, Adrian. "Some observations on Sherlock Holmes and Dr. Watson at Barts", *St. Bartholomew's Hospital Journal* 55, n.12, dez 1951, p.270-5.
Grosbayne, Bernard. "Sherlock Holmes–musician", *Baker Street Journal* [O.S.] 3, n.1, 1948, p.47-57.
Hall, Trevor H. "A note on Sherlock Holme's schooling", in Trevor H. Hall (org.). *Sherlock Holmes: Ten Literary Studies*. Londres, Gerald Duckworth & Co., 1969, p.36-43.
____. "Sherlock Holmes's University and college", in Trevor H. Hall (org.) *Sherlock Holmes: Ten Literary Studies*. Londres, Gerald Duckworth & Co., 1969, p.56-85.
Hendrickson, J. Raymond. "De Re Pharmaca", in Ames Johnston, Thomas Hart, Henry A. Shalet e H.W. Starr (orgs.). *Leaves From The Copper Beeches*. Filadélfia, PA., Sons of The Copper Becches, 1959, p.11-4.
Hepburn, W.B. "The Jezail Bullet", *The Practitioner* 19, jul 1966, p.100-1, reimpresso em *Sherlock Holmes Journal* 8, n.1, inverno 1966, p.18-9.
Hershey, Dave M. "The true York College", *Sherlock Holmes Review* 2, n.3, 1990, p.123-4.
Holroyd, James E. "Dr. Watson at the criterion", *Sherlock Holmes Journal* 2, n.2, dez 1954, p.26.
Holstein, L.S. "Bull pups and literary agents", *Baker Street Journal*, Anuário de Natal, 1958, p.54-7.

____. "Inspector G. Lestrade", *Baker Streel Journal* 8, n.2, abr 1958, p.78-84.
____. "7. Knowledge of chemistry–profound", *Baker Street Journal* 4, n.1, jan 1954, p.44-9.
Horrocks, Peter. "Saints and Sinners: An appraisal of 'The country of the saints'", *Sherlock Holmes Journal*, Especial de Centenário, 1987, p.38-41.
Hoskison, Peter. "Delicate case of Mr. S. Holmes and his university home", *Cambridge Evening News*, 5 jan 1974.
Howard, Samuel E. "More about Maiwand", *Baker Street Journal* 7, n.1, jan 1957, p.20-5.
Huber, Christine L. "The Sherlock Holmes blood test: The solution to a century-old mystery", *Baker Street Journal* 37, n.4, dez 1987, p.215-20.
Hyder, William. "The marcha myth", *Baker Street Journal* 41, n.1, mar 1991, p.9-19.
Iraldi, James C. "The victorian gondola", *Baker Street Journal* 1, n.3, jul 1951, p.99-103.
James, Garry. "Shooting the guns of Sherlock Holmes", *Handguns for Sport and Defense* 5, n.10, out 1991, p.70-5.
Jenkins, William D. "Letters to Baker Street", *Baker Street Journal* 26, n.1, mar 1976, p.46.
Jones, Kelvin I. *The Sherlock Holmes Murder File*. Nova York, Magico Magazine, 1985.
Kansas: A Cyclopedia Of State History, Embracing Events, Institutions, Industries, Counties, Cities, Towns, Prominent Persons, Etc. Chicago, Standard Pub. Co., 1912.
Katz, Robert S. "Doctor Watson–A physician of mediocre qualifications?", in Michael H. Kean (org.). *A Touch Of The Class*. Wilmette, Ill., Pondicherry Press, 1981, p.37-42.
Keefauver, Brad. "The hundred-year-old mystery of Mrs. Sawyer solved", *Wheel-Wrightings* 10, n.3, jan 1988, p.18-20.
____. "Oxford, Cambridge or...? The final answer", *Afghanistanzas* 6, n.5, nov 1982, p.8-10; *Afghanistanzas* 6, n.6, dez 1982, p.11-3.
Keen, Sherry. "Ship's or 'ship's?': That is the question", *Baker Street Journal* 3, n.4, 1953, p.234-5.
Kennedy, Bruce. "Alma mater, or Two unexplained years", *Baker Street Journal* 19, n.3, set 1969, p.158-60.
____. "The victorian flashlight: Sherlock Holmes and dark lanterns", *Baker Street Journal* 30, n.3, set 1980, p.141-3.
____. "What bull pup?", *Baker Street Journal* 16, n.4, dez 1966, p.215.
Kimball, Elliot. *Dr. John H. Watson At Netley*. Ed. particular, 1962; reimpressão Nova York, Magico Magazine, 1985.
____. "Origin and evolution of G. Lestrade: 1. Onomatological considerations", *Sherlock Holmes Journal* 6, n.1, inverno de 1962, p.4-5.
——. "Origin and evolution of G. Lestrade: 2. A matter of mancinism", *Sherlock Holmes Jourmal* 6, n.2, primavera de 1963, p.43-5.
Klinger, Leslie S. "Art in whose blood?", *The Ritual* 21, primavera de 1998, p.3-7.
____. "Layout of a 'most desirable residence'", *Shoso-In Bulletin* 6, 1996, p.78-81.
____. "What do we really know about Sherlock Holmes and John H. Watson?", *Baker Street Journal* 54, n.3, outono de 2004, p.6-15.

____. "The writings of Sherlock Holmes", *Baker Street West 1* 3, n.1, jan 1997, p.23-6.

Koelle, George B. "The poisons of the canon", in Ames Johnston, Thomas Hart, Henry A. Shalet, e H.W. Starr (orgs.). *Leaves From The Copper Beeches*. Narbeth, PA, Livingston Publishing Company, 1959, p.91-6.

Lai, Rick. "The hansoms of John Clay", *Wheel Wrightings* 6, n.3, jan 1984, p.5-8.

Lauterbach, Charles E. e Edward S. Lauterbach. "The man who seldom laughed", *Baker Street Journal*, Anuário de Natal, 1960, p.265-71.

Leavitt, Robert Keith. "Annie Oakley in Baker Street: A note on the lamentable limitations of Mr. Sherlock Holmes's pistol marksmanship", in Edgar W. Smith (org.). *Profile By Gaslight: An Irregular Reader About The Private Life Of Sherlock Holmes*. Nova York, Simon & Schuster, 1944, p.230-42.

____. "Nummi in arca or The fisical Holmes", in Vincent Starrett (org.). *221B: Studies In Sherlock Holmes*. Nova York, The Macmillan Co., 1940, p.16-36.

Linsenmeyer, John. "Sherlock Holmes's university–Oxford or Cambridge?", *Baker Street Journal* 39, n.2, jun 1989, p.71-4.

Mackay, Thomas W. "Mormon as editor: A study in colophons, headers, and source indicators", *Journal of Book of Mormon Studies* 2, n.1, outono de 1993, p.90-109.

Mackenzie, J.B. "Sherlock Holmes' Plots and Strategy", *Baker Street Journal*, Anuário de Natal, 1956, p.56-61, reimpresso por *The Green Bag* 14, set 1902, p.407-11.

MacNaghten, Sir H. "The education of Holmes", *Sunday Times*, 26 aug 1934. In Peter Haining (org.). *Sherlock Holmes Scrapbook*. Nova York, Clarkson N. Potter, 1974, p.42.

Malloy, Michael P. "Tobacco Amblyopia and Holmes", *Baker Street Journal* 26, n.2, jun 1976, p.94-5, 98, 117.

McCleary, George F. "Was Sherlock Holmes a drug addict?", in Edgar W. Smith (org.). *Profile By Gaslight. An Irregular Reader About The Private Life Of Sherlock Holmes*. Nova York, Simon & Schuster, 1944, p.40-5.

McDiarmid, E.W. "Professor Sherlock Holmes, Ph.D", in E.W. McDiarmid e Theodore C. Blegen (orgs.). *Exploring Sherlock Holmes*. La Crosse, Wisc., Sumac Press, 1957, p.27-41.

McGowan, Raymond J. "A chemist's evaluation of Sherlock Holmes's monograph on tobacco", *Sherlock Holmes Journal* 19, n.3, inverno de 1989, p.86-8.

McMillan, Scott e Garry James. "The guns of Sherlock Holmes", *Guns & Ammo* 19, n.4, abr 1975, p.51-3, 83.

Melander, Wayne. "Sierra Blanco–Found(?)", *Baker Street Journal* 31, n.2, jun 1981, p.83-9.

Mendelson, Ralph. "Hero neglected, a true account", *Baker Street Journal* 19, n.3, set 1969, p.166-71.

Metcalfe, N.P. "Oxford or Cambridge or both?", *Baker Street Journal*, Anuário de Natal, 1956, p.7-14.

Meyer, Charles A. "A computer analysis of authorship in *A Study in Scarlet*", *Naval Signals*, n.16, 28 set 1983, p.3-6.

Michaud, Rosemary. "Another case of identity", *Plugs & Dottles*, n.144, set 1990, p.3, 7.

Montgomery, James. "A hearty sea-story", in *Shots From The Canon*, 24. Filadélfia, PA, ed. particular, 1953.

____. "Chopin in Baker Street", in *Sidelights On Sherlock*, n.p. Filadélfia, PA, ed. particular, 1951.

Morgan, Robert S. "The puzzle of the bull pup", *Baker Street Journal*, Anuário de Natal, 1956, p.35-40.

____. *Spotlight On A Simple Case, Or Wiggins, Who Was That Horse I Saw With You Last Night*. Wilmington, Del., ed. particular, 1959.

Morley, Christopher. "Sherlock Holmes returns", *The Courier* 39, n.5, dez 1962, p.66-7.

____. "Sherlock Holmes revisits Cambridge", *Baker Street Journal* [O.S.] 3, n.3, jul 1948, p.295-99 (Notas clínicas de um paciente residente).

____. "Was Sherlock Holmes an american?", in *Streamlines*, p.54-65. Garden City, N.Y., Doubleday, Doran & Co., 1936.

Morley, Christopher, sob o pseudônimo de Jane Nightwork. "Watson à la mode", *Baker Street Journal* [O.S.] 1, n.1, jan 1946, p.15-20.

Mortimore, Roger. "That is to say, Mr. Holmes", *Baker Street Pillar Box*, n.13, 1993, p.13-6.

Moss, Robert A. "Sherlock Holmes's college at Oxford", *Baker Street Journal* 29, n.1, mar 1979, p.25-7.

Mullen, Robert. *The Latter-Day Saints: The Mormons Yesterday And Today*. Garden City, N.Y., Doubleday & Company, 1966.

Murdock, Karen. "'Columbine's new-fangled banner' identified", *Baker Street Journal* 52, n.1 primavera de 2002, p.14-23.

Nathan, Hartley R. e Clifford S. Goldfarb. "Watson: Treason in the blood?", *Baker Street Journal* 34, n.4, dez 1984, p.234-43.

Newnham-Davis, Lt.-Col. Nathaniel. *Dinners And Diners: Where And How To Dine In London*. Londres, Grant Richards, 1899.

Officer, Harvey. "Sherlock Holmes and music", in Vincent Starrett (org.). *221B: Studies In Baker Street*. Nova York, The Macmillan Co., 1940, p.71-3.

Olding, Alan C. "Murder most foul", *News from the Diggings* 12, n.3, set 1991, p.1.

Olney, Clarke. "The literacy of Sherlock Holmes", *Sherlock Holmes Journal* 2, n.4, inverno de 1955, p.9-15.

Pattrick, Robert R. "Moriarty was there", *Baker Street Journal*, Anuário de Natal, 1958, p.45-53.

Pennell, Vernon. "Resumé of the medical life of John H. Watson, late of the Army Medical Department, with an appendix of the London University Regulations for Medical Degrees for the year 1875", *Sherlock Holmes Journal* 3, n.2, inverno de 1956, p.6-11.

Pforr, John e Philip Weller. *Sherlock Holmes And Scotland Yard: A Love-Hate Relationship?* Fareham, Hampshire, Inglaterra, Franco-Midland Hardware Company, 1992.

Pratt, Fletcher. "Very little murder", *Baker Street Journal* 5, n.2, abr 1955, p.69-76.

Prestige, Colin. "South London adventures", *Sherlock Holmes Journal* 3, n.3, ago 1957, p.5-8.

Redmond, D.A. "Marfan's syndrome and Sherlock Holmes", *Canadian Medical Association Journal* 113, 1975, p.19.

____. "The Masons and the mormons", *Baker Street Journal* 18, n.4, dez 1968, p.229-31.

Rice, Rev. Otis R. "Clergymen in the canon", *Baker Street Journal* 4, n.3, jul 1954, p.133-43.
Richards, Walter. *Her Majesty's Army, Indian And Colonial Forces: A Descriptive Account Of The Various Regiments Now Comprising The Queen's Forces In India And The Colonies*. Londres, J.S. Virtue, 1891.
Roberts, S.C. *Doctor Watson*. Londres, Faber & Faber, 1931.
____. "The personality of Sherlock Holmes", *Sherlock Holmes Journal* 1, n.1, mai 1952, p.2-7.
Robinson, Robert E. "Tra-la-la-lira-lira-lay", *Baker Street Miscellanea* 30, verão de 1982, p.15-6, 3ª capa.
Rosenblum, Morris. "Foreign language quotations in the canon", *Baker Street Journal* [O.S.] 3, n.4, 1948, p.425-34.
____. "Hafiz and Horace, Huxtable and Holmes", *Baker Street Journal* [O.S.] 1, n.3, 1946, p.261-9.
____. "Some latin byways in the canon", *Baker Street Journal* [O.S.] 3, n.1, 1948, p.15-20.
Rouby, Jason. "The adventure of the Bluish Carbuncle", *Baker Street Journal* 16, n.2, jun 1966, p.70-3.
Rybrant, Gosta. "Fallet tra-la-la-lira-lira-lay", *Aftonbladet*, 26 dez 1953.
Ryder, Cecil A., Jr. "A study in masonry", *Sherlock Holmes Journal* 11, n.3, inverno de 1973, p.86-8.
Sayers, Dorothy L. "Holmes' College Career", in H.W. Bell (org.). *Baker Street Studies*. Londres, Constable & Co., 1934, p.1-34.
Schenck, Remsen Ten Eyck. "Baker Street fables", *Baker Street Journal* 2, n.2, 1952, p.85-93.
Schonberg, Harold C. "Tra-la-la-lira-lira-lay", *New York Times*, 7 mar 1965, II, p.11.
Schutz, Robert H. *A Bibliography Of The Identification Of Holmes's College And University*. Pittsburgh, Pa., Arnsworth Castle Business Index, jun 1961.
Scrow, William J. "The pick of a bad lot", *Holmesian Observer Annual*, n.2, 1975, p.2-8.
Shanks, John. "You have been to university I perceive", *Three Pipe Problem* 2, 11 ago 1979, p.10-6.
Shannon, D.C. "Poor devil", *The Pharos* [Alpha Omega Alpha–Honor Medical Society, Palo Alto, Calif.] 41, n.4, out 1978, p.5-9.
Simpson, A. Carson. "Full thirty thousand marks of English coin", *Numismatics In The Canon, Part I*. Filadélfia, ed. particular, 1957.
____. "A very treasury of coin of Divers Realms", *Numismatics In The Canon, Part: II*. Filadélfia, Pa., ed. particular, 1958.
Simpson, Helen "Medical career and capacities of Dr. J.H. Watson", in H.W. Bell (org.). *Baker Street Studies*. Londres, Constable & Co., 1934, p.35-62.
Skornickel, Jr., George R. "Who was the mysterious Mrs. Sawyer?", *Subjoined Paper* 1, n.1, out 1978, p.5-6.
Smith, Edgar W. *Baker Street Inventory*. Summit, NJ, Pamphlet House, 1943.
____. "A bibliographical note", *Baker Street Journal* 9, n.1, jan 1959, p.3-4.

____. "Long road from Maiwand", in Edgar W. Smith (org.). *Profile By Gaslight. An Irregular Reader About The Private Life Of Sherlock Holmes*. Nova York, Simon & Schuster, 1944, p.15-201.

____. "Up from the needle", *Baker Street Journal* [O.S.] 2, n.1, jan 1947, p.85-8.

Smith, William. "That little thing of Chopin's: The laying of the ghost", *Baker Street Journal* 13, n.1, mar 1963, p.24-30.

Sovine, J.W. "The singular bullet", *Baker Street Journal* 9, n.1, jan 1959, p.28-32.

Starrett, Vincent. "The singular adventures of Martha Hudson", in H.W. Bell (org.). *Baker Street Studies*. Londres, Constable & Co., 1934, p.85-130.

Stavert, Geoffrey S. "Case of the Straw Basher's Hatband", *Sherlock Holmes Journal* 13, n.4, outono de 1978, p.122-3.

Steinbrunner, Chris, Charles Shibuk, Otto Penzler, Marvin Lachman e Francis M. Nevins Jr. *Detectionary*. Lockhaven, Pa., Hammermill Paper Company, 1972.

Stetak, Ruthann H. "Jefferson Hope: A fairly good dispenser", *Baker Street Journal* 39, n.3, set 1989, p.144-7.

Stockler, J.R. e R.N. Brodie. "The problem of the dog that wasn't", *Sherlock Holmes Journal* 9, n.2, verão de 1969, p.61-2.

Stone, P.M. "The other friendship: A speculation", in Edgar W. Smith (org.). *Profile By Gaslight. An Irregular Reader About The Private Life Of Sherlock Holmes*. Nova York, Simon & Schuster, 1944, p.97-103.

Thiman, Eric H., MUS. D. "Tra-la-la-lira-lira-lay", *Sherlock Holmes Journal* 4, inverno de 1959, p.105 (Carta ao editor).

Thurbon, William T. "Education of Sherlock Holmes–A footnote", *Baker Street Miscellanea*, n.7, set 1976, p.11-2.

Torrese, Dante M. "Firearms in the canon: The guns of Sherlock Holmes and John H. Watson", *Baker Street Journal* 42, n.3, set 1992, p.154-7.

Tracy, Jack. *Conan Doyle And The Latter-Day Saints*. Bloomington, Ind., Gaslight Publications, 1979 (edição revista e ampliada. da ed. particular impressa em 1971).

____. "'Old woman be damned!' A partial identification of Jefferson Hope's accomplice", *Baker Street Journal* 24, n.2, jun 1974, p.105-8.

Tracy, Jack e Jim Berkey. *Subcutaneously, My Dear Watson: Sherlock Holmes And The Cocaine Habit*, Bloomington, Ind., James A. Rock & Company, 1978.

Tully, Thomas. "Bull pup", *Baker Street Dispatch* 2, n.6, nov-dez 1992, p.3-6.

Umansky, Harlan L. "An adventure in 'Wild Burmise'", *Baker Street Journal* 32, n.1, mar 1982, p.25-9.

Utechin, Nicholas. *Sherlock Holmes At Oxford*. Oxford, Robert Dugdale, 1977.

____. "'This Charming Town'", *Baker Street Journal* 26, n.3, set 1976, p.135-40.

Vaill, C.B.H. "A study in intellects", *Baker Street Journal* [O.S.] 3, n.3, jul 1948, p.278-82.

Van Liere, Edward J. "Dr. John Watson and the subclavian steal", *Archives of Internal Medicine* 118, n.3, set 1966, p.245-8.

Vaught, Richard L. "Now see here, Holmes!", *Baker Street Journal* 25, n.1, mar 1975, p.47-54.

Visozkie, Ben. "Who wrote the american chapters of *A Study in Scarlet*?", *Baker Street Journal* 50, n.2, verão de 2000, p.29-36.

Wagley, Philip Franklin. "A reconsideration of Dr. John H. Watson's encounter with a jezail bullet", *Maryland State Medical Journal* 25, n.12, dez 1976, p.35-7.

Webster, H.T. "Observations of Sherlock Holmes as an athlete and sportsman", *Baker Street Journal* [O.S.] 3, n.1, 1948, p.24-31.

Weller, Philip. "On jezails and things afghan", *New Baker Street Pillar Box* 31, fev 1998, p.40-1.

Wellman, Manley Wade. "The great man's great son: An inquiry into the most private live of Mr. Sherlock Holmes", *Baker Street Journal* [O.S.] 1, n.3, jul 1946, p.326-36.

White, William Braid. "From the editor's commonplace book", *Baker Street Journal* [O.S.] 2, n.4, 1947, p.436 (carta ao editor).

____. "Sherlock Holmes and the equal temperament", *Baker Street Journal* [O.S.] 1, n.1, jan 1946, p.39-43.

Williams, Theodore. "Lestradean orthography", *Baker Street Miscellanea*, n.44, inverno de 1985, p.37-8.

Williamson, Jerry N. "'And especially your eyes'", *Sherlock Holmes Journal* 3, n.3, outono de 1957, p.17-9.

____. "The sad case of young Stamford", *Baker Street Journal* [O.S.] 3, n.4, out 1948, p.449-451.

____. "Sherlock's murder bag", in J.N. Williamson e H.B. William (org.). *Illustrious Client's Third Case-Book*. Indianapolis, Ind., The Illustrious Clients, 1953, p.84-8.

Wolff, Julian. "Just What Was That Little of Chopin's?" *Baker Street Journal* 13, n.1, mar 1963, p.3-4.

____. "That was no lady. A reply to Mr. Stout in which are included some observations upon the nature of Dr. Watson's wounds", *American Journal of Surgery* 58, n.2, nov 1942, p.310-2. In Edgar W. Smith (org.). *Profile By Gasligh'p. An Irregular Reader About The Private Life Of Sherlock Holmes*. Nova York: Simon & Schuster, 1944, p.166-72.

Wood, Cal. "Stamford: A closer look", *Baker Street Pages*, n.32, fev 1968, p.1-2.

Woodruff, Wilfrid. *Journal*, in B.H. Roberts, *A Comprehensive History Of The Church Of Jesus Christ Of Latter-Day Saints*, 6 vols. Salt Lake City, Church of Jesus Christ of Latter-Day Saints, 1930, p.185.

Woods, Carol P. "A curtailed report on a dogged investigation", *Baker Street Journal* 30, n.1, mar 1980, p.36-8.

Zeisler, Ernest B. "Tra-la-la-lira-lira-lay", *Sherlock Holmes Journal* 4, n.1, inverno de 1958, p.11-2.

1ª EDIÇÃO [2009] 7 reimpressões

ESTA OBRA FOI COMPOSTA POR MARI TABOADA EM FUTURA E FAIRFIELD E IMPRESSA EM OFSETE PELA GEOGRÁFICA SOBRE PAPEL PÓLEN SOFT DA SUZANO S.A. PARA A EDITORA SCHWARCZ EM JUNHO DE 2022

FSC
www.fsc.org
MISTO
Papel produzido a partir de fontes responsáveis
FSC® C019498

A marca FSC® é a garantia de que a madeira utilizada na fabricação do papel deste livro provém de florestas que foram gerenciadas de maneira ambientalmente correta, socialmente justa e economicamente viável, além de outras fontes de origem controlada.

1ª EDIÇÃO [2009] 7 reimpressões

ESTA OBRA FOI COMPOSTA POR MARI TABOADA EM FUTURA E FAIRFIELD E
IMPRESSA EM OFSETE PELA GEOGRÁFICA SOBRE PAPEL PÓLEN SOFT
DA SUZANO S.A. PARA A EDITORA SCHWARCZ EM JUNHO DE 2022

FSC
www.fsc.org
MISTO
Papel produzido
a partir de
fontes responsáveis
FSC® C019498

A marca FSC® é a garantia de que a madeira utilizada na fabricação do papel deste livro provém de florestas que foram gerenciadas de maneira ambientalmente correta, socialmente justa e economicamente viável, além de outras fontes de origem controlada.